国家出版基金项目
NATIONAL PUBLICATION FOUNDATION

古代西南少數民族漢語詩文集叢刊·回族與土家族卷

總主編　徐希平
分卷主編　孫紀文
分卷副主編　王猛　楊學娟　丁志軍

巴蜀書社

點蒼山人詩鈔

〔清〕沙琛　撰
楊學娟　郭婉瑩　整理

圖書在版編目(CIP)數據

點蒼山人詩鈔/(清)沙琛撰;楊學娟,郭婉瑩整理.—成都:巴蜀書社,2024.12.—(古代西南少數民族漢語詩文集叢刊·回族與土家族卷/徐希平總主編;孫紀文分卷主編).—ISBN 978－7－5531－2303－5

Ⅰ.I222.749

中國國家版本館CIP數據核字第2024R1W504號

DIANCANGSHANREN SHICHAO

點蒼山人詩鈔

(清)沙　琛　撰;楊學娟　郭婉瑩　整理

策劃編輯　張照華
責任編輯　張照華　張紅義　白亞輝
責任印製　谷雨婷　田東洋
封面設計　木之雨
出　　版　巴蜀書社
　　　　　(成都市錦江區三色路238號新華之星A座36樓
　　　　　郵編區號610023)
　　　　　總編室電話:(028)86361843
網　　址　http://www.bsbook.com
　　　　　發行科電話:(028)86361856
經　　銷　新華書店
照　　排　成都木之雨文化傳播有限公司
印　　刷　四川宏豐印務有限公司(028)84622418　13689082673
成品尺寸　170mm×240mm
印　　張　36
字　　數　460千
版　　次　2024年12月第1版
印　　次　2024年12月第1次印刷
書　　號　ISBN 978－7－5531－2303－5
定　　價　220.00元

古代西南少數民族漢語詩文集叢刊

回族與土家族卷主編

孫紀文

回族與土家族卷副主編

王　猛　楊學娟　丁志軍

回族與土家族卷編委會（參與整理人員）

孫紀文　王　猛　楊學娟　丁志軍　李小鳳　左志南　梁俊杰　彭容豐

凡例

一、整理工作主要包括標點、校勘、輯佚、補遺等方面，除特殊情形需要説明外，一般不作注釋。部分詩文集於正文後增列附録，以利研究。

二、整理後的各集一般沿用原書名及原有編輯體例。有多個子集而無全集者，由整理者根據通行原則命名和編排；集名、體例不明者，由整理者確定體例，并根據通行原則重新命名。

三、各卷依據詩文集篇卷多寡確立分册。篇卷多者，可分多册；篇卷少者，可多人合册。

四、叢書統一采用繁體豎排，新式標點。

五、校勘工作主要對底本中的訛、脱、衍、倒作正、補、删、乙。校記置於篇末，記録异文及校改依據，一般不作考證，力求簡明。

六、俗體字、舊字形及顯見的刻抄錯誤，徑改而不出校。常見异體字不作改動，極生僻的异體字改爲規範字，必要時出校記予以説明。

古代西南少數民族漢語詩文成就及其意義（代序）

中國文學歷史悠久，少數民族文學同樣源遠流長。少數民族文學既有母語文學作品，又有大量的漢語文學作品，都是中華文學的寶貴遺産。早期的少數民族漢語詩文作品，或是少數民族作者直接用漢語創作，或是以本民族語言創作而翻譯成漢語并得以流傳。

中國西南地區族别衆多，少數民族文學成就巨大，但較少爲外界所知，這與其實際成就極不相符。抗戰時期，聞一多先生在參加湘黔滇旅行團指導采風活動時，尤其是在欣賞彝族舞蹈後認爲：『從那些民族歌謡中看出了中華民族的强旺生命活力，這種大有可爲的潛力還保存在當今少數民族之中。』爲此，他曾計劃寫一篇文章，標題下注明了發人深思的要點——『不要忘記西南少數民族』[一]，作出中國文學的希望在西南的判斷。其後，學界日漸重視西南民族文學和文化的研究，成果豐碩。

[一] 鄭臨川：《聞一多先生的中華民族文學觀》，《西南民族學院學報》二〇〇〇年第五期。

早在漢代，西南地區就與中原交往密切，武帝時期開發西南夷，司馬相如爲此積極奔走。蜀郡守文翁在四川開辦學校，以儒家思想教化百姓。漢唐時期，西南地區文學進入中華文學視野，且占有重要地位，所謂『蜀之人無聞則已，聞則傑出』。司馬相如、揚雄、王褒皆爲漢賦大家，陳子昂開闢唐詩健康發展之路，『繡口一吐，便是半個盛唐』的詩仙李白將詩歌帶到盛唐的頂峰。在這個大背景下，西南地區少數民族詩文創作也同樣被載入史册。東漢時期古羌人著名的《白狼歌》堪稱少數民族詩文最早的代表。據《後漢書·南蠻西南夷列傳》記載，東漢明帝永平（五八—七五）年間，居住在笮都一帶的『白狼、盤木、唐菆等百餘國，户百三十餘萬，口六百萬以上，舉種貢奉』，成爲祖國大家庭的一員。在與東漢王朝的交往中，少數古羌部落的首領創作了一些詩歌作品。其中，被譯爲漢文并傳至今日的就有著名的《白狼歌》（包含《遠夷樂德歌》《遠夷慕德歌》《遠夷懷德歌》），成爲中華民族團結、文化交融的經典之作。詩歌之外，還有少量散文作品，如三國蜀漢名臣姜維的書表，也可以視爲西南羌人的漢語創作。

我國西南本來就是多民族地區，氐、羌、藏、漢文化交流源遠流長。二十世紀八十年代初，馬學良主編《中國少數民族文學作品選》，全書共五個分册，共收入五十五個少數民族古今民間文學和文人文學作品六百餘篇，是新中國首部少數民族文學總集，影響深遠。其書序中寫道：

『回族、滿族、白族、納西族等，也早已産生了本民族的用漢文寫成的作家文學。』[一] 其中南詔著名詩人楊奇鯤的《途中詩》，是該書所收録的最早的作家文學作品。該詩收録於《全唐詩》。楊奇鯤還有另一首題作《岩嵌緑玉》的詩，收録於《滇南詩略》。

除楊奇鯤外，南詔國王驃信作的《星回節游避風臺與清平官賦》和朝廷清平官趙叔達《星回節避風臺驃信命賦》二詩不僅韻律和諧，且頗近於隋唐王朝君臣同賦或大臣應制之作。兩詩與稍後的大長和國布燮（宰相）《聽妓洞雲歌》等呈現出西南地區烏蠻族漢語詩文創作之盛。此數詩亦皆被《全唐詩》收録。

據《舊唐書·吐蕃傳》載，貞觀十五年（六四一），松贊干布向唐太宗請求聯姻，文成公主出嫁吐蕃，吐蕃開始『釋氈裘，襲紈綺，漸慕華風；仍遣酋豪子弟，請入國學以習詩書』，又請唐朝『識文之人典其表疏』，漢藏交流十分密切。唐中宗時，吐蕃又遣其大臣尚贊吐、名悉獵等來迎娶金城公主。名悉獵漢學造詣頗高，《舊唐書·吐蕃傳》説他『頗曉書記』，『當時朝廷皆稱其才辯』，皇帝還給與特殊禮遇，『引入内宴，與語，甚禮之，賜紫袍金帶及魚袋』等。特别值得一提的是，他還參與中宗和大臣之間的游戲及詩歌聯句等文字娱樂活動。景龍四年（七一〇）正月五日，中宗移仗蓬萊宫，御大明殿，會吐蕃騎馬之戲，因重爲柏梁體聯句，當

[一] 馬學良主編：《中國少數民族文學作品選》，上海文藝出版社，一九八一年，第一頁。

君臣聯句將畢之時，名悉獵主動請求授筆，以漢語來了一個壓軸之句。其所作『玉醴由來獻壽觴』，不僅表意準確，而且合於格律、平仄、韻脚，相較前面唐朝漢臣所作毫不遜色，令衆人刮目相看〔二〕。其詩至今仍保存在《全唐詩》中〔三〕，留下了最早的古代藏族人漢語詩文創作的珍貴文獻記録，也成爲少數民族漢語詩文創作的典型史料。

晚唐五代時期，回族先民梓州詩人李珣、李舜絃兄妹，漢語詩文創作成就甚高。李珣著有《瓊瑶集》，雖已佚，但仍存詞五十四首。作爲少數民族詩人，李珣得以躋身《花間集》西蜀詞人群，十分耀眼。李舜絃作爲蜀主王衍昭儀，有《蜀宫應制》等詩。這些均顯示出西南地區民族文學漢語創作的成果。

宋遼金元時期，西南地區與各地少數民族漢語詩文創作都有了進一步發展。居住在四川成都的鮮卑族後裔宇文虚中及其族子宇文紹莊堪稱代表。宇文紹莊有《八陣圖》等詩傳世。西南大理國白蠻貴族的漢語修養很高，段福爲國王段興智叔父，創作有《春日白崖道中》等詩作，大理國亡時，曾奉元世祖命歸滇統領軍事。元末大理總管段功之妻阿蓋公主本爲蒙古族，所作《愁憤詩》書寫其與段功的愛情，情感真摯，是他們凄惻動人愛情悲劇的原始記載。

〔二〕（後晉）劉昫：《舊唐書》，上海古籍出版社，一九八六年，第六二七頁。
〔三〕（清）彭定求編：《全唐詩》，上海古籍出版社，一九八七年，上册，第二五頁。

明清時期，少數民族漢語詩文創作有了極大的發展，不僅作家數量倍增，而且有了大量的個人詩文集傳世。中國社會科學出版社二〇一四年出版的多洛肯《元明清少數民族漢語文創作詩文叙録》著録亟爲翔實，大略統計古代西南地區各少數民族作家漢語文集上百家，雖然亡佚不少，但現存的也還有至少八十餘家，其中不乏一些在全國有較大影響的作家，還有許多屬於文學家族。如納西族木府土司木公、木增家族，木公有《隱園春興》《雪山庚子稿》《萬松吟卷》《玉湖遊録》等；雲南白族趙藩爲著名的『武侯祠攻心聯』作者，有《向湖村舍詩》（初、二、三集）；貴州布依族作家莫友芝被稱爲西南巨儒，有《莫友芝詩文集》等。但目前僅有少量的作家文集被整理過，大多數尚未整理，這極不利於對少數民族文學成就的認識、評價和深入研究。近年出版的一些大型叢書，如上海古籍出版社二〇一〇年出版的《清代詩文集彙編》（四千餘種），國家圖書館編、國家圖書館出版社二〇一七年出版的《清代詩文集珍本叢刊》（一千三百六十七種），收録清人別集數量十分可觀，但少數民族漢語詩文集數量有限。其中一個重要原因便是少數民族漢文資料總體上較爲零散，古代西南少數民族漢文別集尤其難覓，缺乏整理。因此，有必要對相關情況予以探討，以便於進一步的整理研究。

西南少數民族漢文文集文獻整理和研究，已取得一定成果，但總體而言，相關研究還是較爲薄弱。無論是稿本、抄本還是刻本，多未揭示和整理，散於各處，既不利於深入研究分析和總體評價，也不利於民族文獻的保護和傳承，需要整合力量，加大力度發掘整理、搶救保護。

西南地區的少數民族中，大約有白族、納西族、彝族、回族、土家族、布依族、侗族等九個民族有漢語詩文集，其中尤以白族、納西族、彝族和回族較多，其詩文集主要留存情况如下。古代白族作家現有二十四人近四十多部詩文别集存世，大概有近二百五十萬字的文學作品。納西族詩人及文集，明代主要是木府家族。首先是木公（總八百七十三首），其次爲木增，此外是木青，有《玉水清音》。清代則有楊竹廬、桑映斗等二十餘家納西族詩文集。彝族詩文集較多，主要有左正、左文臣、左文象、左嘉謨、左明理、左世瑞、左廷臯、左章照、左章曬、左熙俊等左氏詩文集，高光裕、高奣映、高厚德等高氏詩文集，余家駒、余珍、余昭、余一儀、余若瑔等余氏詩文集，還有魯大宗、禄洪、李雲程、安履貞、黄思永詩文集，等等。回族作家作品比較多，有沐昂、馬之龍等十餘家詩文集。土家族、羌族、布依族、苗族、侗族作家數量雖不多，但有的影響不小，如莫友芝、董湘琴等，都值得深入研究。此外還有少量少數民族作家文集已散佚，如前面提到的宋金時期的宇文虚中等。

西南各民族漢文别集文獻整理與研究具有十分重要的學術價值和深遠的現實意義。西南各少數民族伴隨着中華民族繁衍交融的足迹生生不息，豐富的少數民族文學不僅是中華民族文學寶庫中不可分割的一部分，更藴藏着其歷經憂患却綿延堅韌、不失特色的生存密碼。西南地區各族文學不僅與漢文學關係密切，而且各民族文學亦互相滲透和影響。如被譽爲明代著述第一人的四川著名詩人楊慎後半生基本居住於雲南，他不遺餘力地推薦、介紹木公等雲南作家，對西南民族地區文化交流傳播和漢語詩文創作起到了促進作用。由此也可以探討中華多民族文學相互影響和促進發展的過程與普遍規律，同時對各民族對漢語的巨大貢獻，以及漢語文包容多元文化、作爲多民族文化内涵載體的特性和凝聚各民族智慧結晶重要價值等也會有新的認識。中共中央辦公廳、國務院辦公廳於二〇一七年一月二十五日印發《關於實施中華優秀傳統文化傳承發展工程的意見》，指出文化是民族的血脉，特别提到要加强少數民族語言文字和經典文獻的保護和傳播，做好少數民族經典文獻和漢族經典文獻的互譯出版，實施中國民間文學大系出版等工作。因此，全方位清理整合西南各民族漢文别集文獻，對於民族文學史料學學科建設和民族文化保護工作，尤具有特殊的意義。這對增進世人認識瞭解豐富的民族文化與文學成就，搶救和保護民族文化資源，探索民族文學繁榮發展的有效途徑，促進中華民族團結與現代社會和諧發展，都具有十分重要的學術和應用價值。

有鑒於此，我們組織申報了《古代西南少數民族漢語詩文集叢刊》國家社科基金重大招標項目，并獲得立項。本課題首次對西南少數民族漢文文學文獻做了全面系統深入的爬梳、搜集和整理研究，展現其創作成就，説明少數民族文學創作與漢文學之間密不可分的内在聯繫和交叉影響，展示其對中華文化的突出貢獻，并以其依托漢文傳承文化的富有典型意義的綿延發展歷程，爲民族文化保護提供借鑒，也爲中國古代民族文獻整理和當代文學繁榮發展探索有效途徑。

課題目標主要是提供最爲全面的西南少數民族漢語詩文集，爲進一步研究奠定基礎，加深對『一帶一路』背景下南絲綢之路和茶馬古道區域内各民族文化交融的認識，發揮保護和搶救民族文化遺産的重大社會效益。

西南各民族文獻現存情况較爲複雜，各族别文集數量差异較大，極不平衡，文集版本也很混亂。除少量文集當代曾初步整理之外，大多僅存清代或民國刻本，還有一些爲稿本和手抄本，大多不爲外界所知，主要散見於西南地區各圖書館和私人手中。同時，各家文集普遍存在作品收録不全的情况。課題涉及面廣，困難不少。别集的普查，作品的輯佚、校勘，部分古代作家族别歸屬的認定，文字的考訂等，都是課題難點所在。對於各種學術争論歧説，我們本着嚴謹的科學態度，不武斷，不盲從，盡力作實事求是的考辨，力求言之有據，推動學術進步。在此基礎上盡力做成最完善、最全面、集大成的西南少數民族漢語詩文文獻叢刊。

按照歷史區域文化概念，我們原則上搜集詩文的地域主要包括今四川、雲南、貴州、重慶和西藏五省區（不含廣西地區），時間一般爲清末以前，作者身份判别根據出生地、籍貫、歷史淵源、習慣定勢等因素進行綜合考量。每種文集皆校勘標點，并附簡短的叙録。根據各族文集存佚數量情况分爲白族卷，納西族卷，彝族卷，回族與土家族卷，羌族、苗族、布依族、侗族及其他各族卷等五個分卷，分别由西北民族大學多洛肯教授，麗江師範高等專科學校楊林軍教授，西南民族大學曾明、孫紀文、王菊教授擔任子課題負責人。湖北民族大學文學與傳媒學院丁志軍博士除承擔土家族相關詩文集的搜集整理工作外，還參與了點校凡例的起草與修訂。寧夏大學和西南民族大學古代文學、古典文獻學專業的部分教師和碩、博士研究生也參與了課題研究。巴蜀書社張照華先生自課題開題即全程參與，認真審讀書稿，提出許多建設性意見。中國社會科學院學部委員、文學研究所所長劉躍進研究員，國家圖書館原館長詹福瑞教授，《民族文學研究》原主編湯曉青研究員，中國社會科學院民族學與人類學研究所聶鴻音研究員，教育部『長江學者』特聘教授、西北大學李浩教授，教育部『長江學者』特聘教授、北京大學廖可斌教授，西華師範大學伏俊璉教授，福建師範大學郭丹教授，四川師範大學趙義山教授等著名學者給予本課題精心指導和熱情鼓勵。在此謹對付出辛勞和提供支持與幫助的所有朋友致以最誠摯的謝意。

由於各種主客觀條件所限，本課題難免存在一些不足，版本的選擇及文字的校勘等也不盡如人意，希望能够得到專家的批評指正。

徐希平

二〇二〇年十月三十一日於西南民族大學武侯校區宿舍

分卷前言

二〇一七年，由徐希平先生主持申報的課題《古代西南少數民族漢語詩文集叢刊》獲批國家社科基金重大項目。項目的獲批對於古代少數民族文學研究而言，無疑起到了非常重要的支撑作用。本人忝爲子課題《古代西南少數民族漢語詩文集叢刊·回族與土家族卷》的負責人，深感責任大、任務重，故與課題組的各位老師齊心合力，共謀課題研究之路徑，力求早日出成果。如今在巴蜀書社的鼎力支持下，相關的研究成果會陸續出版，欣喜之餘，就這兩個民族詩文創作的風貌略作交代。

在中華民族多元一體的歷史文化進程中，有着兼收并蓄之胸襟的各少數民族作家創造了既屬於自己民族、又屬於中華民族大家庭的燦爛文學。遠離政治文化中心的西南地區，也以其獨特的地域風貌滋養着一批批卓有成就的回族文人和土家族文人。他們的創作既表現出與中國古代『詩騷』『風骨』等文學與文化精神相融通的思想旨趣，又呈現出鮮明的地域特色和獨特的藝術審美風貌。

古代西南地區的回族詩文創作，可謂善於把握中國古代文學發展的歷史脉絡，不斷吸收漢語詩文創作的經驗，涌現出一些名家名作。早在五代時期，回族先民李珣便以自己不凡的創作成就，獲得了很高的文學聲望。李珣，字德潤，著有《瓊瑶集》，惜已散佚，王國維編成輯本《瓊瑶集》，録李珣詞五十四首。李珣被列入『花間詞人』之中，他的富有娛樂性質的小詞被前蜀後主所賞，作品被詞家相互傳誦。李珣之妹李舜絃是五代時期爲數不多的會作詩的嬪妃之一，也是有記載的中國第一位回族女詩人，惜其作品大多失傳，今僅存詩四首。經過宋元兩朝的發展，回族文人逐漸融入中華文化之中，尤其是到了明代，回族作家也都熱衷於成爲儒家文人，故而，明代回族文學也迅速發展。同時，由於文教的日益成熟，西南地區涌現出一批風流儒雅的回族文人，如沐昂、孫繼魯、馬繼龍、閃繼迪等人。沐昂，字景高，作爲明代前期雲南政壇上的領軍人物，其所取得的政治成績是顯著的。而作爲一位文人，他剛健、曠達的作品風格則十分引人注目。不論是抒發理想抱負、針砭時弊、關注百姓生活，還是描寫自然風光、與人交游唱和，都表現出其高潔的人格、豪邁的氣度與曠放的情韻。有《素軒集》行世。沐昂作爲雲南地區重要的文學領袖，主持編纂的《滄海遺珠》，收録大量與雲南有關的文人作品，可謂是明代文學的一顆明珠，對保存西南地區的文人創作風貌具有十分重要的意義。孫繼魯，字道甫，號松山，《滇中瑣記》評曰『觀其詩文，大都雄古道勁，適尚其爲人』，著有《破碗集》《松山文集》，惜已散佚。馬繼龍，字雲卿，號梅樵，著有《梅樵集》，已佚，《滇南詩略》録其詩六十八首。閃繼迪，字允修，著有《雨岑園秋興》《吴越吟草》，均已佚，《滇南詩略》存録其詩六十餘首。他的詩歌多有懷才不遇之慨，詩作格調較高。閃繼迪之子閃仲儼、閃仲侗均有詩名。閃仲侗，字士覺，號知願，著有《鶴和篇》等。清代是回族文學的繁榮時期。清代日益濃厚的爲學爲文風氣也影響到回族文人，這一時期的回族文學與整個文學發展的大潮流密切相隨，即便是在西南地區，也不乏著名的回族文人。孫鵬是孫繼魯六世孫，字乘九、圖南、鐵山，號南村。他的詩作着重意象描寫，意境開闊，想象奇特，多寫山水田園，展現西南地區特有的自然風光，詩風清新明快。李根源在《刊南村詩集序》中評曰：『英辭浩氣，磊落出群，有不可一世之概。』『氣韻格律，宗法盛唐，間摹漢魏，歸宿子美，昌黎爲近。』孫鵬的散文創作也十分出色，論説文見解獨到，議論不凡，叙事寫人則娓娓道來，情感真摯。《雲南叢書》收其《少華集》《錦川集》《松韶集》，合稱《南村詩集》。馬汝爲，字宣臣，號悔齋，以綿遠醇厚的詩風享譽詩壇，他的散文清麗纖綿，頗具駢儷色彩，有《馬悔齋先生遺集》行世。李若虚，字實夫，他的詞作在清代詞壇中獨具特色。他以卓越的藝術表現手法，爲後人留下了許多真實再現西南邊疆和藏地風貌的獨特作品，有《實夫詩存》和《海棠巢詞》行世。馬之龍，字子雲，號雪樓，他的詩歌簡峭入古，樂觀豪邁，多紀游山水，有《雪樓詩鈔》傳世。沙琛，字獻如，號雪湖，又號點蒼山人。他爲官期間，頗有惠政，審理重案時得罪上司，獲罪戍邊，因萬民請命，感動皇帝，得以奉親歸里。家鄉滇西北旖旎的自然風光成爲他寄情物外的環境依托，多紀游山水、與人唱和之作。也正是這樣獨特的外部環境和其自身的性格特徵造就了他的詩歌多采用即景抒情、吞多吐少、欲放還收的藝術手法，具有高韻逸氣和幽潔之思，有《點蒼山人詩鈔》行世。除此之外，古代西南地區還有許多回族文人，因他們的作品傳世較少，而不被世人獲悉。如馬玉麟所著《静觀堂稿》，已佚；馬鳴鸞所著《密齋詩稿》也下落不明；賽嶼著作繁多，有《夢艫山人詩古文集》等，可惜這些作品大多已失傳，現在衹能在《石屏州志》等方志文獻中看到他的遺詩遺文。

古代西南地區的土家族詩文創作，可謂善於借鑒歷代漢語詩文創作的成就，不斷豐富創作内容。土家族主要聚居於渝東南、黔東北、鄂西南、湘西北的廣大地區，其中渝東南、黔東北屬於西南地區。這一地區，歷史上曾長期由土司統治，冉氏、陳氏、楊氏、馬氏和田氏是這一區域的土家族土司代表。改土歸流以前，由於統治者要求土司繼承人必須入學接受漢文化教育，以及土司自身對漢文化的嚮往，一些土司家族開始形成前後相繼的家族文人群體。這個群體普遍有較高的漢文化修養，具備用漢語文進行書面文學創作的能力。渝東南土家族漢語詩文的興盛，實肇端於土司文人的創作實踐。根據現存的文獻記載，大約在明代中期以後，以酉陽爲中心的冉氏土司家族，開始出現能文善詩的文人，先後有冉雲、冉舜臣、冉儀、冉元、冉御龍、冉天育、冉奇鑣、冉永沛、冉永涵等文人從事漢語詩文創作。其中曾經結集流傳的有冉天育的《詹詹言集》、冉奇鑣的《玉樓詩卷》和《擁翠軒詩集》、冉永涵的《蟪蛄聲集》，今俱不存。清代改土歸流以後，酉陽設直隸州，轄酉陽、黔江、彭水、秀山諸縣，酉陽冉氏土司雖不復存在，但冉氏家族的進一步繁衍，使得家族文脉得以延續，涌現出更多優秀文人，且多有詩文集刊刻傳播。如冉廣燏有《寓庸堂文稿》《二柳山房雜著》等；冉廣鯉有詩集《信口笛吟草》；冉正維有《老樹山房文集》《醒齋詩文稿》；冉瑞嵩著有《大酉山房集》；冉瑞岱著述甚富，有《二酉山房隨筆》等；冉崇文爲清末酉陽冉氏文人中最有成就者，著有《二酉山房詩鈔》等；冉崇煃有《雨亭詩草》；冉崇治有《容膝軒詩集》。以上所列詩文集今俱未見，但部分詩作由馮世瀛選入《二酉英華》。改土歸流之後，官學教育和科舉考試的普遍推行，加之冉氏與陳氏、馮氏、田氏等家族互通婚姻，使得這一時期的土家族詩人群體更加龐大。如陳氏家族有陳序禮、陳序樂、陳序川、陳汝燮（原名陳序初）、陳宸（原名陳序遹）、陳景星等代表人物，他們皆有詩集，其中陳汝燮《答猿詩草》，陳景星《疊岫樓詩草》，陳宸、陳寬《酉陽陳氏塤篪集》，均存民國印本。田氏家族以田世醇、田經畲爲代表，前者有《卧雲小草》等，後者亦有詩集，惜未見傳本。馮氏家族以馮世熙、馮世瀛、馮文願爲代表，其中馮世瀛爲酉陽名儒，是清代後期在經學、文學上均有很高成就的土家族文人，有詩集《候蟲吟草》，今存同治刻本。此外，土家族名醫程其芝有《雲水游詩草》存世。石柱馬氏土司家族中，能詩善文者亦復不少，但在漢語詩文的創作成就上要遜色於酉陽冉氏，秦良玉、馬宗大以及土司舍人馬斗燡、馬湯等人是其中的代表人物。馬斗燡曾有《竹香齋詩集》結集傳播，後散佚，乾隆間流官王縈緒又輯録《竹香齋拾遺詩稿》傳世，今未見。改土歸流之後，石柱冉氏文脉亦得到傳承，有冉永燾、冉永爕、冉裕戺等代表，惜無別集流傳。秀山楊氏土司家族歷來多軍功卓著者，文人則不多見。改土歸流前，楊氏土司家族尚無在漢語詩文創作上有所成就者。乾嘉以降，平茶楊氏土司後裔、果勇侯楊芳及其子孫輩多文武兼擅，不但從事漢語詩文創作，而且多有作品集流傳。楊芳有《錫羨堂詩集》刊行，後其孫又輯有《楊勤勇公詩》；楊芳子楊承注有《楊鐵庵詩》；楊承注子楊恩柯有《陶庵遺詩》；楊恩桓有《卧游草》。《楊勤勇公詩》《陶庵遺詩》《卧游草》尚有抄本存世，《錫羨堂詩集》《楊鐵庵詩》今未見傳本。黔東北在明以前爲田氏土司所統治，因思州、思南土司在明初相攻仇殺，朝廷遂廢這一區域土司，置流官，建官學、興科舉。因此，明初以後的黔東北，實已無土司家族存在。這一地區的土家族漢語詩文發展，大約與渝東南同步，正德以後，涌現出田秋、安康、田谷、安孝忠、田慶遠、田茂穎、王藩、任思永、張敏文、張清理、張德徽等優秀作家，他們的作品曾結集行世，惜今未見傳本。

古代西南地區回族、土家族詩文之所以能持續發展，并能够在中國文學史上占有一席之地，很大的原因在於西南地區回族、土家族文人的文學創作既受到時代風氣的塑造，又受到地域文化的影響。同時，古代西南地區的回族、土家族文學也是與其他民族文學相交融的産物。西南地區是一個多民族地區，回族、土家族文人在與包括漢族在内的其他民族交往過程中，各學所長，形成了你中有我、我中有你的多元一體的文學格局。如回族詩人沙琛，在與白族文人師範、漢族文人錢灃、納西族文人桑映斗、回族文人馬之龍的交往唱和過程中，不論在詩歌創作風格、取材對象，還是主題内容等方面都相互影響。這就增加了回族文學的多民族因素，使得回族文學的内容更加豐富。

總而言之，古代西南地區的回族、土家族詩文以其鮮明的地域特徵和獨特的創作風貌爲後世研讀者所稱道。這些創作成就，不僅豐富了回族文學和土家族文學的内容，也爲建構更加完整的中國文學史添磚加瓦，頗有傳承價值。

需要説明的是，本卷内文留存了部分原作者對農民起義軍的蔑稱，這顯示了古人的歷史局限性，爲保持古籍原貌，此次整理不一一修改。

孫紀文

二〇二〇年十月二十五日於西南民族大學圖書館

目録

《點蒼山人詩鈔》卷四

《點蒼山人詩鈔》卷八……三九九

叙録

《點蒼山人詩鈔》八卷，附録《贖臺紀恩》一卷，沙琛撰，民國四年刻本。詩鈔之首有唐繼堯《重刊點蒼山人詩鈔序》、任可澄《點蒼山人詩鈔序》、姚鼐《點蒼山人詩序》、沙琛《點蒼山人詩鈔序》，又有仲振履、潘瑛、劉大紳序三篇，文末有倪惟欽後跋一篇。是書四周雙欄，每半頁十行，行二十一字，黑口，單魚尾。

沙琛（一七五九至一八二二），字獻如，號雪湖，又號點蒼山人，清雲南太和（今大理）人。乾嘉時期滇中著名文學家、詩人。父沙朝俊，乃賽典赤·瞻思丁之後裔。沙琛自幼聰慧，飽讀詩書，經大挑入仕，先後在安徽建德、太和、懷遠、懷寧、霍邱等五縣任職。在任十二年間，沙琛爲政以德，治理有方，修繕河堤，防治匪亂。倪惟欽在後跋中寫道：『洎舉孝廉，歷宰大邑，慈惠及民，所至有父母神君之譽。』可見沙琛爲官清正，深得百姓愛戴。任職霍邱縣時，不料以重獄承審不實而落職，發往軍臺效力。當是時，五縣百姓紛紛替沙琛捐銀贖罪，方得以幸免。沙琛爲政之餘，又工於詩歌創作，其傳世作品《點蒼山人詩鈔》收詩一千三百四十首，數量可觀，内涵豐富。沙琛早年爲功名奔走四方，其詩歌多寫各地見聞。在皖爲官之時，作品又多涉及民生，反映百姓疾苦。晚年被貶歸鄉，沙琛則寄情山水，唱和交友，多寫自然風物。因此，沙琛詩歌内容豐富，既有贊美謳歌名山大川的詠物詩，又有情感複雜的詠懷詩，亦有沉痛悲壯的詠史詩。就其藝術特色而言，突出表現在兩點：一曰『廣』。沙琛詩歌創作涉及内容廣泛，題材寬闊，單就其詠物詩而言，涉及物種高達百餘種。一曰『奇』。劉大紳評價沙琛詩歌：『讀之其氣奇如故，其情邁如故，其絶眾離群亦如故。』沙琛詩歌從用詞到意境構造，無不凸顯着一個奇字。桐城姚鼐贊曰：『今獻如方以吏績顯，而又兼詩人之高韻逸氣，幽潔之思，雋妙之語，峰起疊出，信乎滇之多奇士也。』姚鼐還曾一度將沙琛與曹操作比：『建安曹氏軍旅横槊而可以賦詩，而况於平世臨民布政優優者乎！夫獻如之才，大才也！』

沙琛交友甚廣，與滇中名士錢灃、師範、王崧等結爲詩文之交，吟詩作賦，情誼深厚。他樂山水，好交遊，數年間，携舊友遊遍西南各地名山大川，也曾獨自遊歷如大理點蒼山、麗江玉龍雪山、蕩山、石鐘山等雲南境内多座名山。劉大紳在《點蒼山人詩鈔》序言中曾云其：『周覽名勝，交友賢豪，蓬蓬勃勃，不可遏抑之。』

本書主要以校勘、標點等方式對《點蒼山人詩鈔》進行整理。校勘以雲南省圖書館藏民國四年（一九一五）刻本《雲南叢書初編本》之《點蒼山人詩鈔》八卷本爲底本，以雲南省圖書館藏稿本《沙雪湖先生詩稿》、清道光二年（一八二二）刻本《點蒼山人詩鈔》八卷、清嘉慶十一年刻本《點蒼山人詩集》二卷爲參校本，參考《滇詩嗣音集》、（民國）《大理縣志稿》、（光緒）《麗江府志》等文獻完成。書後附録一爲沙琛詩文補遺，附録二包括（民國）《新纂雲南通志》收《沙琛傳》、法式善撰《點蒼山人詩集序》及劉大紳、馬之龍等人與沙琛的酬唱詩。

重刊《點蒼山人詩鈔》序

吾友王子襄臣以太和沙獻如先生《點蒼山人詩鈔》四册及《贖臺紀恩》一册示余。余惟詩所以理性情，三百篇大旨歸本於忠厚，少陵託情忠愛，淵明寄意高遠，是故詩之至者皆得性情之正，抑亦詩至而性情自正焉耳！吾讀先生詩纏綿悱惻，一往情深，其字裏行間隱寓太和翔洽之氣，本詩道以治民，其感人之深也必矣。捐金贖臺，爲千古服官之佳話，豈偶然哉！豈偶然哉！姚姬傳氏序先生詩謂先生爲詩不妨爲政，夫先生之詩則豈特不妨爲政而已？嗚呼！先生往矣，流風遺韻，兹其存者王子其爲傳之哉！

中華民國三年　月　日㈠，後學東川唐繼堯序

【注釋】

㈠『民國三年』，即一九一四年。

#《點蒼山人詩鈔》序

前清乾嘉之際，滇中人才號極盛，昆明錢南園、晉寧劉寄庵、趙州師荔扉、洱源王樂山，太和沙獻如諸先生其最著者也。諸先生詩文行世已久，近雲南輯刻叢書，復取以鋟版，而太和王君襄臣又檢沙先生所爲《點蒼山人詩》四卷、附《贖臺紀恩》一卷行將携赴滬上付印，而屬可澄爲之序。夫沙先生之詩，姚姬傳、劉寄庵兩先生序之詳矣，可澄何能重先生？獨念先生因事罣吏議，論罪戍邊，賴懷遠、懷寧、建德、霍邱四縣之民爲之湔雪，爲之營救，既不可得則爲之醵金贖罪，合詞籲陳，期得請而後已。此非先生之有所風示也，亦非有形勢之驅迫也，徒以實惠在民，民之感動奮發，咸出於不自已。奔走呼號，卒回天聽，先生之名乃益顯於天下。孔子曰：『斯民也，三代之所以直道而行。』孟子曰：『憂民之憂者，民亦憂其憂。』然則人亦何憚而不爲良吏哉！抑又聞先生之孫孝廉名蘭者，當杜文秀之亂，奉大府檄説文秀降，文秀不能從，孝廉持之力，遂遇害。實爲王君襄臣之外祖，孝廉風節綽有祖風，間爲詩歌，亦具有家法，君子之澤，歷世未湮。嗚呼！是可風矣。可澄持節巡滇，私幸式南園、寄庵諸先生之里，又因王君而盡讀沙先生之詩，故不辭而爲之序，冀以告服官滇省與滇人之筮仕他省者，使知所取法，又以見先生不必以詩傳而其詩固有不得不傳者，此蓋有存於詩之外者焉，後之學者其亦知所務也。

民國四年中秋㈠，雲南巡按使任可澄序於滇垣節署

【注釋】

㈠『民國四年』，即一九一五年。

點蒼山人詩序

沙君獻如，余故人錢南園侍御之友也。南園以直節名當世，而其詩雄厚古勁，高越塵俗。今獻如方以吏績顯，而又兼詩人之高韻逸氣，幽潔之思、雋妙之語峰起疊出，信乎滇之多奇士也。余别南園三十餘年矣，來皖中值獻如爲之令，因得讀其詩，又相對共感嘆南園之喪，夫見南園之相知誼已加重矣。况其爲英傑之才，卓然可畏，如獻如者哉！世謂作詩或妨爲政，余謂是有辨焉，如山林枯槁之士苦思累日夜而僅得一韻之工者，其妨於政事必矣，其才小也。天下巨才，揮斤唾咳以爲文章，未嘗求工而自工者，其索不勞，其出無窮。建安曹氏軍旅橫槊而可以賦詩，而况於平世臨民布政優優者乎！夫獻如之才，大才也！其無病於爲詩，明矣！前歲望江令君師荔扉爲南園刻詩集成，余既序之，今又欣獻如之有是集也，故復書以爲之序云。

嘉慶九年三月㊀，桐城姚鼐序

【注釋】

㈠『嘉慶九年』，即一八〇四年。

序

余家居時，聞皖江有沙明府，循吏也。嘗以無妄之災將北戍軍臺，舊所莅懷遠之民老幼驚惶，奔相走告，集鍰金數千兩迎赴大中丞。初，公於臨淮途次代爲籲求免罪，號哭聲不絶於道所，曾署懷寧諸縣士民亦醵數千金，遠近奔皖城，哀請納鍰贖罪，曰明府之親老矣，家又貧，設遠戍軍臺，居者有懸磬之嘆，行者深屺岵之悲。四邑之民其何以忍此？中丞感其意，據情入奏，天子憐而赦之，飭還鍰金，四邑之民復聚而請，願以飭還之金助明府清夙累奉親歸里，時沙明府之名膾炙大江上下。

余嘗聞而羡曰：『爲民牧者，不當如是耶！而惜未之見也。』洎余仕於粤，調任東莞，每侍太守高青書夫子談及明府事，夫子曰：『沙君號雪湖，余僚友也。其人篤於孝友，而即以孝友之道治百姓。性介介，不苟取所得之金，歸里後分潤親族，餘千數金奉老親以終天年，今已蕭然無餘蓄矣。且工於詩，凡舟中馬上偶有所得，援筆立成。别已數年，想行笥中佳句必又哀然成集也。』余聞之，益慕雪湖之爲人，而迫欲晤其面，讀其詩，以快十數年之向慕，而未知其能遂所欲否也？戊寅夏㈠，余過青書夫子寓館，聞雪湖來，欣然謁之，惜以公冗叢雜，立談片刻而散，而卓犖不群之概，亦略得一斑矣。暇日，雪湖携詩稿來，詳加披讀，其五言古詩冲淡高遠，得淵明飲酒之遺意；七言淋漓頓挫，公孫大娘舞劍器渾脱當如是爾；近體律細思深，或爽如蒼鷹脱臂，或清如銀瓶瀉水，其雄渾則天風海山，其秀削則遠春流水，其沉鬱幽折之氣，激昂慷慨之音，有觸則鳴，發於楮表，殆所謂窮而後工者耶！斯亦情之不能自已者耳！夫乃嘆雪湖循吏亦才人也。惜把晤未久，匆匆將去。高青書夫子亟爲付梓，屬序於余。余久荒筆墨，且叢冗無一刻暇，謹臚所聞見，草率成篇，工拙所不計也。

時嘉慶戊寅八月朔後二日㈡，江左愚弟仲振履柘庵甫頓首拜撰〔一〕

【校記】

〔一〕『柘』，原作『石』，據道光二年增刻本改。

【注釋】

㈠『戊寅』，即嘉慶二十三年（一八一八年）。

㈡『嘉慶戊寅』，即嘉慶二十三年（一八一八年）。

序①

人之精神意氣發爲文章，猶山川之出雲，恒各肖其土地之宜時，物之變千態萬狀，不可究極，而其至奇者則偶一見焉，必有所應也。滇自漢文教始通，及前明楊文襄公執耳，騷壇風雅振起，延綿數百載，至今日爲尤盛。保山袁氏兄弟儀雅、時亮兩君相繼纂刻兩朝《滇南詩略》各數十卷，金碧蒼珥間，作者大備，而其中卓然名家者不過數輩，蓋其人可傳，其詩乃益可傳也。吾近得兩人焉，一爲師君荔扉，一爲沙獻如先生，兩君皆以名孝廉作宰安徽，所至有政聲，士大夫翕然稱之。荔扉，吾未識其面，誦其詩知其人，信其必傳於後無疑也。先生始與吾相遇於亳州官廨，商榷古今，風發泉湧，有不可一世之概。時方攝理太和，當渦流泛溢，楚豫教匪出没鄰境。先生撫卹災黎，訓練義勇，咸有法則，民賴以安。乃時時出其篇什，與余相質，任情抒寫，璧合璣馳，予固已服其才之大，氣之盛，不璅璅比古人以爲工而自樹一幟矣。及予歸皖上，先生亦渡淮而南，補授懷遠令。未幾，值宿州之亂，宿與懷相距百餘里，懷城不可守，官民咸居郭外，一旦變生肘腋，視太和之役倉遽百倍。先生胸有成竹，應變若神，民恃以不恐。大吏重其才，調署懷寧。懷爲安省首邑，理繁治劇，游刃有餘〔一〕。吾鄉父老稱神君者，不輟於口。前後十餘年間，凡三易所治，皆號稱難理，又往往多故，勞形苦心，日無寧晷，而先生之詩已裒然成帙矣。嘉慶甲子㈡，予方僑寓秋浦，選刻國朝詩萃，懷遠許子叔翹以所刻先生《點蒼山人詩集》示予，命予序。余伏而讀之，向之風神諧暢，意致深婉者，進而蕭疏清靚，簡遠澹泊矣；向之嶔崎磊落，奔騰放逸者，進而變化出没，縱横排奡，不可端倪矣。其間論古懷人、感時紀事諸作，崇論宏議，遠見卓識，纏綿悱惻之思，温柔敦厚之旨，使讀者肅然而起，悄然而悲，感人之深，何以至此？此豈拘拘於體句音律者之所知耶！昔武侯征南中郡，睹瑞星文石之異，以爲千百年後文運將興，今三迤詩人蔚然興起，而其才又足以展布設施，爲世所用。如先生者，將繼文襄之業，後先輝映，如景星慶雲之麗天。是編之出，望風者必以先睹爲快，予既選而刻之，乃以夙所服膺者書之簡端，豈有所重於先生哉！紀其實焉耳！

嘉慶丙寅仲春㈢，治晚學生懷寧潘瑛拜書

【校記】

〔一〕『刃』，原作『刀』，據道光二年增刻本改。

【注釋】

㊀此序在道光二年增刻本中位於卷二之首。

㊁『嘉慶甲子』，即嘉慶九年（一八〇四年）。

㊂『嘉慶丙寅』，即嘉慶十一年（一八〇六年）。

點蒼山人詩鈔叙〔一〕

予自乾隆辛丑歲計偕迄乙卯㈠，僕僕十五年中，勞苦呻吟，不蘄於爲詩，而詩帙積矣。鄉前輩錢南園侍御爲汰存百餘篇，甲寅秋自京師出遊㈡，失之運河舟中。庚子以前所爲詩㈢，經檀默齋先生采入《滇南詩話》若干首，卷亦失之。皆不能憶也。《歷遊吴越閩紀行》小卷，李春麓師爲點存十餘首。嘉慶己巳免官歸㈣，故友袁蘇亭廣文見所刻《皖江集》四卷，亟手出所摘録於南園先生處爲汰存之百餘篇。咋咋歸予，天下有有心人如袁髯者哉！如袁髯者哉！少年狂興，客子悽懷，前夢宛然，疵纇滿紙。是固已棄之而竟不可棄耶！莊子曰：『有生黬也，移是不移，是嗚蜩鷽鳩不同而同。』予於詩，夫亦移是爲快耳。顧惟諸師長先生九原不作鑒賞，猶存良友如蘇亭亦偃然長逝，則予斯集之披然黬者，其何能以斁屣哉！

嘉慶戊寅六月㈤，沙琛自叙

【校記】

〔一〕『點蒼山人詩鈔叙』原作『點蒼山人鈔叙』，道光二年增刻本作『點蒼山人集叙』，今據文意改。

【注釋】

㈠『乾隆辛丑』，即乾隆四十六年（一七八一年）；『乙卯』，即乾隆六十年（一七九五年）。

㈡『甲寅』，即乾隆五十九年（一七九四年）。

㈢『庚子』，即乾隆四十五年（一七八〇年）。

㈣『嘉慶己巳』，即嘉慶十四年（一八〇九年）。

㈤『嘉慶戊寅』，即嘉慶二十三年（一八一八年）。

序㈠

人之身不能無所置，人之心不能無所用，人之才不能無所見，而仕止久速、喜怒哀樂之間，亦若分試焉，以迭徵其所爲。有詩人出而後隨在可以置其身，用其心，見其才，而所謂詩人者，或數十年一遇，或數百里一遇，蓋遇之如此，其難也。矧在荒陬僻壤如吾鄉者，而吾乃得見太和沙獻如先生。始吾甲戌歲秋讀獻如《荒山紀遊》諸詩㈡，氣奇情邁，絶衆離群，嘗題辭其後矣。丁丑歲暮又得近作數册讀之㈢，其氣奇如故，其情邁如故，其絶衆離群亦如故。詩人乎，其點蒼山西洱河靈秀之所鍾毓，而適際貞元會合之盛者乎。吾鄉於是爲不乏人矣。然是皆獻如年五十後失意暫息之所爲作也，而其周攬名勝，交遊賢豪，蓬蓬勃勃，不可遏抑之，概皆於是乎。向見之若斯人者，何常一日置其身於湫隘喧囂之境，用其心於鄙猥凡近之域，而輕見其才哉。使吾不識其人而但讀其詩，必以爲此名將相盛年得志者之所爲矣，而獻如固如此哉。獻如魁梧雄偉，精明强健，前此治績久入輿人誦中，今將復作萬里行，重爲世宙生民依賴，無論論其詩且日富而未有窮也。獻如不老，余以爲尚可與言，其使余歲得讀之爲幸哉，敢書此以要獻如！

嘉慶戊寅正月甲辰日㊃，寧州愚弟劉大紳序於五華山麓，時年七十有二

【注釋】

㊀此序在道光二年增刻本中位於卷五之首。

㊁『甲戌』，即嘉慶十九年（一八一四年）。

㊂『丁丑』，即嘉慶二十二年（一八一七年）。

㊃『嘉慶戊寅』，即嘉慶二十三年（一八一八年）。

後跋

右《點蒼山人詩鈔》四卷，大理沙獻如先生所著也。先生少負異才，長益刻苦自勵，與錢南園通副、師荔扉大令爲道義文字交，尤好爲詩歌以見志。洎舉孝廉，仕皖江，歷宰大邑，慈惠及民，所至有父母神君之譽。雖簿書鞅掌中，而於吟詠一事未嘗一日或輟，蓋結習然也。後以失審重案遣戍。行有日矣，所屬士民聞之，遠近惶駭，奔走相告，争願納鍰爲先生贖罪，俾得奉親歸養，當道上其事。賴天子聖明，得如所請。於時，大江南北自士夫以至婦孺，靡不交口稱頌，僉謂凡此曠典，非先生之治，行上結主，知非先生之德澤深入人心，烏足以致此。其爲詩也，言近旨遠，或於行役即景興懷，或於公暇比物言志。歸田後，翛然物外，有時亦寄情山水，與朋儔相贈答。其忠君愛國之誠，恆流露於楮墨間而不自覺。向使先生得志於時，則以其章句登諸廟堂，被諸管弦，以潤色天子太平之治，而從容進媲於周公、召公、尹吉甫諸臣之列，爲邊鄙生色，豈不甚盛！而先生竟閔默終古，僅以詩傳也，亦可慨已。雖然太上立德，其次立言，先生兼而有之，其亦可以不朽矣。是集原板昔燬於兵，今則世變滄桑，尤易散佚，其外曾孫王襄臣少將誦習先芬，惄焉憂之，亟謀再付手民，屬予爲序。予既夙重先生之行誼，而又與襄臣交最善，重違其意，不敢以不文辭爰綴數語於後，以誌景仰，至其詩格之高，詩律之細，則桐城姚先生、甯州劉先生前兩序已盡之矣，茲不贅。

民國四年㊀，歲在乙卯仲冬月，昆明後學倪惟欽謹跋

【注釋】

㊀『民國四年』，即一九一五年。

贖臺紀恩〔一〕

上諭

嘉慶十二年二月十八日㊀，奉硃批另有旨，欽此。同日，奉上諭，初彭齡奏據，懷遠、懷寧、建德、霍邱四縣士民先後籲懇代參令沙琛繳銀贖罪。初彭齡細訪該參令所涖任各邑〔二〕，均著有循聲，應否准予贖罪，據實奏聞一摺。沙琛前因署霍邱縣任内於逆倫重案未能審出實情，問以軍臺效力，本罪所應得。兹初彭齡奏懷遠等四縣士民均呈懇捐銀代贖，可見該參令所到之處俱有惠政及民，故獲罪後猶願代爲贖罪。但其平日居官既好，此次獲罪之由祇係承審不實，尚非私罪，竟可免其納鍰。所有該士民等情願措繳銀兩，如尚未交納，即諭令停止，若已完繳，著即發還所有。參令沙琛著加恩免其發往軍臺效力，伊雙親俱已年老，著該撫即飭令回籍侍養，以示朕孝治推恩之至意。欽此。

【校記】

〔一〕『贖臺紀恩』，原無此四字，雲南省圖書館與鄭州市圖書館分別藏有『沙雪湖贖臺記』與『贖臺紀恩』各一卷，内容與此附録基本相同，但書名均爲圖書館名之。今據前文唐繼堯『重刊「點蒼山人詩鈔」序』、任可澄『點蒼山人詩鈔序』補。

〔二〕『任』，『仁宗睿皇帝實録』無此字。

【注釋】

㈠『嘉慶十二年』，即一八〇七年。

初撫憲代沙邑侯贖臺奏摺

奏：爲據情陳奏，仰祈聖鑒事。竊照原署霍邱縣知縣沙琛，因縣民靳鄰民聽從史三將伊父靳同萬殺死，該縣并不虚衷研鞫，率行詳報緝凶，嗣接任知縣王馭超審出實情，經前撫臣成於十一年九月參奏，奉旨沙琛著發往軍臺效力贖罪，欽此。前護撫臣鄂即轉行遵照在案。臣抵任後，據該參令之父沙朝俊以年迫桑榆，不忍伊子遠戍，情愿回籍變産，代子贖罪，赴臣衙門，具呈懇求。臣查該參令於逆倫重案不能審出實情，幾致梟獍漏綱，情罪較重，且滇南路遠，回籍變産往返萬有餘里，例限必逾，當即嚴行批飭，并催令起解。去後，嗣據懷寧縣士民方益謙等、建德縣士民徐鳳起等、霍邱縣士民竇大醇等，以該參令前署懷寧、建德、霍邱等縣均有惠政及民，今奉發軍臺，上有雙親，年逾七十，萬里歸途無侍，情甚可憫，回籍變産復鞭長莫及，情願釀金代爲贖罪。俾遂烏私臚列該參令政績，具詞呼籲，并據廬鳳道德禀、據懷遠縣紳士孫素等亦禀同前情，併據各紳士投具認狀，繳銀六千兩，限兩月内完繳。臣細訪該參令所涖之邑，均著有循聲，是以士民等於該參令去任後猶復追慕。察其情詞，愛戴之誠，極爲懇切，臣不敢壅於上聞，謹將懷寧等四縣士民原呈另繕，恭呈御覽，應否准予贖罪之處出自天恩，爲此據實恭摺具奏，伏乞皇上睿鑒謹奏。

嘉慶十二年正月二十八日拜發㊀，二月十八日奉硃批另有旨

【注釋】

㊀『嘉慶十二年』，即一八〇七年。

撫憲初勸諭安省闔屬州縣文

夫無所勸而爲善，無所懲而不爲不善，豪傑之士也；有所懲而不爲不善，有所勸而爲善，中材之士也，此雖學者進修之業，殊塗而同歸，即吏治何獨不然？夫彯纓紆組之士，莫不欲自奮於功名，而循良者莫之概見，豈非以犇走風塵，自度無由致通顯，兼之科條燦設，小失檢則

罣吏議，未獲邀赦過宥罪之殊恩，志氣消沮，罔克自振拔。且謂斯民爲愚弱，或愛之而不知感，即虐之而莫與誰，何遂相與容頭過身，以沓泄厥職乎哉！嗚呼！其亦不思甚矣。我國家列聖相承，登三咸五，今天子覆幬丕冒，灼見迪知，凡在四海之内，遠滋荒陬，一有能敷政不龎，民懷其德者，莫不蜚英聲，騰茂實，譬錐之處囊，其末立見。若近者免戍沙琛，擢復左輔，絲綸涣汗，炳燿寰宇，矧同隸皖省，尤共見共聞者哉！《書》曰：『天視自我民視，天聽自我民聽。』《論語》曰：『斯民也，三代之所以直道而行。』是豈作而致其情哉！感於所可好而好之，感於所可惡而惡之，發乎情之所不容，已而無復展轉顧慮於其間，所謂直也。即以沙、左二令言之，固不過少少勤厥職，自念未必無遺失。其視古之卓、魯、龔、黄諸大賢以盛德化民者，相去蓋不知凡幾，而其民已愛之敬之，頌之傳之，其去則留之思之，過則諒之，又爲之號呼奔訴，求所以免之，民亦何負其長哉！藉曰：『要結其民，應之者當不過一二人。』且夙昔有痛於民勢，既敗而屈意干之，增自辱耳，又何應焉！況欲削朘其衣食之資，置家事不復顧，奔走數百里爲之營謀耶！故好惡莫公於民，亦莫恕於民，攝官者聞之，可爲感悦而憫悼之，用泣下也。是故，古之聖王人情以爲田，伏維我皇上之不遺一善也如斯，而民之愛其上也又如斯。士苟得承乏一官，即所謂千載一時不可逢之嘉會。苟其簠簋不飭，曠瘝厥官長惡不悛者，斯民有公論，不可以爲人，白簡具在，國憲不可干已，其或思自奮於功名，則遭際盛時，即無果達藝從政之才，第舉服官之常訓，恪守清慎，勤而力行之，必有所表見於當時，不致泯泯無聞以終老也。左令既復官，終或克致通顯惟自勵。即沙令去職，其父兄、族戚、鄉黨以其事爲榮，四方傳之，咸爲美談。昔之贊其幕與給其使令者，皆藉其光寵，樂共道之，此亦吾人快意事耳！且夫勸懲不必在中材，見賢思齊又欲出其右，亦豪傑者好勝之情也。願諸君子共圖勵之。他日奏中和樂職之詩，上聖主得賢之頌，凡敬有官拔茅貞吉，本部院幸備位於兹，將以示人，曰：『是民之所戴而天子所葵者，皆吾僚友也，固亦與有榮焉。尚各勉旃，且幸諸君子之有以教我也。』

懷寧縣紳民呈請捐贖文

具呈安慶府懷寧縣職員方益謙、生員王雲嵐、管森、蔣序恭、張厚載、江其芋、王新第、王文泰、宗長人、方蘭、職監楊瑞瀫，監生吴觀達、錢鳳麟等爲一青堪憐，百身欲贖，環求捐貸，籲懇奏聞事。竊惟潛鯉驚鱗，流水爲之拂抑，翔鴻鎩羽，行雲於以徘徊，物苟習而相安，情必感而難已。况乃叔向之能可宥，非止及烏，隨會之德尚存，將同愛樹。能無溯慈良於往日，圖報效於今兹？職等伏見前署懷寧縣沙琛，莅職廉明，居官慈惠，攝皖兩載，聿著循風，奏治七鄉，式稱良吏。戢豪强之狙獪，閭里相安；急賦役之供輸，追呼不病；發奸摘伏，誣陷以平；望影揣情，詐欺胥釋；作大堤於竹墩之野，免於漂摇者千百家，錫嘉名爲永慶之圩，賴以農桑者四十里，訟簡而民皆樂業，官清而吏不舞文，以及歷攝符封，莫不共銘德化。今以霍邱靳案，合依律令論戍軍臺，誠知議屬官箴未敢邀，夫曲貸事關國憲，無從乞以私恩。惟是沙令上有雙親年逾七秩，萬里之歸途誰侍？三年之戍役，堪驚士民等。合邑黎庶，向依德宇，均沐仁風，情願集腋成裘，醵金贖罪，俾遂烏私之愛，藉抒鵲擁之忱。爲此，籲懇大人下鑒輿情，上達天聽，照例捐贖，勒限繳完，則桑榆暮景得遂其愛日之誠，桃李前蹊克致其栽花之報矣。望思上稟。

具稟安慶府懷寧縣耆民余東啟、劉萬和、馬伸來等爲縷叙愚忱，公懇憐鑒事，緣前縣主沙署理懷邑兩載，居心仁厚，莅政清勤，不徇人情，不執己見，四民控案，隨訊隨銷，刑不濫淫，斷無枉屈，徵銀米書，吏未有苛，浮動興修，工食從無刻減，七鄉市鎮，曉諭諄諄，使物價不敢任意低昂，制錢不敢私扣行用，强頑戢志，盜賊潛踪，訟獄寢衰，閭閻樂業，而且歲逢水旱，尤恤民艱，不避風塵，躬履勘驗，爲災爲熟，罔或混淆。是以聖恩分別緩徵，身等均沾實惠。竹墩濱江田地一遇漲發，田舍盡淹，親率築成大圩，堵障江湖，今名『永慶』。凡此治績，俱在人心，無如續調霍邱因公受過，應遵例議，謫遣軍臺，足徵功令森嚴，不庇有位，身等微賤，咸服公明。但念前縣主沙素勵冰操，宦囊如洗，現在雙親耄老，未返滇南，慈孝一堂，憂思百出，身等胥叨舊愛，父母瞻依。今將骨肉遠離，見聞心惻，誼難恝置，寢食何安？仰惟大憲大人文德廣敷，官民共戴，力能錫福，功可回天。爲此縷叙愚忱，公懇兹鑒，罰雖應得，情尚可原，大施再造之仁，准予捐贖之典，則身等盡心竭力，闔邑輸金，照例完繳，將見前縣沙獲養親於膝下，而身等釋衆慼於目前，皆大憲大人天高地厚之恩，有以矜全於格外也。身等冒昧不勝，懇切待命之至。上稟。

建德縣紳民稟請捐贖文

具稟池州府建德縣生員徐鳳起、管弦、歐陽翀、徐祖祥、歐陽觀、童超、盛大鵬、楊廷勳、監生徐述嵛、程一元、徐先馨、職員鄭鎔等爲青災可憫，宥典思援，俯訴輿情，仰祈奏聞事。竊謂蛇解銜珠，曾思報德，蟻能嗞械，亦欲酬恩，翳蜎蠕尚識感銘，豈士庶莫知愛戴！伏惟前署建德縣沙琛，清廉律己，慈惠加民，廣培植於士林，積月有觀風之課，定章程於保甲，經年無滋蔓之虞。撫字無慚於安輯，催科非迫以追呼，發伏擿奸，鋤强翦暴。值大案則寬貸株連，遇疑獄則平反誣陷。凡諸政績，胥治民心，祇以代庖而治，遂將東轡以行。惟建邑實需此賢，雖愚民難爲斯別。垂髫總髮，願紆已授之綬，連襼掎裳，冀緩方遒之軫。維時藩憲諭以舊章例所難行，請而未允。然下邑惜寇恂之去，而鄰封喜廉范之來，以故歷膺吏治，聿著循風。乃因霍邱一案，譴戍軍臺。執法則不可原情，知仁胥本於觀過，況乃帟帷倚養，壽逾稀齡，襆被辭親，途長萬里。念萍分於此日，悵瓜代以何年！生等均沐栽培，咸承教育，特輸綿力，用附捐金。伏乞下孚民望，上達宸聰。俾得永奉春暉，重開覺路，則枯苗得甫，沙令幸邀覆載之恩〔一〕，而飲水思源，士民亦效結銜之報矣。

【校記】

〔一〕『載』，原作『裁』，據『贖臺紀恩』改。

霍邱縣紳民稟請捐贖文

具稟霍邱縣職員竇大醇、生員王懋德、耆民田多稼、王秉鑑等爲感激陳情，籲求附捐，懇乞奏聞事。前攝霍邱令沙琛，精勤效職，慈愛居心，蒞任而安善良，下車而清利弊。閭閻樂業，頑悍潛踪，雖木損金饑，亦逢水旱，而途奔壑轉，常賴生全，訟理而刑自清，肌膚罔害，官閑而心無暇。廢墜畢興，宿人猖獗，逼近安豐，霍境戒嚴，保障淮岸。今因本邑斬案，譴戍軍臺，咎在疏虞，議歸允當，誠難逃乎國典，敢遽訴夫民情！但以沙令上有雙親，迎來數載，滇南路遠，誰侍萬里之歸途？塞北霜高，冀免三年之謫戍，情真可憫，過亦堪矜。原夫沙令之獲愆，本以霍民之不肖傾橐囊以捐贖，無如兩袖風清，悵骨肉之分離，長此一身蓬轉。職等素霑德化，切悉情形，每思得罪之由，一眚莫掩，或從原心之例，百善可償，爰是來省叩祈。憲鑒到省後，聞懷、建各縣，業經具稟，捐金請贖，已蒙批准在案。惟是懷、建兩縣認繳贖項六千兩，現已呈繳三千，未蒙提貯，職等亦願附捐千餘金，湊足六千之數。惟冀俯采輿論，代乞天恩，俾沙令得免戍役，留養老親，實爲德便。

懷遠縣紳民呈請攢金代贖文

懷遠縣翰林院檢討銜孫素、舉人閔長青、生監耆民楊士緯等呈，爲追録前功，恩求格外攢金請贖，籲詳奏聞事。前懷遠令沙琛，屢以樹績有聲調署懷寧、合肥、霍邱、六安等處，十一年秋，因霍邱任内一案參奏發軍臺效力。伏思嚴吏治以肅功令，計罪允足相當。然士民等竊有請者，周官弊吏奪以馭貧，虞帝明刑金以贖過，果其才稱練達，識亦宏通。握瑾瑜者寧摘微瑕，采葑菲者無以下體，周全善類，愛惜人材，能不致望於大憲哉！請略陳往事，希垂鑒焉。懷邑地接淮淝，歲多浸漲，淹禾漂麥，十室九空，飛雁哀鴻，天涯地角，惟嘉慶之六年，沙令蒞任伊始，日抱難安之隱，憐兹無告之民，溥置衢尊，廣捐佛米，倡素封以樂善，擣丹藥以起疴，元氣初培，人心胥悦，言旋言歸，復我邦族者蓋不下萬餘户矣，過之可原者一也。歲行在戍，宿匪縱横，沙令捐俸，招募義勇，訓練馳驅，保完安集。當倥傯戎馬之時，路不拾遺，市不易肆，藉非培養，深厚能如是乎！既乃伐李晟之竹，盜無藏身，運虞詡之斤，根鮮錯節，是以各屬有流離之苦，而是邑無鋒鏑之驚，過之可原者二也。且三楚多剽勁之風，而平阿實萑符之藪，沙令手殲渠魁，誠開良善，恤緯而鼠何穿屋，讓耕而牛豈蹊田。鄉置儒師，月朔則躬臨講貫，家知弦誦，春深而人獻芹蘩，視彼以鳳易鷃，賣刀買犢，有過之無不及焉，過之可原者三也。況夫敦崇儒術，培植士風，定甲乙以程文，教詩書以毓秀，楩楠杞梓，頗多有造之才，翡翠珊瑚，亦屬大成之器。凡此菁莪茂育，實由教養兼該，過之可原者四也。若乃椿萱年暮，桑梓途遥，子厚遠遷，誰堪負米？少遊被謫，莫咏循陔。萬里藍關，一雙白髮，在翼麟庇鳳之廷，尤當聞而心惻也，過之可原者五也。因此，合屬士民等呼天請命，早望還我使君，泥首陳情，竊願重瞻父母，伏冀俯順輿情，仰邀慈鑒，下以慰愚夫婦孺慕之忱，上以廣聖天子作人之化。若待壯士投邊，驪駒出塞，而蔡挺既老，定遠思歸，沙令縱翹首玉門，究何補聖恩於萬一哉！干冒呈叩，不勝惶恐，待命之至。

懷寧贖行原啟

夫思人愛樹，棠陰亦載其恩，睹物知仁，黍雨且留其惠，奉百錢於劉寵，進萬紙於杜暹，三軍有盭面之祈，一邑或攀轅而泣，莫不徘徊去日，感激當年。臨歧路而銘恩，佇清風而報德，况復名傳召杜，聲藉龔黄。因偶絓夫彈章，遂卒從夫吏議，待命遐陬之外，出居遠地之間。屈坡老於黄州，窮愁莫訴，貶昌黎於嶺表，瞻望誰憐？則豈徒寒恤范雎應有故人之意，慰思李晦不畏姻友之嫌者乎？前攝吾懷邑篆滇南沙雪湖明府，詩賦儲韋，文章燕許，起家聲於廉孝，溯治績於循良，奏縣譜者已數州，令皖城者將兩載。下車伊始，人即頌爲神君，游刃有餘，政早殊於俗吏，平反誣陷，信發奸摘，伏之如神，寬貸株連，咸樂業安居而不擾。置千家於安堵，則犬吠無驚，戢一境之豪强，則貪蝨悉屏。若乃庭無留獄，吏有餘閑，催科絶暮夜之呼，撫字遍春陽之煦，但使圓常似鏡，何藉喧囂敲比之爲？縱其棼盡如絲，悉歸理解髖髀之奏。築長圩者四十里，即江鄉皆化桑田，保永業者千百家，使澤國皆成樂土。至於文宗初莅，多士争來，因赴試於郡城，偶觀優於廟舍，人酣若螘，致滋攘臂以呼，吏怒如霆，幸賴霽顔而解脱，縲絏而使之内愧，出壺飧以救其餔饑，凡諸治行之彰彰，具見循風之卓卓。方冀寇恂可借，共瞻政績之有成，争如郭伋難留，莫慰民心之共屬。乃者一朝絓誤，萬事屯邅，刷羽高鴻，竟於飛而垂翼，翔霄遠鵠，忽入世而嬰羅。傷堂上之雙親，歸途萬里，悼旅中之隻影，戍役三年，公私當竭蹶之交，車馬屬倥傯之會。平日洛陽親友久相對於冰壺，此時萊蕪士民豈僅歌夫塵甑？夫受壺漿者不忘惠資，拯濟者不忘勞况。明府惠在吾民，勞在吾士，合將伯以相助，呼邪許以爲功，雖非一木所能支，要屬衆擎之易舉。我等是用粗陳德政，遍告城鄉，共助斧資，聊當祖餞，俾得奉椿萱於舊里，效奔走於邊隅，倘獲代瓜時，再培花縣，則野亭來宿，當更蒙福曜之臨，竹馬相迎，必快睹前星之照矣。

建德驢行原啟

聞夫郇苗召樹，人思遺愛之存，瑞草瓊枝，吏報循良之最。贈去思之，何武囊解金貂，送來辭之，陶潛樽浮緑蟻，匪臨歧而卧轍，即當路而攀轅，此皆德惠及人，足使謳思載道。況乎初衣未遂，偶掛彈章，遠戍堪憐，難從末減，望崇山而心悸，涉沙漠以神驚。夫孰不感激當年欲挽鄧侯之駕，徘徊歧路共傷皇甫之行者乎？前攝吾建邑篆滇南沙雪湖明府，意氣元龍，文章司馬，曲江宴罷，旋製錦於蘭谿，積案風清，兼衡文於雲石。法術本乎儒術，養民重以教民，乃受其治者四鄉，不待五申而三令，何固吾圉者半載，遽然一歲而九遷。悵撫字之無人，懼科催之日擾，雖切歌思，誰嗣群上慰留郭伋之書？争如福澤無多，莫遂懷想王規之願。盼沿途之祖帳，從者如雲，飲歃路之行樽，涕還如雨，顧或佇遷音於日下，降寵命於天邊。庶幾，睹政績之有成，慰民心之共屬耳。無何，遽從吏議，當赴軍臺，甑無萊蕪之塵，匱乏孟嘗之劍，一肩行李，高堂則刀匕難供，萬里飄萍，遠道則斧資不給，此固二廷之所泣别，而實衆姓之所悲離者也。兹當車馬倥偬，離愁莫訴，況是風霜剥落，瞻望誰憐，讀皖江餽遺之章，已酬厚澤，愧蘭水薰陶之輩，未罄鄙忱。用是敬啟，城鄉共傾囊橐，雖細流之能成海，而衆腋可以爲裘。倘邀碩果之名率，獲及瓜而代行，見山城水郭，或再蒙福曜之臨，蔀屋茆簷，當必有淳風之布。謹敷鄙引，祈署鴻名。

霍邱闔邑公啟

雪湖沙父台於嘉慶甲子歲來署霍邱篆㈠，以清慎和緩爲治，以仁慈惻隱居心，禮紳士如賓，愛百姓若子，平反誣陷，寬貸株連，撫字見其心勞，催科慚乎政拙，置千家於安堵，戢一邑之豪强，莫不有神君之頌，父母之呼。方冀召父既來，寇君可借，孰意過繇疑獄，謫赴軍臺，堂上雙親空盼歸途於萬里，旅中隻影長驚戍役以三年。凡我紳士軍民人等，或仰承其樾蔭，或久愛其棠陰，莫不感激涕零，急思援手，爭奈呼號有願，援救無能，百計欲圖，一籌莫展。乃聞懷寧、合肥、建德、懷遠等縣曾沐沙父臺之恩者，咸攘臂爭呼，公奮義舉，或攢積其臺費，或捐贖其罪名，或代完其宿逋，或共資其薪水，無不銖積寸累，集腋成裘。況我邑侯身爲敝邑受累，萬事迍邅，寧反忍視同秦越耶？嗚呼！泰岱不棄土壤，故能成其高，河海不擇細流，故能成其大。我等爲此廣懇士農工商軍民人等，各爲量力，或輸朱提數兩以及百兩，固爲拯人之危，或捐青蚨數千以及一百，亦爲濟人之急。務祈速即彙交，以便我等公赴轅門呼籲哀懇，庶於事有實濟，勿托空言。謹叙。

【注釋】

㊀『嘉慶甲子』，即嘉慶九年（一八〇四年）。

懷遠縣闔邑公啟

昔劉元侃遭貶嶺南，都人士送者如堵，裹金筌集曰：『吾曹不得親送使君，祇此代洛陽一勺水也。』聞者泣下。今吾邑沙賢侯雪湖調署霍邱，因公罣誤，議發軍臺效力。自本朝吏治考嚴，安得不如此乎？尸子曰：『根於道者，迷於察。』孔子曰：『觀過，斯知仁矣。』輕重之衡，審哉審哉！懷邑素稱尚義之邦，回思三年前，撫字勞心，厚澤在人，不僅門墻之士興歌，黄鳥能不慨然？盧次梗莽男子耳！謝茂秦行泣於市，哀感當途，况群公之力十倍茂秦，而賢侯實出次梗萬萬哉！塞漠盲風，冰元地裂，爲人弟子而令尊親蓬首沉砂，王郎腔血定向何處灑耶？因此，倡義公捐臺費，倘大憲恩援留代開復亦唯命，縱不獲已，雅雨先生所謂『三年便許朝金闕，萬里何辭出玉門』，以爲異日酬恩之劵，可也。古大英雄運際迍邅，終當熙奮，如蘇東坡海上歸來，李長源衡陽再至烏孫之返，張鼎百越之召青霞，因禍得福，轉敗爲功，烏知今必異古所云也？山豈擇壤，腋可成裘，俾賢侯得遂安全，而吾邑性天之良，不僅名高任俠已也。

謹啟。

六安州公啟

紙醉金迷之地，宦海多驚，杯殘炙冷之場，情田益熱。撥缺盆而種火，凉臺馴致生温，活枯管以嘘春，杳縣忽逢聞喜嬰。羅網解仍，飛鄴令之鳧，脂轄膏分，不縶藍關之馬。衆擎力重，再造恩多，此則釋𥙷丹陽，麥舟奚惜，求糧魯肅，米廩不辭者矣。有如前署州沙郡侯也，詩社長城，文壇上選，興廉舉孝，噪芳譽於滇南，著績論功，播賢聲於江左。策名皖伯十三州，半踏陽春，佐治咎繇七八月，宏施霖雨。下車未久，人頌神明，保障爲多，余呼佛子。俄乃彈章公誤，甘自墜其魚符，執牒上聞，且遣行乎雁塞。盼階前之赤子，嗷嗷驟失所依；嗟堂上之衰顔，瘽瘽不遑來諗。三年戍鼓，淚灑青山，萬里慈幃，魂驚白髮，坐使忠宣對榻，悲深風雨之思，德裕題箋，愴賦窮愁之志，良足嘆惜，祗益欷歔。既有懷民卧轍，援借寇以請留。大憲憐材，鑒攀侯而欽恤，赦有司小過，鼓舞賢才，體保赤愚，誠瞻依父母，如天之福袞衣，遽息風雷，濟民之生芃黍，續承雨露。然而秦城不易，誰持趙璧以歸？荆璞難完，未雪卞珍之刖。是時也，百鍰待納，五用莫輸，滄海窮鱗，懼失漢潢之潤，監河枯鮒，權資升斗之需。平時釜甑塵生，清冰自飲，到此囊槖金盡，涸轍滋危。兹既齋潤於皖江，更望分流於淠水，全憑銖累，共效囷傾。浥彼勺泉，發河海一源之願，堆將拳石，積泰華九仞之高。我等膏雨夙沾，壺餐共沐，論報施而勿爽，以感戴而彌真，覆簣爲山，將金鑄錯，得似點金布地，結此因緣，先教司禄朝天，消其咎戾，縷集成裘之腋，玉成磨玷之圭，捨百身以贖良人，此是千家愛日遍六城而依慈母，合當兩度春風。

《點蒼山人詩鈔》卷一

太和沙琛獻如　著

秋懷

西風摇芳蘭，木葉下如滌。元雲無停影，繁霜被原隰。攬衣臨高臺，秋氣何凄惻。白日積古今，朝朝悔昨昔。駑馬介不馳，蒼鷹韝欲擊。感物多所懷，分陰自怵惕。自非至人心，安能守元寂。

擬古

高樓隱春樹，白日垂簾櫳。上有鳴機婦，顏色桃花紅。娥女五色絲，鳳梭聲玲瓏。修眉不拂拭，細意營初終。天花下雲錦，蜿蜿雙盤龍〔一〕。光華爛日夕，一泯組織踪。所思在遠道，欲寄渺無從。綿繡豈不重，纏綿結我胸。持攜坐客與，羅衣揚輕風。願將隨飛霞，流君衣笥中。

【校記】

〔一〕『蜿蜿』，原作『蜿婉』，據道光二年增刻本改。

君章詠

君章儒術士，抗言悟新莽。脱身吊重華，九嶷摳衣上。侃侃誓暴師，人鬼釋搶攘。功成擲組歸，耻以軍功賞。煢煢董子張，負讎愧俯仰。欲語摧心肝，歔欷下泉壤。起身擊仇頭，與子視無爽。汝南冠蓋馳，十月盛筵享。牛酒奉僞德，同聲和褒奬。突兀舉觥前，披鱗折朋黨。危行似忿戾，守義近木强。恕己何婉約，沉機類泆蕩。區區東門候，閉門進忠讜。宫闈化危疑，骨肉得依仗。何乃麾遠守，坎凛困芒長。神龍不一德，威鳳戢遠響。横經羅生徒，蕭然卸塵網。有漢豈不盛，負彼伊吕想。峨峨弋陽山，泉石皓漭瀁。緬懷鄭次都，高風竟長往。巢許不足爲，誦論生慨慷。

頽雲歌柬師荔扉廣文

石得之洱東樵人，高二尺有咫，頂攢簇五峰大小，皆右折。左亞以層巒虚其脅，連環數大穴小峰，離離外吐。右斜垂一幹，長尺半，作連蜷起伏狀而翹其末。石大小三十餘穴，皆洞達空，其趾如鼎足，色蒼然。師荔扉驚見叫絶，數請易之，爲名之曰『頳雲』也。

香雲出海環邱紅，巖棱百疊堆奇峰。鯤鵬變化怒摶羽，海波壓雲雲偃風。横披側出湧其鋒，元氣鬱結青濛濛。雲將猖狂扶摇東，蓬萊清淺鰲衰癃。師曠鼓琴變當空，揚沙撼林聲砰訇〔一〕。忽然摧落嶠山星，池之浮石騰拏天。矯如奔龍，光芒百丈乍卷束，冰凝雪沍盤崆峣。起伏回環趁遠勢，浮烟噴雨青摇溶。盛以瑶盆藉碎玉，當軒四面開玲瓏，師宜仙人過我飲。盤旋大叫神眈眈，云是點蒼山頭半頳雲，欲頳不頳雲閃閃。君家點蒼下，日日憮憑覽。易馬請從王蘇例，欲奪仇池難手擘。昨夜小園風雨疾，落花打窗如舞雪。却恐雲隤竟飛去，使我園林坐蕭瑟。沓余寂寞嗜好偏，烟霞泉石眈周旋。奇章贊皇太豪貴，誇楊攫米殊狂顛。適然寓物得我意，紛紛物轉寧自慳。雲頳雲起石悠然，支離恢詭全其天。

【校記】

〔一〕『撼』，原作『憾』，據道光二年增刻本改。

同趙所園、何得天遊蕩山，至波羅崖觀佛跡

遠響寂鍾魚，深崖古德居。巉石蟠空窅，歸雲注壁虚。花沿群鳥獻，樹偃毒龍呿。道力相

勘驗，探奇興有餘。

登中峰頂

浩浩風輪轉夜摩，深崖佛跡有盤陀。排空雁陣縈雲背，過雨雌霓滃海波。雪影依微中印度，夕陽飄緲蜀岷峨。側身今古知何事，莽莽遐荒扣石歌。

龍女花

優波離女鉢呈花，聽法毗樓示現遐。雪裏孤芳森貝葉，天然素貌憶彌家。香飄金粟濃雲氣，露冷銀盤射月華。直揭妙明心一點，花開真見佛陀耶。

要楊虞功計偕宿蕩山寓樓

楊子悲岐路，微痾怡養生。於山得真趣，遁世不居名。爇火藥香滿，掃雲松響清。流連惜遠別，信宿倒瓶罌。

無題三首

朝霞明豔睒孚瑜，衆裏飛瓊異繡襦。自分渡頭匏葉苦，情知天上桂花孤。分嬌願在奩爲鏡，解佩親貽臂繫珠。十二玉樓中更遠，鶯聲樹影翠模糊。

華胥環裏境迷離，契契勞情夜漏遲。青鳥衹隨釵燕轉，翠蛾空向鏡鸞窺。春藏得地花重疊，風定垂簾月邐迤。知否河陽人似玉，忍寒端爲寫相思。

冰扇徒聞雨絡絲，巫雲洛雪本難持。殷勤張碩留盂在，倚徙蓬球吸露飢。月底花嬌依鏡近，樓頭眼語入箋疑。冶容莫把芳香妒，五色華蟲藺自知。

古別離

從來富貴比風花，茵席泥塗一颺差。還似人間離別意，長亭杯酒各天涯。

邯鄲懷古

邯鄲鼓角動地鳴，援師鼠首窺秦兵。朱亥揚椎嚄唶麇，選軍八萬雷電轟。侯生計日北向死，酬恩兼爲酬擊鄙。公子從兹趙可留，趙存魏重秦謀弛。當年頗訝執轡恭，抱關老翁有如此。君不見平原賓客夸盛時，脱穎自失囊中錐。何地奇士不時有，能知奇士士始奇。毛公薛公何爲者？公子不來誰知之。嗚呼！公子不來誰知之！

鄴中懷古二首〔一〕

銅雀嶢岧對墓林，分香遺令暗情深。明明國計無多語，抵死猶謾篡漢心。

醉酒弛儀早自頹，詞華瑰豔總含哀。興亡一哭君臣義，畢竟輸他介弟才。

【校記】

〔一〕『二首』，原詩無此二字，據内容補。

廣武原

絶澗臨相語，聲呼肅兩軍。英雄甘一戰，天地不中分。劫盡咸陽火，人歸芒碭雲。徒教千載下，成敗論紛紛。

漢江曉霧，題大堤水榭

大堤紅亞花朦朧，砑砑柔櫓鳴虚空〔一〕。曉意欲雲雲不雨，捲簾一片青濛濛。美人攬鏡籠紗裏，失却窗前山邐迤。低回郎意不分明，一下紅樓幾千里。

【校記】

〔一〕『砑砑』，《晚晴簃詩匯》作『呀呀』。

荆州

仲宣懷土此登樓，騁力高衢願未酬。沅芷澧蘭芳草歇，蘆花楓葉楚天秋。江風也有雌雄勢，人事難憑出没洲。今古茫茫交百感，陽春誰和郢中謳。

虎渡口

鼓柁風濤壓遠林，渚宫塔影半浮沉。金堤猶聽陳遵鼓，息壤長留夏后心。隱隱蛟螭餘狡窟，嗷嗷鴻雁集哀音。大川舟楫談何易，桑土綢繆迨未陰。

澧州渡

碧漲寒初落，郵亭緑樹中。冰魚噓日上，山果冒霜紅。晴景怡行客，歸心倚漸鴻。澧洲三渡接，延佇猗蘭叢。

桃源洞

曲折溪流接短亭，遲回疲馬聽泠泠。荒村人静烟生竹，野渡船過鳥下汀。古木交陰孤徑窅，秀峰奇構萬重青。緑蘿一夜遊仙夢，却訝巖前有洞扃。

辰溪早行

溪深遲曙景，霽色滿高峰。霧重冰生石，雲消雪在松。衣塵蒼翠濕，野饌笋芝穠。却訝荒山估，棲棲亦似儂。

紅葉

欲寫幽懷一葉書，葭蒼露白眇愁余。西風瑟瑟深林晚，紅影蕭蕭返照疏。烏桕門前人别後，雙楓浦上雁來初。詩人持比春花好，却憶花時興有餘。

鎮遠

源盡五溪西，長橋落斷霓。嚴城當石鐐，轡路仰天梯。世界恒沙簇，馮生泡影迷。利名無險阻，短艇接贏蹄。

飛雲洞

黔山歷遍厭征騑，幽洞玲瓏得翠微。石意作雲垂欲下，溪風吹瀑擁俱飛。媧皇五色天餘煉，巫女陽臺夢懶歸。勝境遠藏邊僥遠，空教行客戀巖扉。

牟珠洞

大化偶示幻，毓此巖洞奇。容光落青天，萬象森陸離。嶄然石浮圖，莊嚴無偏攲。鐘鼓各鏜鎝，幢旛交參差。彷佛十六賢，凝神仰迦毗。天雨亂花落，活潑佛者機。遊人眩五色，夢影逐低迷。纍纍珠中蟻，九曲有餘嬉。古佛大笑噱，是名諸相非。妙哉此空空，四輪共一痴。

雙明洞

鴻蒙析天地凝滓，浮泡聚沫山纍纍。元氣偶然蕩不收，金石飛騰混沌死。地肺四達青城空，洞天福地遥相擬。鎮寧城南日東升，飛霞直渡青磐底。旁墉曲户開重重，中衢竟闢城門軌。石氣蒼蒼非想天，月窟光寒雨花紫。巖東湫穴碧沉沉，傳聞暗徹滇池水。巨魚掣鎖鏤昆瀰，荒蕩誰能究此理。僧徒標異比雷音，仙靈豈盡貪奇詭。伐竹梯梁好事人，那得窮遊到邊鄙。野人驅犢洞中歸，鶯花一塢烟雲裹。

憶梅

十載青春一瞬移，更無人在款花巵。呼門欲乞花間坐，曾與梅花是故知。

桃花

蒨蒨殘紅亂雨枝，漁郎重到艤舟遲。垂楊也爲飛花惜，踠盡重重水面絲。

刺桐花曲㊀

刺桐花開紅簇簇，花裏青樓春酒熟。低枝繫馬葉幡幡，翠袖壓杯花映肉。欲行不行驄馬嘶，樸蔌飛花點客衣。

【注釋】

㊀此詩亦收録於《晚晴簃詩匯》，詳見（民國）徐世昌輯《晚晴簃詩匯》卷六十三，民國十八年退耕堂刻本。

七月廿三日，洱河兢渡

蝸角興亡一瞬移，堅貞猶自惜蛾眉。畫船烟火連村社，土樂嘔呀競水嬉。息國桃花嬌不語，緑珠金谷恨難追。蒼山古雪長年在，摇蕩清光漲緑漪。

鶴慶山中眠龍洞、黄冠塚諸跡

空山寂寂亂雲回，樹杪精藍扣户開。夾路草蘿披夏雪，奔流石窟殷晴雷。荒墳白骨烏號墮，古洞凄風杜宇哀。畢竟空王天地闊，茫茫京國冷殘灰。

瓶梅

飛雪隨風撲紙窗，羅帷香動恍聞跫。移燈乍轉銀瓶影[一]，的歷梅花蒂盡雙。

【校記】

〔一〕『燈』，原作『鐙』，據道光二年增刻本改。

溪雨

繞郭烟嵐濕翠微，山頭瀑布挂晴暉。春風忽送溪雲出，亂捲銀瀧作雨飛。

春渠

小樓密雨夜愔愔，碧草如烟浸遠潯。山下桃花山上雪，併成春水入瑶琴。

春陰

檢點飛花第幾重，曲池芳樹翠茸茸。輕陰不作閑風雨，恰好海棠春睡濃。

梨花三首〔一〕

嫣紅奼紫豔交加，蕭灑高枝只素華。朗月樹深雲蕩影，春陰香動雪團花。洗妝凌亂銀杯促，插鬠玲瓏玉蝶斜。記得廣寒翻曲譜，伶園絲管出天家。

漠漠幽芳藹藹春，春工淡雅寫天真。光風洛浦初回雪，素影東牆恍有人。蜂蕊細黏珠粉濕，燕泥輕點堊痕新。多情最是遺山老，孤潔深憐静女顰。

剪雪裁冰色盡删，迷芳吟客認雲攀。輕盈欲假封姨薄，冷豔低籠月姊閑。杜曲遊塵衣上雨，嘉陵詩夢馬銜山。行酤我憶餘杭姆，釀取飛花蕩漾間。

【校記】

〔一〕『三首』，原詩無此二字，據内容補。

褰裳

褰裳溱洧漫遷延，桃李難藏地遠偏。紫陌春塵迷屬睇，錦屏霞暈隔佳眠。語麻三葛疏當紙，點膝芙蓉骨念蓮。奈何盛年難再得，折瓊還與致纏綿。

馱牛慨

斜月墮長坡，踏踏人影直。曉霞濕行塵，山烟炯虛白。隆隆牛鐸聲，負馱不負軛。野人事機智，陋彼田夫力。連綱百千蹄，程規倒昕夕。巧利析精微，芻秣就山澤。人世逐熙攘，艱難在荒僻。誰知皇古民，老死不作客。

六里箐宿，憶己亥鄉試，鐵橋頹，阻水二日，有當壚婦禦强暴，甚快異事㊀

山風一徑響關河，長短亭臺萬緣窩。幹嶺蜿蜒蚿運足，馱綱騾馬蟻緣柯。痴龍掣鎖沉天塹，法姊分鐙懾地魔。過眼雲烟消往事，磨牛踏踏舊涔多。

【注釋】

㊀『己亥』，即乾隆四十四年（一七七九年）。

仙人巖

沅水下無際，聯巖高截天。云何仙人居，巢架虛碧間。曲折三十里，往往留空椽。縱横插石穴，複閣仍鉤連。有户或開闔，有櫝緘且鍵。長劍倚深壘，不漬苔蘚班。雲氣翕崖角，隱隱停虛船。風雨所漂摇，千載屹不顛。仙人信詭異，何乃不憚煩。或云古營窟，遠自洪水年。絶壁無坡陀，昏墊何由攀。二酉近百里，將無藏簡編。孰居無事是，守之食與眠。臆度百不似，行舟俄逝湍。伊古大山澤，草昧罕人烟。山精有結廬，金累亦裘冠。山經别歧渾，禹鼎鐫神奸。人世蹻耳目，誰與究其端。四大合幻成，滄桑中遞遷。百靈役大化，隱顯千萬般。鐵鏵出平陸，雞穴塞彈丸。言所不能論，證鄢成故然。仙理妙無著，涉有非其佐。神奇與臭腐，幻化常清新。浩蕩群鷗浮，樂此漪漣春。

壺頭山

箭筈飛聲下急流，谽谺大壑壅壺頭。白雲倒漾層峰出，絶壁陰森古木樛。擫笛袁生吹裂石，頓軍新息仰嗚枹。衹今猶恨蠻溪險，不斷祠鴉送客舟。

明月山

明月山前明月池，銀瀧疊盡碾琉璃。奇峰一角欹鰲頂，丹壁千尋落蜺雌。天半樓開人倚鏡，林端雲退鳥涵漪。輕舟莫憚回環泊，欲睇仙臺路所之。

姊妹山

清溪明媚儼仙寰，行客忻逢姊妹山。眉意淡濃分染黛，雲鬟掩映巧堆鬟。春花滿鏡凝妝豔，暮雨無人夢影閑。素芷芳蘭思擷采，輕帆一瞬隔林灣。

夸父山

夾岸雲烟貼水浮，三峰突兀繞行舟。藏書誰訪周王祕，爨竈居然夸父留。射的石帆虛擬似，虞淵若木渺難求。擎杯滿引紅霞嚼，無限奇踪片艇收。

穿山石

積鐵層層絕壁牢，崖根虛豁走猿猱。應緣山石當流嚙，想見洪荒載地高。洞口松篁藏落日，雲端臺榭撼飛濤。元光福地知非遠，欲扣仙靈引放舠。

緑蘿山〔一〕

赤石丹崖被緑蘿，波光摇蕩錦雲窠。小峰不盡千重疊，朗水偏回百折多。竹圃稻畦環繡錯，槎編箄鱖泝魚歌。桃源那更人寰外，烟靄迷離悵望過。

【校記】

〔一〕『蘿』，原作『籮』，據道光二年增刻本與詩意改。

吕翁祠

明星睒睒東方生，吕翁祠前車鐸聲。茫茫昧昧夢中行，行人盡説祈佳夢。黄塵黧面凝鬚凍，真真夢夢幾曾真，可憐富貴逼行人。

無題二首〔一〕

凌風仙去怯纖羅，眉意連娟不染螺。入鏡花鈿含雨濕，繞裙蜂蝶占香多。列松積石銷郎豔，曉幕繁霜憶婢歌。强把後期相慰借，東方卯歲又蹉跎。

羽帳金支玉軫陳，精誠今已寤真真。同心苦結垂梔子，好草鈎連蒂落秦。錦轡香留邏谷晚，舞裳雲綻若耶春。軟紅不見雕輪轉，已是凌波絶步塵。

【校記】

〔一〕『二首』，原詩無此二字，據内容補。

擬結客少年場

夙昔慕劇孟，年少相攀追。然諾急片語，意氣無險夷。歌舞宴遲日，一博千金揮。上馬忽如電，射獵南山陲。輕身鬬勇捷，白羽生鳴颸。拔劍擊黄獐，痛飲何淋漓。日暮醉酒歸，亭尉相詆欺。三十耻不貴，折節從經師。廣聆諸儒論，法度森嚴規。章句細如髮，跅弛將安施。蹉跎歲月淹，浩歌中夜悲。雄劍憶雌鳴，污血當風嘶。丈夫不適意，富貴亦何爲。起身尋舊遊，行樂及良時。

長安有狹邪行

春風陽車塵，迢遞入狹邪。狹邪多妖女，顔色豔春花。蛾眉各意態，羅衣揚風斜。芳蘭被約素，寶釵曜盤鴉。粲然啟玉齒，光彩流朝霞。含睇互傾靡，斂意凌筝琶。當筵一曲歌，陽春回幽遐。千金買同心，豪貴争交加。自非斛中珠，何由枉光華。徘徊不可即，日暮徒咨嗟。

猛虎行

蘭不因紉佩香，木不因中采直。直木有本性，香蘭無豔色。豈以志士心，中道自惶惑。達非爲我加，窮豈爲我抑。逸豫痿腰身，嗜欲暗神識。險經道乃遠，海運飛始力。小智競目前，達人耻徒得。峨峨登高山〔一〕，驅馬不遑息。緬兹千古懷，遠覽契前德。飢食清水濱，寒棲松桂側。幽禽對我鳴，崇雲共我陟。長歌猛虎行，慷慨鬱中愊。

【校記】

〔一〕『峨峨』，原作『峨蛾』，據道光二年增刻本改。

門有車馬客

門有車馬客，壯遊輕遠方。遠方薄四海，欲駕還倀倀。巉嗑山頭蘖，渴斧堅冰漿。三川揚鯨波，九坂折羊腸。僕痡顧我嘆，我馬元以黄。男兒急功業，俯仰增慨慷。鳴禽揚春和，鷙鳥厲秋霜。運會自有時，聊且歸故鄉。老親出門前，歡顔得所望。倉皇走弟昆，顛倒書劍裝。稚子躍我側，妻孥羅尊觴。親交接踵來，粲言各温凉。解襟振塵土，回驚客路長。寄言遠遊子，歸哉樂未央。

淥水曲

郎槳過湖來，儂船過湖去。生小兩湖邊，能得幾回遇。

采菱曲

回槳避蘭津，菱歌聲淹抑。并船隔芙蓉，凝睇如相識。

采蓮曲

采蓮濕翠袖，要得染穠香。郎從岸上遊，衹是遠芬芳。

東安劉越石墓

驅馬桑乾陽，連岡列縱横。浩浩白霜積，翏翏風林聲。在昔劉越石，城此事西征。投軀隘天地，百鍊磨霜硎。完都亦已傾，孤軍慘泣血。長嘯發重圍，萬馬散明月。慷慨窮林吟，慰彼資糧絶。飛鳥爲哀鳴，浮雲爲鬱結。何乃同盟子，信義中道裂。脣齒結幽并，妖氛冀剪滅。殷勤報盧子，竭兹忠孝節。一心急公朝，黨讎視無别。邈矣子房智，懷哉曲逆奇。齎恨即泉壤，脱難竟伊誰。遺墓古城側，白日何凄凄。碑碣不復識，樵牧循荒陂。疇憐枕戈心，死生終不移。三復扶風歌，爲君奠芳巵。

留别東安生徒

凉風肅天野，遠客浩言歸。臨行轉惻惻，重與諸子違。道同得所契，步履相因依。異鄉苦多感，慰兹風雨霏。人生重徒侣，况乃知我稀。所嗟萬里道，行當隔音徽。停雲何渺渺，驪馬揚金鞿。珍重贈言義，遲此前途暉。

前題

四載離高堂，定省缺晨暮。强顔爲人師，乃今即歸路。人生貴同志，豈必長群聚。名理如坦途，師資在領悟。副墨而洛誦，元冥亦景附。求馬唐肆中，無乃類膠固。小成致道隱，大源力仰泝。惜日日斯新，駒隙悚閑度。刮目後會期，當非此日故。躋躋畿輔居，飛黄易騁步。勉哉各努力，勿徒遠人慕。

鸚鵡洲

鸚鵡洲邊草，萋萋春又生。人心與江水，千載鬱難平。鴞鳳何相值，茝蘭空復情。恢恢天道大，漫衍適孤行。

城陵磯

長江春盡雨綿綿，萬里金沙下雪巔。只説洞庭青草漲，扁舟格是上青天。

洞庭順風

渺渺長江水，回波送客舟。春風吹挂席，飛度岳陽樓。舉酒屬孤嶼，白雲平溯流。月華一千里，湘瑟未停搊。

湘陰泊

斷岸微茫翁竹烟，雨聲滴瀝到蓬船。輕風細浪離離草，鼓遍湘靈廿五弦。

賈傅祠

漢世承平日，真堪痛哭來。無人知此意，何自惜斯才。楚雨晴猶濕，湘流去不回。荒祠蘋藻薦，爲憶吊原哀。

鎮遠河諸灘謡九首〔一〕

太山腹溪，懸水如梯。連三灘。

篙如箭，石如的。篙師精誠，飲羽没石。蜂窩石。

石隙一線，仰天三轉。剌灘。

武溪之礌，石或馳之；武溪之剽，石或縻之。石之齒齒，何如夷之。盤灘。

熒熒白鷺磯，頃刻大於鵠。白鵠瞥眼飛，鷺鷥又來續。大小鷺鷥灘。

黄猴黄猴，長竿捷末母夷猶。黄猴灘。

虎耳崖履其尾行，人心得虎子。虎耳巖。

上高流，下高流，上下兩遲速，一樣白人頭。高流洞。

清浪巉巉不斷灘，欲上不上石盤盤，青山白石行路難。青浪灘。

【校記】

〔一〕『九首』，原詩無此二字，據内容補。

題鎮遠店壁

山透水玲瓏，樓臺向背同。蔀簷鍾乳滴，梯徑石脂紅。佛火明深樹，田歌出半空。忘懷在逆旅，隱几洞天中。

龍場驛

何陋足軒趣，良知道業昌。遠峰翹馬耳，細路繞龍場。浩氣祛炎瘴，微言息跳梁。蕙蘭持慰我，也惜覆空牆。

清鎮諸山

路平山更好，難得是巫黔。疊嶂蓮花蹙，疏峰芰角尖。薄酲銷馬蹇，久旅得心恬。獨愛郵亭石，玲瓏倚蔀簷。

安順諸山

應是洪荒始，蠡螺激斷鰲。紛紛從化石，纍纍逐奔濤。蝸國烟嵐古，龍苗洞穴高。雲坳春跳月，歌管醉嗷嘈。

夜行

暗壑喧無定，空亭得辨津。馬蹄攛石火，林影突楓人。眩境參真幻，冥心勝苦辛。前山燈數點〔一〕，安穩到城闉。

【校記】

〔一〕『燈』，原作『鐙』，據道光二年增刻本改。

阿都田諸山

奇峰千萬狀，極意逞巍峨。陸海分羅刹，坤輿腌疥駝。韶光消積雨，險語逼前坡。惟有無何飲，雲烟醉裏過。

黔雨

泥塗還自笑，襬褷羽衣身。的皪梅花色，凄迷澗底春〔一〕。雲堆壅鳥道，雨意狎龍人。應盡羅施界，纔堪與日新。

【校記】

〔一〕『澗』，原作『僩』，據道光二年增刻本改。

黔山蝴蝶歌

竹江花開濃烟霏，花間蝴蝶不斷飛。似惜行人寂寞路，聯群逐隊來依依。滕王圖中描不得，巧學苗女裙五色。逞將新樣鬬蠻花，孔金翠羽啼鵑血。羅浮仙洞蝶仙遺，金筑山奇蝶亦奇。沙坂墨蛾春錫貢，不盡如意館中知。

五華學舍感舊

靈珠滿握氣闐闐，上舍聯翩盡少年。十載行踪塵滿面，五華春夢草連天。便便負腹長安米，寂寂懷人海上弦。雨散雲飛音信杳，幾曾真個玉堂仙。

净蓮寺寺有泉甘冽，丁酉七月㊀，龍鬬寺圮，孔太守重修。

長岡陡轉暗塵牧，萬緑含風古木稠。爲愛烏啼頻酌茗，憶經龍鬬此争湫。方山一種存觚意，琭水三回作篆流。馬足不隨歸意迫，穿雲擿翠也忘愁。

【注釋】

㊀『丁酉』，即乾隆四十二年（一七七七年）。

紫城夏月之凉，非久客於外不知其異

輪扇雕冰敞玉堂，低回何似此清凉。一天明月雨初霽，匝地清陰花冽香。蠹簡翻殘情共杳，蚊雷寂處適俱忘。奇諧却似龍褒句，皓皓團團夏夜霜〔一〕。

【校記】

〔一〕『皓皓』，原作『浩浩』，據道光二年增刻本改。

遊洱水四首〔一〕

帝青開焰藏，鷟羽拂風輪。雪鏡循湖遠，瑶蒼識面真。雲嵐成聚落，城市映波瀠。却望層冥裏，還應大有人。

盈盈秋在水，滉瀁轉鳴榔。柳港重重翠，蘋花細細香。管弦迷曲渚，士女蕩紅妝。往事躭湖海，難將釣射忘。

臨水亭高揭，烟波面面佳。跡空唐使館，人愛舊詩牌。樽俎情懷別，雲山今古偕。閑閑鷗數點，天地渺無涯。

危樓浩淼天，幹嶺掣東旋。青迤龍關樹，秋消雞足烟。閱人碑字没，卜稼島痕還。彷彿前遊日，慆慆又五年。

【校記】

〔一〕『四首』，原詩無此二字，據内容補。

山店

山店過雨雲倒行，炯炯缺月逗雲生。驚棲山鳥中夜鳴，高林大竹喧溪聲。薄衾展轉夢不成，瓊樓美人隔玉京。何由相憶此時情？

順寧阿魯石至芒街渡

踏踏馬蹄缺，悵悵痡僕遲。山行日益高，谷行日益卑。連巖忽中斷，横江鬱怒馳。緣壁下如綞，出石愁傾欹。竹筏渡回洑，毒霧壅迷離。密樹厚積葉，蒼苔森路歧。呼鳴辨鬼鳥，爪踪雜虎羆。野人如猿猱，結屋山之眉。日夕投古戍，山茅薦飢炊。夜氣濕燈焰〔一〕，花蚊鳴訑訑。昨昔京洛道，垂楊夾九逵。紅樓豔歌舞，豐膳羅金巵。白馬何蕭蕭，當風揚玉轙。行人泥春景，意氣生遊嬉。行路有苦樂，苦樂無定期。自非遠行人，世路焉得知。

【校記】

〔一〕『燈』，原作『鐙』，據道光二年增刻本改。

臘門行，效王建《荆門行》體

臘門溪頭溪水長，臨崖大木椓作梁。溪南三月行人絶，南風如焰烘林樾。四月蠻家山上遷，尋凉逐水深竹邊。夷女浴歸雙足白，野花亂插香雲偏。燒山種稻不須水，陰陰溽暑滋秔紫。暑氣蒸雲貼地鋪，漫漫銀海天糢糊。一雨一晴瘴烟起，日中五色紛縈紆。防烟避雨不計程，虎牙孤戍氣狰獰。下有毒泉清見底，飛鳥一飲中墮死。遊魚撇撇不可釣，蛙聲如犬衝人起。連蜷怪木交陰深，同根異實青森森。象行草中不見脊，火犀怒觸山石砉。蠻兒耕田負努刀，山僧咒虎嚴村柵。南中賈客操蠻聲，不辭荷擔年年行。職方以内險如此，九猛之南可知矣。山經異記闕紀多，奇遊畢竟將何底。青翎小鳥呼歸飛，飛飛不竟不如歸。

芭蕉果

緑雲山閣翠涵淹〔一〕，蕉果穠香得味壓。半褪花房蓮片片，密排蘭實玉纖纖。露華披折金雙掌，素質清虛雪一奩。草木南方誰續狀，天生與滌瘴鄉炎。

【校記】

〔一〕『緑』，原作『緣』，據道光二年增刻本改。

蘭滄江歸自神洲渡濟四首〔一〕

連峰直上隘層霄，萬里波聲壓海潮。源近黄河初洳處，流專赤縣最南條。盤渦當晝蛟螭鬪，裂石欹崖風雨摇。百尺浪花飛渡險，豁然瘴暑已烟消。

炎天赤浪勢焮然，五色真隨四序遷。石壁風號千樹偃，鐵橋雲退一絲懸。排山不假夸娥劈，到海還踰夏后先。悽惻蘭滄傳漢曲，昇平今日際堯天。

山頭極望遠茫茫，天塹何勞限異方。勝國蟲沙消漭瀁，百蠻犀翠入梯航。風盤曲棧人烟出，雲擁深篁鳥道荒。棄險自全臣節死，猛公祠宇最悲凉。

黑水遐荒考辨難，崑南崖上壯觀瀾。九州到此遊方遍，萬古如斯逝未闌。夜静潮聲翻海溢，夢回落月下巖端。舉頭矗矗天梯引，若士汗漫道路寬。

【校記】

〔一〕『四首』，原詩無此二字，據内容補。

竹實

竹實如紅豆，由來簩米殊。南荒深巨簩，密葉隱聯珠。采擷參蠻糗，繽紛落鳳咮。奇珍人不識〔一〕，烟雨自涵濡。

【校記】

〔一〕『識』，原作『遠』，據道光二年增刻本與詩意改。

傘兒草

小草騰衝嶺，靈奇不死能。辭根蠻瘴遠，滴水翠雲蒸。細葉攢花樣，孤莖韌石棱。長生真大藥，枯菀已明徵。

松橄欖

蒼松老翠嵐，異藥得幽探。圓綴蒙蘿紫，滋回諫果甘。熱中冰飲滌，苦口舌香含。遮莫紅鹽子，粗能解酒酣。

魁蒻

靈苗滴露生，搖影翠輕盈。羽葉排輪扇，雲漿浴玉嬰。乳酥融點化，冰雪湛虛明。藜糝兼藷芋，多方骨董羹。

榧松子

榧子如松子，芳腴質兩融。旅生凝練實，乳綴儼梧桐。百果當筵絀，三蟲避影空。苞蘢來落鳳，爲念舊棲叢。

冬蟲夏草

離離山上草，趯趯雪中蟲。玉蹗翹根起，青萌坼尾豐。寒暄機出入，變化肫初終。烏足與蠐蝶，回環無此工。

山行驟雨

黑雲出峽挾雨奔，山旋石偃蒼林昏。澩澩曲磴銀瀧翻，老竹倒卧遮行鞍。人乏馬饑行路難，年年龍醉知今日，輸與酒客嘲臧孫。

黔山雪後

黔山二千里，積霧無春冬。一夜滿積雪，馬首森萬峰。一一插虛無，朗如白芙蓉。雖苦曉寒冽，放眼開壓胸。危橋静妥帖，老屋欹龍鍾。斷冰咽澗泉，隔葉鳴淙淙。有時餘霏微，灑落崖上松。前路仰天際，人馬紛憧憧。如彼蟻緣壁，了了見行踪。繫馬酒家壚，巡簷拂涷凇。勞生信可恤，半途誰能慵。

晚行

山雲照行路，不知寒夜深。梨花千萬樹，明月生空林。村巷寂跫足，巖泉鳴凍岑。客心淒絕處，幽谷一聲禽。

冰舵

水澤增堅壯，舟檣斂寂寥。順時成利濟，履險得逍遥。直據烏皮几，平凌碧落霄。依然刳木意，還省打冰傜。方軫車同較，天衢斗挈杓。踐波開蜃市，即地碾鮫綃。揺曳鯆鮃引，浮遊雁鶩飄。披烟移皎月，舞雪擁驚潮。山繞跏趺翠，天横漭蕩遥。轉蓬源古制，泛駕静塵飇。巧類張融宅，權符大禹橇。何須遇奡蕩，不辨廩君漂。仙路遲琴鯉，迷津得手橈。晶宫難副意，麻嫗慎相邀。

結意

風馬雲車結意重，玉山蘭野盡從容〔一〕。鴻鱗寂寂蒼苔掩，樓榭沉沉細雨濃。二月花攀歡氣息，雙襟榴插豔他儂。但教一覿終成感，錦裴應知憶子丰。

【校記】

〔一〕『盡』，原作『儘』，據詩意改。

鷓鴣

鷓鴣聲驕蕙草柔，韶華如水逝難留〔一〕。遠山春到思螺黛，緑樹陰深響玉鈎。婉轉簾櫳通燕語，披離風雨爲花愁。三清十洞殷勤遍，鰈鰈鶼鶼願未休。

【校記】

〔一〕『韶』，原作『詔』，據道光二年增刻本與詩意改。

張家灣解纜，和戴崧雲同年韻

東便門東趁夕暉，烟波最好拂塵衣。鄉關遠近同爲客，山水登臨也當歸。堤柳雨深秋更緑，野鷗風定暮還飛。扁舟更有陶焦侶，恣意江湖未足非〔一〕。

【校記】

〔一〕『意江』，此二字原漫漶不清，據道光二年增刻本補。

泊頭鎮懷孫觀城

孤帆婉轉緑楊絲，水驛亭臺浸碧漪。爲念故人行絶塞，憶纔携手宴南皮。琵琶曲院翻新調，菡萏秋風映客巵。自笑石婆顛倒夢，萍踪浪跡已多時。

中秋月

今夜團圞月，清輝萬里同。高堂憐客子，皓首仰晴空。秋漲無邊白，華燈蹙水紅〔一〕。同舟歡共飲，未解慰飄蓬。

【校記】

〔一〕『燈』，原作『鐙』，據道光二年增刻本改。

十六夜月

帆行不覺晚，林月已東生。圓彩猶前夜，他鄉又一程。暗蟲喧露急，孤鷺擻波明。不盡良宵興，嫦娥對盞傾。

十七夜月

漫漫天接水，夜夜月隨船。暝色遲蟾影，清輝減鏡邊。晚花分桂露，紅粉惜瓜年。竟夕憐相照，娟娟到曉天。

運河舟中

長帆信微風，人閑語音寂。小波蕩蘭槳，玲瓏時潄激。偎岸菰蒲香，支窗楊柳入。鵁鶄下却回，蜻蜓颭欲立。芳洲渡回緬，斜流過徑直。炊烟冒平楚，微茫見城邑。停雲如遠山，際海照晴色。曠兹千里目，一暢客情鬱。高咏滄浪歌，此意從所適。

濟寧太白樓

澄湖渺渺碧山浮，倚檻雲嵐憶獻酬。墮謫仙人閑作客，憑淩天地此登樓。忘形海鳥鴛鴻聚，快意丹砂駿馬遊。勝地芳名留一醉，人間富貴等浮漚。

朱超緑同年招遊山塘夜飲

劍池雲氣窈嶔岑〔一〕，皎月澄波浸碧斟。弦管秋風移畫舫，湖山燈火散花林〔二〕。共憐子夜纏綿曲，一慰天涯離合心。明日孤帆回首處，吴江楓葉正蕭森。

【校記】

〔一〕『嶔』，原作『嶔』，據道光二年增刻本與詩意改。

〔二〕『燈』，原作『鐙』，據道光二年增刻本改。

姑蘇臺

姑蘇臺上醉金巵，歌舞繁華未了時。顛倒人間殘夢好，紅心春草葬西施。

李敬兹同年招飲湖上送别高美東、來玉湘往金華，和戴崧雲韻

柏葉重重畫不如，西湖十月勝春初。林家報客飛霜羽，蘇小搴簾駐壁車。桂楫有情通宛轉，雙峰弄影對軒渠。分携莫負梅花約，雪夜山陰思有餘。

賈亭二首〔一〕

賈亭楊柳踠停舟，解珮芳情箇怎酬。紅葉一塀花影寂，理弦聲在水西樓。

倚徙餘醒曉意閑，花枝倭墮緑雲鬟。水晶簾下芙蓉鏡〔二〕，淡染南湖一曲山。

【校記】

〔一〕『二首』，原詩無此二字，據内容補。

〔二〕『晶』，道光二年增刻本作『精』。

七里瀨二首〔一〕

三拜先生峭病呻，支離疏兀不亡真。虚名身後知何與，如此江山不負人。

江瀨蕭蕭風雨音，一編晞髮共悲吟。嚴陵風義人寰絶，托得當年許劍心。

【校記】

〔一〕『二首』，原詩無此二字，據内容補。

上瀧般

長舷婥約蓮花蹬，翠衩飄捎風滿江。越女皎然天下白，一齊揎袖出争灘。

蘭溪道中㊀

泉響四山空，石深秋氣聚。密竹連溪崖，積翠自成雨。野渡杳無人，人聲隔烟語。

【注釋】

㊀此詩亦收録於《晚晴簃詩匯》，詳見（民國）徐世昌輯《晚晴簃詩匯》卷六十三，民國十八年退耕堂刻本。

景寧山中見天臺，高出天際，沿行一日

越嶺重重堆雲烟，忽峰忽落雲倒旋。含光轢景青聯翩，千峰萬峰深無邊。矯如天門朝群仙，圭葵珽直旒冠綖。神女飄飄翹烟鬟，金支翠旗有無間。天風吹人骨珊珊，有時桃實流芳鮮。此中一入迷往還，彼姝者子難爲緣，嵐深翠鬱長千年。

福寧道上寄翁凱恭戎府

東南天地盡環瀛，大姥霍童心遠傾。客路驅人俄自笑，連山到海岌難平。溪厓潮落林淒響，石磴雲過雨細生。爲報故人相見駛，别來十載有長征。

白鶴嶺望洋

萬島雲濤白，島盡一蒼然。飄飄洲國影，冪冪沃焦烟，河伯晚聞道。大鵬飛動天，竟難情措處，操縵撫成連。

水口暴風，舟人呼，下龍虱雨霰也

驚濤蹙電輪，緑樹偃雲津。白雨飛龍虱，寒風縮蛋人。歸程遲上水，世味澀勞薪。萬里孤舟客，蕭然對臘晨。

野梅

甌嶺無寒意，梅花也自芳。風吹一林雪，春漲滿溪香。小泊斜當影，孤村亂拂牆。故園三十樹，憶我竹間床。

嶂山亭望匡廬

嵐翠濃如濕，山亭殷瀑聲。到來真面出，似我點蒼横。高挾江湖轉，虚涵天地清。東林期一宿，倏忽暝雲生。

古意

鏘鏘環珮七香輪，桃李芬菲洛水春。傾國佳人方絶世，東鄰之子舊窺臣。唾落石花留染袖，紅飛青鳥爲銜巾。泛餘清瑟分明訴，好托行雲到玉津。

《點蒼山人詩鈔》卷二〔一〕

太和沙琛獻如　著

抵皖乙卯㊀

天柱雲西起，東連九子霞。長江中澹淹，此地足清華。筮仕應隨遇，致身初有涯。怡情山水窟，何必覓丹砂。

【校記】

〔一〕『鈔』，原作『集』，據道光二年增刻本改。

【注釋】

㊀『乙卯』，即乾隆六十年（一七九五年）。

望天柱山，憶春初北上滯雨

客路梅花憶早春，舊遊薄宦亦前因。炎蒸忽地清涼雨，馬首青山似故人。

金陵懷古十二首

一夜西風起建康，石頭秋色曉蒼蒼。長湖碧樹籠天遠，細雨蘋花接艇香。名士難逢邀笛步，
酒徒誰共落星岡。官程幾日菰蘆畔，擁鼻還堪諷詠狂。

鑿塹埋金詫昔聞，天教漢鼎更東分。江風怒發周郎火，車蓋驚飄魏帝雲。驃騎英雄終退守，
赤烏强盛亦紛紜。收來智勇成奇效，持比南朝已不群。

河洛翻騰萬里烟，衣冠江外盡顛連。新亭一灑英雄淚，半壁重開板蕩天。幕府有山猶肅若，
圍棋却敵竟翛然。烏衣從此風流盛，誰溯憂危戰伐年〔一〕。

浮江龍化淚堪潸，接踵荒淫直等閑。多事東南生王氣，無端金粉污青山。雨花不救臺城渴，
泣血空留井石斑。萬户千門歌舞地，烟波一片野鷗還。

龍虎山城擁帝居，南朝往事竟何如。千秋未盡繁華興，一轍還尋禪代書。際海波濤天作險，夾江城壘計非疏。到來攻守難同勢，始信《過秦論》不虛。

歌曲風流六代誇，興亡緣此亦堪嗟。却教渡口夭桃葉，翻勝宮中玉樹花。狎客宴遊驚戰鼓，女官羅綺散飛霞。祇今剩有秦淮月，弦管蛾眉水榭斜。

捐軀周戴凜猶存，異代誰同大節敦。髯褚竟教傾宋社，玉兒猶不負東昏。元湖龍氣移桑海，北埭雞聲變野村。莫唱符鳩嗚咽曲，石頭哀怨更難論。

芳樂花殘瓊樹秋，南唐一晌更風流。凌波影亂金蓮散，刬襪香來瑣殿幽。不信江山能建業，依然天子是無愁。玉笙吹徹清狂甚，多事東風又小樓。

揮麈清談習未忘，紛綸經史亦輝光。虞翻謫後搜羅廣，雷仲徵來隱遁香。巖壑高風明釋遠，詩書錦簇竟陵王。休嗤八代文章靡，瓌麗天教各擅場。

史事紛紛紀傳齊，偏才閏運儘堪稽。誤人安石誇名字，報國夷吾費品題。隱士精靈留瘞鶴，水神奇壯忌然犀。滔滔日已江河下，東晉多才較勝西。

宫錦仙人飲興狂，荒亭野館亦芬芳。莫愁畫艇三山遠，小妹青溪九曲香。書憶亂鶯春草長，歌愁殘月曉風凉。多情奈有瑯琊癖，臨水登山總斷腸。

回朝初定碧琉璃，懷古悲秋泛酒遲〔二〕。安石未容高枕卧，彦倫終愧北山移。天邊樓閣參差見，江上雲霞變幻奇。萬里一官心百感，那堪情思托香蘺。

【校記】

〔一〕『溯』，道光二年增刻本作『念』。

〔二〕『秋』，原作『移』，據嘉慶十一年刻本與道光二年增刻本與詩意改。

過宋郎中朱孝子墓〔一〕

佛有懺悔法，愛苦從所受。念彼阿走師，寫經血其口。佛以了其愛，朱以得其母。

【校記】

〔一〕『過宋郎中朱孝子墓』，道光二年增刻本作『天長宋郎中朱孝子墓』。

天長諸邑士餞宴方氏山林，同賦桂花

淮南叢桂樹，隱士得其幽。而我風塵者，還爲此日留。樓開山籟響，雨過石潭秋。良會如斯少，行杯莫計籌。

六合甜僧寺

野寺甜勞攘，遲月亦吐東。安穩得化城，行旅忘怱怱。桂露晚香重，石寒潭影空。静理悦幽獨，炯炯生虚冲。

桐城道中

折坂塗泥迫暮程，翠微深處轉情生。泠泠野水澗餘雨，得得好山天放晴。大壑松高雲氣響，澄江風細雁行輕。人生出處知何適，隨意烟霞分外清。

哭錢南園侍御

捧簡端衣聽漏遲，精誠獨結主恩知。生當郅治熙隆日，恐負丹宸耳目司。江上青驄蛟蜃避，湘中時雨杜蘭滋。玉樓待賦知何急，報國猶凝徹骨思。京華兩歲接清塵，把酒談詩氣益振。世路盡嫌跅弛士，惟君不棄慨慷人。一官江上臨岐别，匹馬雲衢從扈巡。可道先生成永訣，頎然猶認夢魂真。

雨中望龍眠山

悠悠事行役，寒雲凝江濱。密雨隨風來，濯我面上塵。僕夫因泥潦，靡及愁駪駪。行行陟高岫，前山何嶙峋。積霧冪巖趾，复峰浮蒼垠。疊嶂互出没，蒼翠紛鱗彬。隱約見龍眠，雲中昂欲伸。涓涓流水斯，淅淅摇松筠。豈不苦寒洌，耳目從清新。南中早春麥，生意萌畦畛。野亭曠人跡，寒鳥鳴荒榛。即事遣愁寂，薄宦從所因。

道中感賦四首〔一〕

楚水吴山渺萬重，宦程南北尚萍踪。不嫌五斗從腰折，猶自雙親缺旨供。雪嶺泥塗遲破霽，梅花驛使驟難逢。江干蕭瑟窮年意，砧杵千家響暮春〔二〕。

説劍談詩倒巨樽，除將結習耿猶存。燕居今已輸梁諫，雌伏真成愧趙温。驛路有情山過雨，田家無次竹當門。蕭蕭行色孤村晚，促鼻難同起謝墩〔三〕。

仕貧擊柝尚相宜，盤錯因隨利鈍施。風月舊諳騎馬路，弦歌翻讓讀書時。雲生培塿霖何藉，水不江河潤可知。百鍊而今須繞指，難將身世問襟期〔四〕。

無端雜感静中攢〔五〕，茅店蕭疏夜渺漫。雲氣入窗燈半濕，溪聲伏枕夢禁寒。宦須勞力争先易，事在宜人自揣難。前路好隨程近遠〔六〕，聞雞休更等閑看〔七〕。

【校記】

〔一〕『四首』，原詩無此二字，據内容補。

〔二〕道光二年增刻本無此首。

〔三〕『促鼻難同起謝墩』，道光二年增刻本作『底是風詩不素飱』。

〔四〕『百錬而今須繞指，難將身世問襟期』，道光二年增刻本作『萬里高堂温清缺，徒勞五斗挫腰肢』。

〔五〕『無端雜感静中攢』，道光二年增刻本作『家家砧杵趁冬殘』。

〔六〕『好』，道光二年增刻本作『但』。

〔七〕『聞雞休更等閑看』，道光二年增刻本作『難將心事自謾讕』。

滁州山中

霜色散晴曉，凍鳥深樹鳴。寒空出山骨，流水清澗聲。田野人事稀，行役迫期程。忽忽故鄉感，歲暮難爲情。

雪夜西橋步月

春風吹密雪，積素夜漫漫。斜月一天白，清輝萬壑寒。泉聲冰漱石，蕭寺竹平欄。皛皛元虚寂，因知静者觀。

醉翁亭

幽亭山四面，千古足風流。翁意不在酒，民心相與遊。泉聲留竹石，雪色老松楸。小酌清如此，斯人不可求。

歐梅

突兀留孤幹，歐梅闇自春。幽花開豔雪，清韻見伊人。山氣深含碧，潭心浄寫真。瓣香猶有意，索笑倚霜筠。

嘉慶元年，元旦恭賦丙辰㈠

粤稽羲燧始，亘古此元年。玉契新承詔，瑶圖繼體乾。敬將臣庶寄，祗受聖人前。太上淵謨穆，休徵福祚延。旻心仁共溥，民隱念猶懸。昭祀神祇肅，臨雍禮樂宣。來王日出處，拓地海西邊。六十年宵旰，三千界仔肩。成功告列祖，錫命自皇天。與子非私子，推賢得象賢。微危朝夕訓，作述義恩全。禹啟依然禪，唐虞直自傳。百靈勷運會，萬國拜冠綖。謨誥龍光炳，廷墀羽衛鮮。烟霏騰紫極，劍佩擁群仙。沛澤蠲徭賦，新民滌眚愆。臣工皆晉爵，野老亦賓筵。萬有山河表，雙瞻日月圓。太和春蕩蕩，永壽歲綿綿。風雨交三素，豐穰遍八埏。青陽乘木德，五老動星躔。孝治光神化，文明肇德元。小臣膺簡拔，一令荷陶甄。惟有岡陵祝，重賡保定篇。

【注釋】

〔一〕『丙辰』，即嘉慶元年（一七九六年）。

龍興寺西院

林壑西南萃，春庭攬碧雰〔一〕。瑯山當檻曲，澗水入城分。龍起湫邊雨，人耕竹外雲。坐來遲日靜，花鳥亦忻忻。

【校記】

〔一〕『春』，道光二年增刻本作『閑』。

瑯琊溪

夾石盤孤徑，泉聲步步聞。寺開龍馬帝，松結翠華雲。淮海千峰碧，江天一練分。偶來高頂上，便欲却塵氛。

庶子泉

庶子泉猶在，澄涵净緑醅。巖根盤窪石，雲氣侵蒼苔。幽鳥垂藤浴，寒花入鏡開。不緣饑渴飲，一酌滌塵埃〔一〕。

【校記】

〔一〕『不緣饑渴飲，一酌滌塵埃』，道光二年增刻本作『爲尋當日篆，薄暮空徘徊』。

館寓月下

碧落過新雨，清宵水鏡臨。無人同此意，與月得相深。露重花如雪，庭虚竹覆陰。惜春不成寐，奈此惜春心。

滁州西澗晚眺，憶韋詩

繞郭寒烟暝，泠泠澗水聲。爲憐幽草上，曾有玉仙行。宿雨苔痕净，春山樹杪平。前人寄情處，還起後人情。

幽谷

歐亭十里萬花春，春色蕭條剩野榛。流水白雲山自碧，更無幽谷種花人。

望瑯琊山

不盡看山興，登樓客思催。雪中騎馬路，草色又青來。

閑中

雨後軒窗絶點塵，閑中滋味客中春。看山不厭憑高檻，掩卷無端憶遠人。頓爾小花開峭蒨，可知良日恁因循。荒原誰放饑嘶馬，翹首鹽車亦錦輪。

紅梅

鐵石盤孤幹，寧須渲染工。深林一夜雪，數點拆春紅。豔影清還洌，澄潭映未空。藐姑仙子醉，頳頰倚東風。

水仙

孤根依蘚石，瘦影嫩寒生。自葆無瑕白，天然出水清。暗香春脈脈，猜笑月盈盈。仙子憐嬌小，凌波更有情。

雪後望全椒山，憶韋左司詩

雪霽四山出，蒼然兀峮嶙。三隱浩不辨，孤烟横溪濱。野亭合深竹，虚寂無纖塵。念彼韋公詩，山中如有人。擾擾征途間，懷芳非比倫〔一〕。一瓢風雨心，太息古人淳。

【校記】

〔一〕『比』，原作『彼』，據道光二年增刻本與詩意改。

春雨

濛濛不覺雨，亭皋夜來春。積潤含青陽，萬物如飲醇。烟霏羃林址，隨風颺溪濱。太和在天地，時至相瀰綸。小草亦何知，青青回畦畛。

全椒道中

弱柳千條踠碧沙，籃輿迢遞繞山斜。寒烟野渡生芳草，細雨孤村濕杏花。多事客愁縈世路，等閑春色在天涯。年時落魄偏豪甚，弦管燕臺笑語譁〔一〕。

【校記】

〔一〕『年時落魄偏豪甚，弦管燕臺笑語譁』，道光二年增刻本作『深情魯女園葵計，難怪鄰人忖度差』。

峴關

桃花簇簇柳絲輕，大峴迢遥小峴横。伍相祠前寒食雨，春山一片鷓鴣聲。

居巢懷古四首

南巢誅放始，處置亦良謀。日尚天中在，江仍禹甸流。臣心悲五就〔一〕，口實啟千秋。魏晉崇三恪，私衷自盾矛。

跨鶴嵩高去，金庭鶴背還。神仙何樂者，所得是名山。花滿吹笙處，苔留鍊藥斑。夕陽孤洞窈，雲氣蓊松關。

亞父三提玦，興亡杯酒中。可憐呼監子，猶自惜英雄。死兔悲垓下，生能阸沛公。不因秦楚際，誰識老村翁。

吳魏争凌日，青山照水軍。舳艫催四越，風浪扼三分。静夜聞歌妓，飄風落蓋雲。須濡殘舊塢，應祀紫髯君〔二〕。

【校記】

〔一〕『臣心』，原作『羈臣』，據道光二年增刻本改。

〔二〕『應祀』，道光二年增刻本作『猶壯』。

盧江道中

宿雨青含草，籃輿晻靄侵。春山隨水曲，客路入花深。嬌囀鶯藏柳，輕翻鷺繞林。桃源行處有，應識古人心。

夜雨

寒食江千路，羈愁個怎除。夢魂迷鶴拓，風雨渡鳩舒。花事消春半，名場識味初。闇憐桃李豔，多少上泥淤。

桃花

弱柳平橋合，晴烟萬縷長。桃花照春水，曉鏡出紅妝。宿雨含猶濕，光風暖欲香。遲遲愁客路，回首復迴腸。

客思

客思如春色，春江春路遥。楊花吹不盡，裊裊萬千條。

望天柱山

平沙烟樹簇長橋，天柱三峰露碧霄。玉葉片雲馳嶽雨，桃花千澗上江潮。一官道路經春駛，幾度名山入望遥。布襪青鞋真不易，黄生清興自超超〔一〕。

【校記】

〔一〕『布襪青鞋真不易，黄生清興自超超』，道光二年增刻本作『文節書堂情境在，低回人地兩超超』。

淝水懷古

千里旌旗壓壽春，謝元揝掌竟無秦。可知百萬投鞭衆，不及昂藏賣畚人。兩晉河山存一戰，八公草木走群神。圍棋太傅真瀟灑，早辨蒼生賴此身。

大雨行簡，李石帆刺史兼呈張竹軒、潘蘭如

我來五月青笛枯，火雲爞爞翻日烏。馬毛焦灼渴泥滓，行人望雨過農夫。陽倚陰伏遽叵測，雨來忽地傾江湖。淋浪十日雷車疾，墨雲亂捲蛟龍趨。浙潮中夜聽高枕，蘄簟六月如冰壺。暑中得爽雖一快，下田禾黍寧支吾。曲渦百里大河逼，昔曾隤决遭淤污。譙州刺史灤陽李，憂民惴惴愁疏虞。座中有客兩詩伯，前日示我握中珠。泥潦斷行隔咫尺，相思恍如山海隅。望雨望晴坐瑣屑，静中百感生羈孤。兩楚盜賊負蟻穴，我軍露宿民轉輸。昨聞賊火縱焚掠，流離在野顛陵瀆。我行於役苦留滯，渠渠廣厦猶嗟吁。天心仁愛不可度，洗兵往往風雨俱。安得龍母青驄振雨鬣，直指賊巢雷電驅，一洗兩楚妖氛無。

雨阻

一字于役馳皇皇〔一〕，小才下走誠相當。江淮滁泗淝渦潁，酈生注經如我詳。人生功業何由起〔二〕，宦味苦澀愁初嘗。我輿欲敝人寧澤，馬腹不及鞭雖長。暑雨斷行聲浪浪，野館燈昏夢故鄉〔三〕。

【校記】

〔一〕『字』，嘉慶十一年刻本與道光二年增刻本均作『年』。

〔二〕『何由起』，道光二年增刻本作『寧始此』。

〔三〕『燈』，原作『鐙』，據嘉慶十一年刻本與道光二年增刻本改。

梅心驛晚坐

僕僕塵泥暑半徂，閱來世路耐縈紆。馬曹堪笑不知馬，珠櫝難逢真索珠〔一〕。市地火雲殘雨過，一椽涼月四山孤。莫辭匏繫還成用，揭厲無心也自娱。

【校記】

〔一〕『逢』，道光二年增刻本作『憑』。

七夕雜事七首

翩翩元鶴下高嵩，一曲鸞笙斷續風。多少仙才齊仰首，可能上接浮邱公。緱山。

桃花歲歲憶瑶池，青鳥西來翠幰遲。臣朔可憐饑欲死，還須阿母始知兒〔一〕。青瑣。

狡獪仙姑笑語頻，纖纖指爪竟難親。等閑滄海桑田事，老却人間鍊骨人。麻姑。

免俗真嫌戾俗多，仲容才器奈貧何。長竿犢鼻清狂甚，畢竟人間愛綺羅。犢鼻褌。

堪笑迂疏學蠹魚〔二〕，光芒萬丈解衣初。投公千里參蠻府，便腹何須有笥書。曬腹。

玉殿深宵促黛蛾，君王無計奈情何。雙星也自傷離别，那管人間愛戀多。長生殿。

天孫好語報嘉祥，板蕩功名百鍊鋼。大富貴來還壽考，千秋幾個郭汾陽。郭汾陽。

【校記】

〔一〕『知』，原作『如』，據嘉慶十一年刻本與道光二年增刻本改。

〔二〕『堪』，原作『境』，據嘉慶十一年刻本與道光二年增刻本改。

讀書

刺船當趁風，灌園須趁雨。人生貴適意，遠近隨所取。輸逋典冬裘，索米計庾釜。飾美匱乏中，内顧愧仰俯。平生讀書懷，廣厦庇寒苦。一身愁饑劬，所志將何補。草蟲鳴呦呦，皎月半環堵。賴此殘簡編，忘懷事稽古。夜氣空人心，往哲在衡宇。結習忽復萌，挑燈自栩栩〔一〕。

【校記】

〔一〕『燈』，原作『鐙』，據嘉慶十一年刻本與道光二年增刻本改。

江干送鄉人歸〔一〕

風雨山城晚，孤帆挂水濱。别離無限意，萬里故鄉人。

【校記】

〔一〕道光二年增刻本未録此首。

迎江寺東堂

空堂花氣碧雲和〔一〕，樹杪斜陽渡遠波。山意深秋棱角出，江流曲處委蛇多。安心無地從僧覓，破浪乘風羡客過。坐久塔鈴頻自語，静中消息勝愁魔。

【校記】

〔一〕『碧雲和』，道光二年增刻本作『蓊烟蘿』。

聽雨

濕霧霏微覆燭烟，薄酲消盡耐愁眠〔一〕。故園花好秋葱倩，寒雨聲殘夢渺綿。心事未能輕墨組，韶華容易老江天。關山萬里雙垂白，悵望雲鴻已五年。

【校記】

〔一〕『酲』，道光二年增刻本作『醒』。

重九前雨中

鯉魚風信迫芳朝，水國棲遲倍寂寥。凉雨一天摧木葉，秋聲半夜起江潮。家山入夢雲猶濕，宦海經年鬢自凋。明日登高何處好，愁腸須倩酒杯澆〔一〕。

【校記】

〔一〕『明日登高何處好，愁腸須倩酒杯澆』，道光二年增刻本作『自撫右軍晴否帖，愁腸欲共菊杯澆』。

送客〔一〕

心事渺無際，偏從送别生。秋風不解意，催客挂帆行。

【校記】

〔一〕道光二年增刻本未録此首。

對雨

嘗日厭車馬，惜此閑中情。開簾坐疏雨，斗室有餘清。蒼苔蔚葱蒨，寒葉鳴琮琤。燦燦東籬花，移根竭菁英。幽獨易爲感，撫時覩我生。静理庶可識，憧憧慚所攖。

汲江行

汲江引銀瓶，中有故鄉水。水味似故鄉，故鄉五千里。前日大江北，今日大江南。江上何所有，青山夾雲嵐。長槳駕連舳，一夜汀洲宿。歸夢越波濤，門前芳草緑。芳草春復春，腸斷倚樓人。紅顔餘幾許，眉黛舊時顰。風吹崖邊樹，斜月墮江霧。良會不分明，猶聞話縑素。軋軋曉櫓聲，驚心問早程。葦花落秋渚，遥見皖公城。城中車服好，宦勞人草草。宦遊何時歸，澄江照人老。

大雪，郊迎朱大中丞即事丁巳㈠

江波蕩雲雲湍急，三日濛濛暗平隰。大龍山雪揚風來，江外孤峰森玉立。汀沙細草冬不凋，亂擁瓊花翠複疊。大觀亭子琪樹中，縹緲瑶臺銀海合。我來手板迎長官，未覺泥塗妨拜揖。隨車有雪應勝雨，豐年已兆民心洽。天工人事忻相資，豈直江山清賞愜。鶴鶖行吟興各殊，哦詩自笑成結習。

【注釋】

㈠『丁巳』，即嘉慶二年（一七九七年）。

南園錢丈柩船過皖

蘭臺重到甫經秋，孤幼蕭條萬里愁。懷抱如君多少事，摇摇丹旐一孤舟。

隨朱大中丞鳳泗各邑放賑㈠，桐城道中感賦

斂衽就行役，行行逾歲年。兹役倍勞劇，所樂從大賢。淮泗夏淫雨，洪潦没秋田。中丞布

皇仁，星駕行式遄。胞與念民瘼，急疾爲解懸。告誡晰矩則，多方求安全。從事忝負荷，何以資承宣。嚴冬雪初霽，風日開澄鮮。寒山净如拭，裊裊縈村烟。野人田事息，炙背疏籬邊。即此得民性，一飽百憂蠲。牧芻可藉手〔二〕，利濟亦云便。感兹慰勞瘁，庶以竭駑孱。

【校記】

〔一〕『朱大』，道光二年增刻本作『石君』。

〔二〕『藉』，嘉慶十一年刻本與道光二年增刻本作『籍』。

盱眙義帝故都

良謀資亞父，草草定君臣。復楚興難再，亡秦怨竟伸。蟲沙餘舊壘，塵劫問湖濱。寒鳥啼深樹，無端感路人。

女山湖夜行

激楫星浮渡，寒鼉吼報更。湖冰生夜白，烟樹入山平。獨火漁歸遠，空皐鶴唳清。風霜成夙慣，况爾急公行。

建德即事八首〔一〕

萬壑參差繞畫城，放衙人静早梆聲。泉香碧茗烹新采，山對虚簷見遠耕。春氣輕柔鷹羽化，月華清冷蚌胎盈。一官尚有書生樂，不礙吟哦曳履行。

朵頤争啖了無休，情僞紛紛費擊抔。有粟何年如水火，操刀一樣怯鶏牛。静中得失存無礙，空際雲烟過不留。花影日斜胥吏退，凉風吹動碧簾鈎。

百疊回環山氣清，深山淳朴亦天成。馬牛竟有風相及，蠻觸難教角不争。住相布施猶是法，無邊滅度惟平情〔二〕。莊生齊物真瀟灑，此意終非物自評〔三〕。

楚黔馳檄報軍興，偃仰山城慷慨增。識字不關憂患始，須才何用簿書能。蟻如牛鬬聰爲累，蛇爲夔憐冗自矜。一邑一官堪養拙，眼前晴雨祝豐登。

雨後山村絶點塵，高原讀法亦清新。閭閻氣象場登麥，舟楫喧填水到津。我自未嫻柔馬轡〔四〕，人皆争聽宰官身。君平卜肆開簾坐，何似今朝百里民。

南華蜩鷽等逍遥，曲檻高憑暑氣消。山郭過雲成海市，官齋宜夏似冰條。清來泉響迴風竹，穠壓簾波細雨蕉。静裏天機堪領取，未妨心跡在塵囂。

止水乘風自起波，物情端不耐煩苛。摧林應念亡猿小，求牧何堪害馬多。悟後清虚懷老氏，病中消息耿維摩。彈丸也覺偏勞攘，那得琴樽任嘯歌。

亭午猶餘夏日炎，夏禪坐久始清恬。谷聲四響雲旋樹，秋氣中宵雨到簾。途次化城心自得，吏中真隱古難兼。他方水旱還戎馬，蕞爾貧疲未可嫌。

【校記】

〔一〕『八首』，原詩無此二字，據内容補。

〔二〕『惟』，原作『准』，據嘉慶十一年與道光二年增刻本改。

〔三〕『終非物自評』，道光二年增刻本作『何能廢斗衡』。

〔四〕『柔馬轡』，道光二年增刻本作『羈馬銜』。

孔相國雲石

孔相亭臺接翠微，當年雲石鎖林扉。出山一縷横空立，結頂雙峰挾雨飛。檻外緑池荒草合，巖邊老樹蔓蘿肥。丹忱猶托貞珉在，淚點瑩瑩化蘚衣。

梅聖俞亭

枳棘鸞凰暫此停，鮎魚緣竹巧相形。工詩未礙窮爲吏，種樹猶憐舊有亭。萬壑晶瑩天際落，千峰出没雨中青。遺篇不負佳山水，愧我譊譊坐訟庭。

謁鄭冢宰畫像

抗疏淋漓抉禍胎，寸心直欲挽天回。紆籌未竟當時策，舉士全收一代才。歸路徬徨宗社促，深山消息雨風哀。影庵遺像冰顔古，零落詩篇在草萊。

草坑倪行人祠

火起宫中帝遠投，史官疑案已難求。悲春杜宇啼空切，吞月蛟龍瞰未休。邂逅君臣應恍惚，蒼茫林壑耐覊留〔一〕。幽忠合併金焦傳〔二〕，烟雨荒祠萬古愁。

【校記】

〔一〕『覊』，道光二年增刻本作『勾』。

〔二〕『合併』，道光二年增刻本作『隱躍』。

後河山中

雨後雲開小徑斜，籃輿清靄透輕紗。厭多翳從驚啼鳥，期取軍持浸野花〔一〕。一石一松皆古意，半山半水到人家。此成便是神仙吏〔二〕，伐竹何須羨永嘉。

【校記】

〔一〕『期』，嘉慶十一年刻本與道光二年增刻本均作『閑』。

〔二〕『此』，嘉慶十一年刻本與道光二年增刻本均作『政』。

民事詩

高山種作田，朝朝鑿崖石。一生不荷鋤，山下連阡陌。有田種菸草，饑來當奈何。將菸持比稻，道是得錢多。採茶不滿筐，貴是雨前采。雨後得茶多，人言香味改。種漆畦隴間，豆麥猶半佃。老農事機巧，粟貴漆亦賤。年年種棉花，一身尚藍縷。家有少稻田，望晴復望雨。

得李懷度死事書

蕭蕭江雨鳴秋風，渡江老卒書怱怱。將軍戰死黔山東，六月廿四摧賊鋒〔一〕。重圍直入追渠凶，巉巖百丈臨奔瀧。短兵下馬争擊撞，桓桓大帥墮莽戎。將軍怒援鈹交胸〔二〕，男兒血戰爲鬼雄。壯士七十同一忠，前月尺書發荆庸。裹瘡報我賊勢窮，皇恩計日褒崇功。三峽迢迢流巴江，可憐馬革來輕艭〔三〕。

【校記】

〔一〕『廿』，原作『甘』，據嘉慶十一年刻本與道光二年增刻本改。

〔二〕『怒』，道光二年增刻本作『手』。

〔三〕『來』，道光二年增刻本作『浮』。

雜興二首〔一〕

太虚真絶片雲侵，清警難教就錦衾。皎月寒森山氣白，晚花香透畫簾深。静憐獨鶴雲霄夢，耐可幽蟲斷續吟。二十年來同泛梗，底回形影自捫心。

授衣風信報初寒，時序蕭疏柏葉丹。心化難憑三月效，堂開不耐七絲彈。快逢南菊成秋興，未厭青山向晚看。薄俸素餐家萬里，伐檀真自愧河干。

【校記】

〔一〕『二首』，原詩無此二字，據内容補。

聞戴崧雲同年攝宰漢水上一邑，感懷賦寄

長江一千里，書來常苦遲。頃始聞人説，君宰漢水湄。又不識何邑，西望雲迷離。楚地復告警，賊擾興山陲。走險肆豕突，堵剿嚴藩籬。君昔在襄陽，勞績著守陴。磨盾寄我書，整暇無急詞。談兵氣十倍，毅然不言疲。今兹百里民，寄命得相資。賊來爲守禦，賊潰爲撫綏。豈徒暫棲息〔一〕，功業良此時。桓桓李懷度，血戰死恩施。了生一裨將，馬革歸嶇崎。憶昔共度夏，三載同京師。風雨深夜話，花月芳春嬉。交遊一分手，各在天一涯。人事苦難定，感舊多所悲。自我來皖水，二年南北馳。碌碌下僚中，裘敝馬亦羸。建德偶承乏，春暮莅職司。小邑萬山邃，簡陋容我痴。廉卷衆峰入，吏散山鳥窺。雲起訟庭樹，泉響洗墨池。公餘繞石吟，兀兀忘暮饑。富貴知有數，清景且自怡。何幸六月始，家君忽來兹。違離五載餘，霜雪滿鬢髭。黔苗亂倉卒，羽檄梗通逵。迂途出深阻，孱然幼弟隨。五溪歷蕭條，瘴雨日淋漓。五月過洞庭，南風恣意吹。火雲下鑠地，居人猶攢眉。平安萬里道，回首驚險巇。薄禄不及家，累親亦旅羈。感此重自勵，思歸非所宜。努力在下位，巧拙焉敢知。瓜期將見代，需次隨所之。君今際事會，期君竹帛垂。尺書可時寄，慰我遥相思。

【校記】

〔一〕『息』，道光二年增刻本作『遲』。

芙蓉

群芳零落獨開遲，褭褭霜風竹外枝。好是天然清豔絶，苧蘿秋水浣西施。

九日

爛漫山城野菊花，西風吹酒動流霞。一年一處忻逢九，江北江南總憶家。紫蟹白魚來水斷，碧雲紅樹渺天涯。佳遊似此曾難得〔一〕，梅老亭邊夕照斜。

【校記】

〔一〕『曾』，嘉慶十一年刻本作『頻』。

聽雨

前路遲遲泥遠行，迷離幽夢闇愁生。輕霜不剪殘紅葉，聽徹寒宵密雨聲。

讀東坡熙寧七年諸詩有感

勞生强半笑萍踪，坡老詩篇得味濃。堪信去來今頃刻，真成三十九龍鍾。江風淮雨經初慣，紅葉青山看未慵。如此頭顱應可識，不妨到處祇從容。

出建德道中

籃輿餘醉尚沉沉，落木寒溪送遠音。夢裏鹿蕉猶有跡，池頭雁影兩無心。多情黔首臨歧路，豁眼青山隔暮林。最是來時好風景，啼鶯不斷亂花深。

江樓

倚遍江樓別有情，三年梗泛一官輕。仙人謾説蓬萊淺，皖口新看洲渚生。雲外蓬龍寒似蟄，汉邊鳴雁暮還征。思鄉感舊兼懷古，華髮來朝又幾莖。

出差太湖，雪中遄行三首〔一〕

大觀亭上雪，客歲亦斯時。執板迎官肅，看山帶我痴。年華移頃刻，天地足清奇。更好今朝路，林巒渡演迤〔二〕。

三日長江雪，江雲萬頃連。沙平香草路，人渡散花天。野艇依林静，茅簷覆竹偏。風塵常日眯，放眼一超然。

天柱峰頭雪，隨風飄客衣。晴雲散高樹，萬壑生清輝。行役不知晚，居人相見稀。自非銜使急，那得款山扉。

【校記】

〔一〕『三首』，道光二年增刻本作『二首』。

〔二〕道光二年增刻本未録此首。

望三祖山雪

雪花三日撲塵顔，欲禮禪宗未許攀。萬壑千峰齊浩渺，不知何處粲公山。

二喬宅雪

欲落不落雪花輕，月華出水摇空明。二喬宅畔攲斜竹，夜静時時聞珮聲。

人日迎江寺宴集戊午㈠

江上頻年看水生，一年此日最關情。兼旬泥濘春無賴，小集瑶天雪正晴。窗岫半浮雲外白，塔鈴不斷静中聲。興來恰好簪花勝，折得寒梅噴玉英〔一〕。

【校記】

〔一〕『興來恰好簪花勝，折得寒梅噴玉英』，道光二年增刻本作『巡觴最好傳花飲，折得新梅是九英』。

【注釋】

㈠『戊午』，即嘉慶三年（一七九八年）。

雨中地藏庵宴集

管弦聲細竹風斜，高閣雲生玉井沙。遠踏新泥憐碧草，趁將疏雨看梅花。觴催羯鼓撾中點，春透歌兒臉上霞。佳會最難逢暇日，莫嫌林外已歸鴉。

喜晴

輿馬泥塗厭積陰，新晴簷鳥變歡音。曲欄花蕊含春滿，小苑苔痕駐雪深。守拙自來成懶事，避喧俄頃亦澄心。典衣便得朝餐早，蒿笋芹芽爽不禁。

習静

習静方知學道遲，香烟簾影動參差。風情最是消難盡，詠得梅花憶雪兒。

練潭道中

傍石穿雲竹樹斜，籃輿曖翠濕輕紗。閑閑野艇偎芳草，曲曲青山侵水涯。小飲興濃茅店雨，春愁紅惜路泥花。良晨幾許棲遲裏，何似遊行玩物華〔一〕。

【校記】

〔一〕『何似遊行玩物華』，道光二年增刻本作『踴躍誰能試鏌鋣』。

白雲篇白沙嶺，雨後望雲作。

南山北山飛白雲，半晴半雨濕不分。亂觸石根摇玉葉，鋪來銀海作波紋。嶺上老松千萬樹，蛟螭騰拏紛烟霧〔一〕。須臾長風失鬘華〔二〕，滴瀝清聲墮珠露。浮山何峨峨，白雲忽在浮山阿。三十六峰互出没，點點青尖盤髻螺。龍眠莊前飛又起，畫圖脱手龍眠李。應知塵裏苦勞形，何似雲間静隱几。我來三日冒雨行，塗泥薄宦一身輕。雨中春色山如笑，雨後白雲眼更清。平生自錮烟霞疾，一别山靈兩蕭瑟。霖雨猶思濟旱能，白雲已謬無心出。出山在山誰是非，舒卷還須順化機。江山處處資春澤，絶羡春雲隨意飛。

【校記】

〔一〕『紛』，道光二年增刻本作『分』。

〔二〕『鬘華』，道光二年增刻本作『妙鬘』。

梅心驛

細雨梅心驛，新芻竹葉春。山花開自媚，巢燕舊相因。道路催華髮，詩書拙奮身。不辭征賦役，籌餉濟西鄰。

盱眙楚姑祠

義帝都盱眙，尋復死遷郴〔一〕。漢兵縞素起，聲罪義凛森。生當群雄間，賢智何由任。亡秦在三户，師旅實憑臨。峨峨都梁山，荒祠倚芳林。云實帝女墓，痛父從自沉。野人薦蘋藻，楚些揚哀音。此事不可知，可用知人心。

【校記】

〔一〕『郴』，原作『彬』，據道光二年增刻本與詩意改。

遊第一山玻璃泉，觀宋遼人題名感賦

長淮浩無際，連山相斡旋。兹山實第一，嘉錫由米顛。宋人汴口來，罕見固宜然。塵沙眯通衢，豁眼驚澄鮮。磊磊山上石，噴灑玻璃泉。竹木蓊修崖，縹緲生雲烟。臺榭列參差，繞榻浮漪漣。酌泉清肺肝，頃刻俗慮蠲。我游半天下，山水窮精研。筮仕困塗泥，得此忽欲仙。以我今日心，忖伊遊者賢。何能吝褒獎，歌詠酬清妍。南宋昔頹靡，割地此疆邊。金帛買和議，列庫青山巔。輸納渡淮水，苛覈惟所便。行人忍饑待，風雨愁遷延。山下一水隔，苦樂天壤懸。信使數來往，車馬紛聯翩。上客愛清景，山半開瓊筵。悉索供煩費，民力爲痛痟。歌笑快豪興，風流詩後先。一一崖壁上，比例姓名鐫。美惡雜薰蕕，短語兼長篇。但恐刻未工，久久泯弗傳。翻使名賢蹟，鏟刮無由全。莓苔爲剥落，松桂爲棄捐。山靈坐浩嘆，雲鶴愁喧闐。應罪米老輩，多事開其前。至今辨遺字，强半紹熙年。謀國無善策，災及山石堅。盱眙今小邑，僻陋阻重淵。靈塔已淪没，長橋亦改遷。遊客不嘗至，磴道羅芳荃。以兹念世事，盈虚誠往還。清净萬物性，善者全其天。我性苦多感，憂樂迭相纏。徘徊坐巖石，僕夫饑腸煎。安得故山歸，采藥弄潺湲。

行杏崖館梨花林中〔一〕

春山淺草盤幽蹊，雪花泛灩攢芳梨。杏崖荒亭翠烟暝，瑶林亂落飛山雞。我行被花惱不徹，花更爲雨愁凄迷。晚香漠漠衣暗濕，春風萬片隨馬蹄。

【校記】

〔一〕『行杏崖館梨花林中』，道光二年增刻本作『行梨花林中』。

都梁

都梁山下路，臨水采都梁。細雨山花落，溪流渾是香。

浮山堰

浮山蹲淮流，有似山浮水。照影静漣漪，翠洞翳藤藟。夏漲四瀰漫，洞口上如徙。山浮或不誣，誰能究此理。梁魏昔搆兵，築堰亘九里。謀國聽降虜，木石連天起。倒流灌壽陽，禍人亦禍己。哀哉億萬人，堰隤隨波靡〔一〕。維時兆星變，天江爲犯干〔二〕。風雷裂地起，激浪摇巑岏〔三〕。水妖百千狀，馳驟揚奔湍。天吴雜象罔，魁岸兼蹣跚。應知幽遐處，靈怪資者寬。流水得其性，蠢焉群相安。一旦遭困閉，挺走肆無端。物理順可得，穿鑿良獨難。禹功千萬載，利賴此安瀾。

【校記】

〔一〕『隤』，道光二年增刻本作『潰』。

〔二〕『維時兆星變，天江爲犯干』，道光二年增刻本作『堰潰豈不測，虜肉其可食。人身此血脈，生死在通塞。明明星象干，天地亦煩冤』。

〔三〕『岏』，嘉慶十一年刻本與道光二年增刻本均作『岏』。

汴河故道

隋帝長堤汴水濱，錦帆士女恨難泯。野人亂種荒灘柳，裊裊風花也自春。

聞軍營信，賊匪由蜀漢竄近西安

兩載妖氛蜀道難，游魂窮蹙近西安。平原獸已無嵎負，下臂鷹須縱爪摶。斜谷雲烟防出没，終南松桂護摧殘。諸軍謾别攻圍守，一鼓成擒始卸鞍。

立夏日，靈璧雨中行

江上初看碧草新，行行緑遍泗淮濱。落花飛絮冥濛雨，臨水登高斷送春。曹北河流猶漫野，川東妖燼尚揚塵〔一〕。肩輿兀兀閑成睡，一令功名豈奮身。

【校記】

〔一〕『川東』，道光二年增刻本作『東川』。

虞姬墓

花落虞姬墓，山青項羽塋。興亡已陳跡，過客自愁生。

宿州扶疏亭〔一〕

徐州黄樓截奔洪，蘇公妙用土勝水。宿州城頭扶疏亭，多事閑情爲公起〔二〕。作詩作畫亦偶然，碧瓦紅欄爛霞綺。我來于役愁炎蒸，亭上凉風動隱几。有亭可登寧爲公，每到懷公愁不已。一竹遺人重如斯，一生勁節遭讒毁。愛公憎公等浮雲，憐公進退成泰否。放鶴亭高雲龍深，政餘樂事窮登臨。清風感人無近遠，相山百里連遥岑。朝看相山雲，暮看相山雨。平野天垂緑樹齊，荒堤水碧睢河古。登高望遠心悠然，守牧風流對衡宇。黄河遷流汴泗更，此亭尚與黄樓并。何舒等輩竟何有，人生得失誰重輕。衙鼓隆隆月東出，逕須暢飲瑶臺清〔三〕。

【校記】

〔一〕『宿州扶疏亭』，道光二年增刻本作『宿州扶疏亭呈陳錦堂刺史』。

〔二〕『多事閑情』，道光二年增刻本作『比鄰多事』。

〔三〕『衙鼓隆隆月東出，逕須暢飲瑶臺清』，道光二年增刻本作『主人吒吒呼酒聲，臆臆滿月騰東楹，逕須一醉瑶臺清』。

奉差搜查蝻子，江亭夜獨坐

驚濤陣馬響長空，木葉蟲聲萬竅同。社鼓村村祈旱雨，塔鈴夜夜語顛風。赤雲烟焰秋庚後，太白光芒井絡中。并與愁人成不寐，蒼茫斜月大江東。

雨後，望華亭上作

挂帆梅根浦，苦憶九華峰。今日翠微裹，雲飛不辨松。津亭過疏雨，天半落芙蓉。了了青崖曲，神仙或可逢。

琴溪

密竹深無際，潺湲碧水寒。蒼崖敧一角，仙洞倚空壇。錦石纖鱗集，枯松獨鶴盤。雨聲林谷應，凄絶玉琴彈。

溪雨晚歸

細雨涇溪路，烟波共邐迤。亂山分嶂遠，深竹渡雲遲。薄宦隨緣適，佳遊得此奇。鐘聲水西寺，暝野聽迷離。

由涇赴潁道中，措費解嘲

靖節粗疏仕不宜，看花容易別東籬。弦歌便可謀三徑，那得先生乞食詩。

九月十日，黄水至倪邱

濤聲一夜曲渦西，南滷東淝已破堤。亂梗瀠洄空巷寂，炊烟零落緑楊低。野人競食黄河鯉，使者誰沉灌口犀。昨日到官昨日水，不關窮阨在群黎。

查災

方軌平原急溯洄，板扉木甑盡舟材。鶖鶬應是時行鳥，纔有波瀾便解來。

案頭

案頭詞牘雜新陳，鞭撲喧呼鬧自顰。可奈驅雞柔馬意，難馴佩犢帶牛人。遏流已費多堤障，止沸終宜去釜薪。蓐食星言愁日拙，羡他弦誦化如神。

新正赴省己未㊀

新晴慰啟行，車蓋轉風光。深樹明殘雪，春流漲小黄。障泥驄自惜，雲翼雁争揚。時物忻忻意，相娱道路長。

【注釋】

㊀『己未』，即嘉慶四年（一七九九年）。

正陽關人日

濛濛老柳鬱晴烟，人日遊人集畫船。七十二河春雪霽，鎮淮樓下水如天。

安豐潭東曉行

晴日破朝霧，空濛時有無。野潭融雪净，老樹入春蘇。宦味見行路，道心生倦軀。殷勤百年内，此意共輿夫。

江漲

漲流滚滚拍天來，江上青山夾岸開。雪泮李冰降蹇處，波吞漢武射蛟臺。四年舟楫勞儲運，三峽烽烟憶將才。羡煞老漁無個慮，一簑春雨掉船回。

出皖

皖城勝事擬追尋，巖邑關情思不禁。山色依微當路晚，江天强半是春陰。寒餘紫陌花猶斂，緑動香籬水漸深。淮上雪霜桐霍雨，光風苒苒鬢華侵。

霍邱道上

春鴉聒曉群，晴意黯難分。水滿長淮雨，風狂大别雲。斷山綜六蓼，野土雜泥墳。獨羨安豐董，漁樵向此勤。

泛潁

潁流清應太平時，古語徵來信有之。小吏憂愉堪一笑，自憑蘭槳看鬚眉。

行縣感賦

苗麥芃芃穡事閑，偏緣强悍是痌瘝。非長大亦好刀劍，私戰鬬如争觸蠻。長河沙滓能凝石，沃土雲嵐不藉山。一樣春來鷹鬧化，好音清婉遍林間。

古堆集勘明河堤工歸，雨中宿馬明經書室

來往亦無次，清談不暇聆。花時今雨驟，草色古堆青。溝澮淤難復，河洚患已經。舉杯消衆慮，春水聽泠泠。

瓶芍藥

深院簾櫳月上遲，小瓶芍藥放新枝。花香人語朦朧夢，猶認風前謔贈詩。

南鄉夜歸

遲月起平林，斜光到水潯。紅塵消静夜，人語亦清音。鞅掌知何極，田園思不禁。倦懷醒薄爽，露冷欲星沉〔一〕。

【校記】

〔一〕『倦懷醒薄爽，露冷欲星沉』，道光二年增刻本作『倦懷無夢寐，露氣爽蕭森』。

北鄉小付涼憩

鶯聲飛不定，茅舍隔烟蘿。露果垂深葉，風潭拆小荷〔一〕。地偏堪俗儉，政拙仰時和。野老勞將茗，浮涼愛緑莎。

【校記】

〔一〕『拆』，原作『折』，據嘉慶十一年刻本與道光二年增刻本改。

寂坐

盡日寂無事，年來得未逢。捲簾當樹緑，疊石起苔濃。細雨低飛燕，疏花晚抱蜂。檢書堪一笑，脉望已成踪。

西軒獨酌

螟蠃矜豪足侑觴，熱中消後暑俱忘。蒼苔亂落桐飛絮〔一〕，摇漾風簾雪影凉。

【校記】

〔一〕『飛』，嘉慶十一年刻本作『柎』。

種竹

雨聲蓊竹石花紫，青鸞尾垂珠蕊蕊。移竹竹醉雨不止，老胥濡頭笑宰痴，清陰滿地瓜期矣。

夜坐

人静浮凉動〔一〕，門庭濕露華。緑陰深墮月，夜氣闇滋花。機事看成笑，禪心得慣跏〔二〕。

乳鴉棲息穩，夢語自呀呀。

【校記】

〔一〕『静』，道光二年增刻本作『定』。

〔二〕『禪心得慣跏』，道光二年增刻本『澄心得静跏』。

護鳩

鳩拙不營巢，哺雛在堂宇。殷勤與護視，爲我喚晴雨。

放魚

汲水石池滿，苔衣漾碧腴。金鱗一二寸，相忘即江湖。

己未七夕㈠

滿城簫管拜仙鬟，彈指年華鬢有斑。望澈星橋終恍惚，銀河西盡是鄉關。

【注釋】

㈠『己未』，即嘉慶四年（一七九九年）。

劉玉山廣文催錢糧過太和〔一〕

相望共清潁，懷思遲溯洄。時因此行役，暫得一銜杯。夜露鳴蟲急，林風挾雨來。所嗟財賦竭〔二〕，辛苦爲相催。

【校記】

〔一〕『錢糧過太和』，道光二年增刻本作『太和錢糧』。

〔二〕『所嗟財賦竭』，道光二年增刻本作『催科慚政拙』。

八月十六，憶去年涇縣泛舟之遊

客歲涇川宰，秋風引畫船。桃花潭水上，高詠李青蓮。火檄移清潁，黄流没稼田。朝朝催鬢改，倏忽又經年。

税子鋪泛舟回

野僻足林莽，輿行礙日旰。歸途泛長潁，行適亦佳翫。高岸如連山，突兀倚雲半。古木出根盤，弱竹被璀璨。急峽閉回灣，開流忽汗漫。去帆揚西風，迂斜避叢粁〔一〕。汀草秋更緑，水禽静相唤。蕎花秀坡雪，荳籬圍錦幔。浣女臨柴門，飲牛帶耕畔。沃土富魚鱉，原田暗滋⿰耒半〔二〕。此地實汝墳，民風何暴悍。茲水實大川，陵谷未云换。漲雨起嵩高，溱洧下方涣。不溢亦不竭，廉折復浩瀚。得潁意甚奇，蘇公豈謬贊〔三〕。我遊正秋霽，流霞晚如鍛。皎鏡瑩心神，鬚眉了可看。愛水不時遊，坐衙困揮汗。蘇痴詎得擬〔四〕，微官慨塗炭。舊聞茲水異，清濁應治亂。所愛澄漪漣，憂虞坐消散。

【校記】

〔一〕『⿰耒半』，嘉慶十一年刻本與道光二年增刻本均作『灌』。

〔二〕『⿰耒半』，嘉慶十一年刻本與道光二年增刻本均作『灌』。

〔三〕『蘇公』，道光二年增刻本作『東坡』。

〔四〕『蘇痴』，道光二年增刻本作『高情』。

孫榆街謫邊放歸來遊江淮，滯留潁水上，今始還家贈别二首〔一〕

潁岸秋林凈碧天，家山萬里送君還。玉門生入心猶壯，珥水春遊人是仙。堂上屠蘇開色笑，機中錦字憶纏綿。十年我亦思鄉久，把盞臨風意黯然。

人事升沉未足嗟，還家樂事妙無涯。味回世路辛甘苦，生受名山雪月花。五載風塵成我老，一囊詩草羨君葩〔二〕。相期羊苴咩城外，桑柘相鄰十畝家。

【校記】

〔一〕『二首』，原詩無此二字，據内容補。

〔二〕『五載風塵成我老，一囊詩草羨君葩』，道光二年增刻本作『尊足者存寧芥蔕，挈囊斯在有詩葩』。

架豆

結棚架豆蔓，豆花紅陸離。凉風落秋實，珍重故園思。

壘石

遠懷邱壑意，掬土摹山影。沙礓皺如雲，餘潤含清潁。

蒔菊

種菊滿廳事，幽懷自傾寫。爲憐東籬花，不似東籬下。

重九夜雨

年華又重九，鄉信阻江關。獨坐凉生雨，秋懷黯夢山。

下聶湖曉行

烟消月半沉，野露濕塵襟。寒柳曉眠重，空潭天映深。籬花疏抱蔓，水鳥寂無心。野老初開户，笑兹車馬音。

界首集夜行

簌簌馬蹄葉，迂回傍小河。繁星耿疏樹，淡月瀲微波。寒野人聲寂，勞生道路多。不知今日宰，何處有弦歌。

泉河晚眺

西風吹雪響蒹葭，立馬關河落日斜。烟水渺茫鴻雁杳，無邊黄葉是天涯。

沙河紅葉

細篠絡崩崖，沙水净如縠。老木葉不凋，風吹紅簌簌。野渡晚無人，耐兹孤鷺宿。

艾亭集村店

海上仙山落綵幢，耳邊飛浪洒蘭茳。夢回却在淮西路，旱土風霾葉打窗。

方家集喜雨

前日祈雨得雨微，今日得雨不須祈。遥天渺邈見紫邏，碧雲一縷凝不飛。忽忽嵐霧動平野，萬點已隨青蓋歸。疏林霜葉間紅紫，高低出没纏烟霏。夾路野菊浣塵土，亂布黄金繞村扉。村邊鞭牛聲叱叱，雨中漸覺呵聲稀。晚麥初冬種可匝，入夜一犂今庶幾。字人無術賴豊歲，一雨立回百具腓。嗟我小邑困鞅掌，比鄰見役增煩欷。輿中聽雨一清快，蕭森竹徑交蘆碕。輿徒況瘁僕馬濕，茅簷村酒相療饑。山中故人憶剪燭，有田不歸笑爾非。

雙河口晚憩

潁水寒初浄，輕橈亂錦紋。路深黄葉塢，風颭白鷗群。野色低含雨，殘霞駁透雲。孤村蕭寺寂，小憩亦清芬。

曉過西湖

僕僕籃輿曉夢回，歐蘇亭榭隱林隈。斷堤日上荒烟白，倒影雲過老葑開。野輿未嫌行役迫，湖天猶耐得人來。風光樂事俱成古，羡絶星堂一代才。

蒙城西鄉

平野四無垠，黄茅雜莽榛。斷橋常日水，枯樹幾家人。小邑偏多訟，同風實比鄰。微官在泥淖，敢憚路艱辛。

自蒙城歸

盡日排愚詐，歸途薄夜氛。履豨稍已慣，蕉鹿强難分。大澤陰生雨，空林響咽雲。渚鴻驚燭火，嘹唳起征群。

義門集喜雪

擾擾愁茲役，微風雪竟成。紛霏能盡日，虛寂轉閑情。野樹黏天白，冰河放掌平。人心歸厥隩，應悔觸蠻争。

喜雨 庚申〔一〕

寒意中宵斂，絲絲雨細生。暗雲燈外濕〔二〕，新響竹間清。人氣春田静，河流淺瀨平。湔裙宜詰日，臨水看朝耕。

【校記】

〔一〕『庚申』，原詩無此二字，據嘉慶十一年刻本補，『庚申』即嘉慶五年（一八〇〇年）。

〔二〕『燈』，原作『鐙』，據嘉慶十一年刻本改。

聽雪

潁水繁霜滿鬢生，春來鄉思倍關情。青山隱隱梅花夢，斷向風簷夜雪聲。

花朝雨

中庭碧水漲方池，九十春光半已馳。雨意峭寒中酒後，花朝淒切憶人時。低回晚樹鶯聲幻，隱約紅心蕙草遲。往事疏狂屬年少，思量苦樂闇情知。

《點蒼山人詩鈔》卷三

太和沙琛獻如　著

上巳日，潁州雨中

三月三日春草青，潁州城邊雨冥冥。桃花隔水媚幽獨，楊柳和烟縈嫋婷。修禊故人西洱島，豪遊往事曲江亭。那知作吏風塵下，泥潦驅車不暫停。

喜晴

晴霽今朝得，芳菲已遍林。春寒騎月雨，天轉惜花心。澗水蘇眠柳，村簷啅乳禽。麥苗宜暖日，野老亦忻忻。

夜行

村徑夾林塘，晴宜晚路長。烟開衣露濕，花近月痕香。良夜清如此，春遊得未嘗。平生幽僻興，苦憶舊山莊。

苦雨

緑樹中庭碧蘚肥，鳩聲日日喚晴暉。蒼茫積雨連天闊，吃緊春花一片飛。矮屋功名經世拙，故園風月出山非。微官好賴年豐樂，蒿目中田麥待晞。

上堵吟

白馬塞前山窅冥，山村無人人哭聲。三十五溪水泠泠，溪中種田食不勝。魚肥酒美香稻秔，茅簷櫛比夜不扃。何來妖賊奔狂鯨，廬室糜盡驅男丁。賊去賊來烟燐青，迢迢漢水東西横。鳳闕爲關城金城。

戰城南二首〔一〕

戰城南，賊擾我城北，比屋焚燒。天爲昏，地爲赤，將軍塡膺壯士怒，無不一以當十，一以當百。山高谷深賊多端，往來倏忽不得搏。裹糧坐甲，陰雲四遮，烏鳶飽人啼呀呀。烏鳶啄人肉，一半啄賊肉。死賊何心，怙此窮毒。

戰城南，賊滿城南竟城北，賊饑無食攫我民，我民有田耕不得。前日平一賊，昨日平一賊，賊平何不平，賊驅我民當我兵。

【校記】

〔一〕『戰城南』，道光二年增刻本作『擬戰城南』。『二首』，原詩無此二字，據内容補。

隴水謡〔一〕

隴頭水，嗚㰶欷，隴頭民，隨流離。官軍何在賊饑疲，東望秦川心逶迤。

【校記】

〔一〕『隴水謡』，道光二年增刻本作『擬隴水謡』。

雜感

天道恢恢儘大觀，低頭吏事信心難。憐才誰解書遊俠，已鬬寧知屬弄丸。止水窅冥風浪失，火雲蓬勃月輝寒。雞蟲得失無時了，轉盡桐陰自倚欄。

驅車

驅車無計釋愁煩，枳棘羈棲望遠騫。時夜何堪憑見卵，摧林不分爲亡猨。河鳴急溜潛磯出，雲擁飛霾緑樹昏。難路機心成執熱，不妨濁酒憩芳村〔一〕。

【校記】

〔一〕『難路機心成執熱，不妨濁酒憩芳村』，道光二年增刻本作『前路關心機事拙，難拋酷熱向清樽』。

望蒙城山懷古

炎暑倦行役，平野塵昏蒙。片山忽東出，爽氣生蘢葱。高樹蔽城邑，迂迴渦水東。不辨漆園處，緬懷高士風。微官竟何樂，擾擾征途中。

獨酌

炎天人語斷黄昏，芳果時蔬自舉樽。世事豈能佳論了，物情終賴静根存。平河浪寂林回潤，急雨雲頽月透痕。偃仰一官憂世界，却忘百里費批報。

喜雨

半夏炎威夜未平，遥天含雨曉方傾。無邊禾黍芃芃意，不盡梧桐葉葉聲。樂奏部蛙嬉水亂，夢餘飛蝶趁風清。披衣飽看翻簷溜，知遍人間笑語并。

曉行

朝朝案牘苦難删，行路蕭疏一解顔。殘夜日生霞透海，濃陰烟暗樹如山。渡頭孤艇眠聲寂，雨後耕農意態閑。野鹿標枝無限思，猶餘清浄在田間。

輓孫樸園

離别再經歲，各爲職守羈。豈知遽湻逝，長此空懷思。子荆性矯厲，經術精研追。兼心迫開濟，僶俛吏事卑。盤錯試利器，豪强紛四馳。遺澤春申間，父老涕漣而。廬江山水縣，弦歌稍自怡。一朝忽徂謝，大化良可悲。迮俗多蹇絀，理數實堪疑。我生異嗜好，郢匠資遊嬉。解劍不及贈，撫墳難可期。化往揚空名，徒爲達者嗤。緬維知己意，無復睹光儀。輟舂哀國均，私心同此詞。寄懷秋江風，送子臨交岐。

贈建德汪生石門，用蘇公《喜劉景文至》韻〔一〕

汝潁奇士不可呼，交遊一别如海隅。怪君西行八百里，蘇公樂事今不無〔二〕。今人能作古人事，愧我濁宦猶凡夫。紅塵烈日笑握手，闗山不用僕夫扶。雲鶴逸態越老健，霏霏玉屑掀蒼鬚。山城父老勤致語，念我貧疲憐我迂。南方建德古無比，此意淳厚過屠蘇〔三〕。過江西來一千日，青山入夢如彼姝。丐君大筆畫溪岫，始覺塵面非故吾〔四〕。第須飲酒莫計日，剪燭爲我談江湖。

【校記】

〔一〕『公』，道光二年增刻本作『詩』。

〔二〕『蘇公』，道光二年增刻本作『東坡』。

〔三〕『此意淳厚過屠蘇』，道光二年增刻本作『此意濃過稱觥醹』。

〔四〕『始覺』，道光二年增刻本作『莫嫌』。

七夕

星軺望渺瀰，人意愜幽期。原鹿三年駛，牽牛一會遲。蛾眉韲錦字，蛛網結情絲。樓上灣環月，離愁萬里知。

宋塘河夜行

把火渡林薄，迂迴上古塘。密葉暗如雨，茭蔣蓊石梁。微波動澄景，遲此月出光。白露草根明，蟲聲吟淒愴。繁星漸歷落，天宇高青蒼。村巷深閉户，濃陰交墻桑〔一〕。馬蹄不動塵，茄鷺時一昂。對影憩野亭，睠兹水一方。缺月如幽人，光輝静且長。豈不倦風露，耳目饒清芳〔二〕。覺境浩無際，昏夢何由望。幽討偶乘隙，勞宦良可傷。

【校記】

〔一〕『濃』，嘉慶十一年與道光二年增刻本均作『穠』。

〔二〕『芳』，道光二年增刻本作『凉』。

秋暑

閏夏炎蒸鬱滯淫，秋來無信到林陰。拂塵何處清涼界，滌暑難憑風雨心。城下潁波污洗耳，堂邊腐鼓斷鳴琴。家山苦憶神仙窟，六月蒼崖積雪深。

郊行

崆峒山下羽書驚，邊計頻聞使節行。大澤天空低遠水，長林日暮變秋聲。灌壇風雨難憑准，鹽坂輪蹄費屏營。小邑豐穰雞犬静，不妨守拙對蒼生。

曉行雜詠三首〔一〕

荒雞喔喔籬中鳴，野人牽牛屋後耕。軒車何來冒曉行，人生貴賤同一飽，摧眉折腰誰攖寧。

河頭趁墟喧曉霽，人牛滿船礙摇枻。停車爲爾遲沙際，人生貴賤同一忙，龍鍾榜人亦濟世。

荒林廢寺深含烟，野僧頭白不知禪。清晨擊磬聲淵淵，人生世事不着己〔二〕，不是深山亦悠然。

【校記】

〔一〕『三首』，原詩無此二字，據内容補。

〔二〕『着』，道光二年增刻本作『著』。

西湖晚眺

碧漲生秋雨，西湖浩渺開。風吹葭菼雪，蕭瑟滿亭臺。陵谷難憑昔，禽魚渾自來。囂塵城郭暗，一片隔林隈。

重九雨中宴集

蕭蕭風雨上亭臺，歌管悠揚暮色催。如此黄花須盡醉，長年笑口幾回開。隔簾響應疏桐滴，入座青垂弱竹來。茱盞糗餈良日興，已勝陶令賦空罍。

歷北鄉故城

泛舟茨河水，木落水粼粼。水邊兩故城〔一〕，坂陀横高原。西城信陽國，東城宋公墳。隍復尚餘址，碑碣無由存。第見芻牧兒，驅牛返荒村。野老謬流傳，地誌失其真。高城已不辨，况復城中人。臺殿羅鐘鼓，事往惟荆榛。人生如蟪蛄，何由睹冬春。考古覈名實，不朽亦云難。局蹐百年内，凄惻摧心肝。

【校記】

〔一〕『兩故』，原作『故兩』，據嘉慶十一年刻本與道光二年增刻本改。

信陽懷古

信陽即新陽，細水出西北。東經宋公城，水經脩考覈。宋公國鄎邱，新陽殷就國。東西近相望，無乃太逼仄。節侯食陽夏，子訴平鄉錫。曾聞冀木主，土人耕田得。平城近苦縣，計里頗不忒。殷實邑原鹿，平輿析其側。細陽今縣東，岑遵所封域。旁有彭祖邱，傅會從可闢。雲臺重東漢，殊恩兼外戚。何緣百里間，群侯此受册。兹地實陳汝，泉甘土田殖。帶礪翼東都，千載豔光澤。習俗今何陋，古風蕩如滌。縣志雜鄙謬，笑言堪笑啞。士無藏書家，民有嗜邪癖。豈云天地氣，有時亦輟力。弦歌宰也事，文獻治所則。城闕傷子衿，驅車長太息。

張孟侯故里㊀

孟侯守經義，侍講寓諫正。抗疏理竇環，平情愧險佞。王青擢幽潛，快舉礪士行。輜駕列講庭〔一〕，公卿祝翁慶。豈抑希世術，詩書致貴盛。廷叱宴司隸，無乃傷躁輕。由來地氣剛，賢達已難屏。

【校記】

〔一〕『輜』，（民國）《太和縣志》作『輺』。

【注釋】

㊀此詩亦收於（民國）《太和縣志》，詳見（民國）丁炳烺修，（民國）吳承志等纂（民國）《太和縣志》卷二，民國十四年鉛印本。

范孟博祠㊀

東漢鈎黨禍，孟博壯以悲。郭揖解綬出，吳導伏床啼。慈母慰赴義，樂與名賢齊。正直不自保，澄清志何施。矯激豈云濟，道行亦需時。鋤蘭暨荃蕙，漢運嗟已衰。抗節埋首陽，志意終不虧。古墓不復辨，秋草塞荒祠。惟有斤溝水，皎潔無盡期。

【注釋】

㊀此詩亦收於（民國）《太和縣志》，詳見（民國）丁炳烺修，（民國）吳承志等纂（民國）《太和縣志》卷二，民國十四年鉛印本。

秋感

穎陽秋盡已三年，績用艱難自憮然。老氏可牛還可馬，仇香能鳳不能鸇。清虛竟日黄花雨，蕭瑟孤城落木天。何似著書寬歲月，山窗紅桂白雲邊。

沙河夜行二首〔一〕

古岸如山抱野亭，馬蹄殘葉響沙汀。良宵可愛消行路，吏事難工慣戴星。霜樹影空天遠淡，河磯波轉月瓏玲。紅塵不動黄壚静，無限人間夢渺冥。

棲鴻嘹唳起河洲，朗月驚鴉噪不休。群動悱然迷曉夜，人生那得戀衾裯。五星頗覺將同色，四野忻逢大有秋。多少廟謨憂濟急，彈丸霜露未堪愁。

【校記】

〔一〕『二首』，原詩無此二字，據内容補。

感寓八首

潁水冰堅欲走車，密雲連日變丹霞。豐年粟價驚三倍，窮野人心望六花。眯眼沙塵吹几硯，撲人嵐翠憶山家。東坡祈雪真成雪，自笑詩靈感應差。

低頭束帶歲慆慆，小吏憂愉只費勞。補履兩錢錐便得，投竿千里釣方豪。山中白鹿思陶淡，雲外真龍笑葉高。廣厦萬間還有願，蒼生原是仰吾曹。

撫字催科兩未工，終朝腕脱簿書叢。人宜范冉腰間佩，官似王褒約内僮。未分詩書諧俗好，由來事業亦天功。霜風短晷催年暮，白髮星星也太忽。

服文帶利各夸然，走馬誰能却糞田。畢竟繁華須返樸，由來嗜欲已開先。仙人苦祕成金藥，大地難期雨粟天。日暮牛羊霜滿野，草根咀嚙卧寒烟。

紛紛爾汝未真情，圖巨端知在積誠。致雨須迴三部椽〔一〕，斷河亦避貳師兵。五年戎馬成滋蔓，四國軍儲未取盈。小邑艱辛憂世界，秦山楚水半乘城。

誰解樓臺現指頭，衣裓且自備行舟。繫牛已屬行人得，欲炙惟憑見彈求。山木有萌生夜息，原田舍舊即新謀。史公委曲書平凖，宰世應須别運籌。

珍糲同甘一飽心，一身家計好肩任。不嫌墨翟能摩頂，那得王陽解作金。啄木繞林枯樹響，淘河弄影碧波深。歸田莫厭徵輸累，饒得桑間放浪吟。

忽忽窮年渡潁濱，飛揚不似壯心人。雙親兩地俱垂老，萬里微官不救貧。月下遠砧風露切，天邊鳴雁别離頻。蒼山苦憶書堂嶼，晴雪梅花此日春。

【校記】

〔一〕『椽』，原作『掾』，據嘉慶十一年刻本與道光二年增刻本改。

雪後望江上山，呈皖中諸寮舊辛酉〔一〕

春氣暗如坳，不見江上山。憶昔來皖城，江樓窮登攀。梅花點金樽，清歌度雲鬟。遠峰青照耀，縹緲欄榭間。交游一分手，佳會難屢還。淮西饜塵土，跼促吏事艱。青山入夢寐，恍忽隔仙關。兹來已兼旬，悵悵臨江灣。昨宵大雨雪，初破龍公慳。人氣變歡笑，生意蘇榛菅。長江净無翳，晶瑩碧玉環。晴霽得未曾，群山始開顔。倒影出千嶂，蓮花落烟寰。輕素冒林巖，蒼翠紛璘斑。三年眼如眯，斛塵俄已删。念彼舊游人，變態非一般。山色好常在，人事苦難閑。曾點狂猶昔，趙孟老欲鬒。魏絳軍旅倦，郭奕詞賦嫺。我性錮烟霞，耿耿餘堅頑。會須十日飲，公程何足患。

【注釋】

㈠『辛酉』，即嘉慶六年（一八〇一年）。

省寓喜得潁州雪報

潁人賴麥魚賴水，潁人得雪蜂得蕊。一冬禱殺張龍公，密雲作霜沙揚風。小宰于役不遑恤，太守火檄催匆匆。連朝鵲噪燈花赤〔一〕，元夕飄燈雪一尺〔二〕。巖邑關心郵馬飛，粟價已聞錢減百。椎牛剽劫知無踪，小邑年年邀天功。

【校記】

〔一〕『燈』，原作『鐙』，據嘉慶十一年刻本與道光二年增刻本改。

〔二〕『燈』，原作『鐙』，據嘉慶十一年刻本與道光二年增刻本改。

烏夜啼

烏啼明月光，飛繞巢邊樹。行人中夜起，門外天涯路。天涯處處烏夜啼，每聽烏啼道起遲。

淮上山歌，寄懷林念柎〔一〕

江邊小邑山深深，羨君官閑識君心。山城無事同謳吟，別君青山側。渡江直到淮西北，淮西無山想江國。去年行役淮渦間，君家門前始見山。今年行役渡山曲，兩山離離波相屬。得邑名山預可忻，風塵畢竟嫌羈束。山間白雲如江涯，思君洄溯江又淮。

【校記】

〔一〕『淮上山歌寄懷林念栴』，道光二年增刻本作『淮上山歌寄懷林念栴廣文』。

雨後春草〔一〕

楊絲烟重欲平堤，笑靨桃花映水低。幾日濛濛衣上雨，緑將芳草過淮西。

【校記】

〔一〕『雨後春草』，道光二年增刻本作『春草』。

靈璧二首

五載三靈璧，勞勞亦有緣。荒城聞琢磬，大水憶乘船。市肆圖奇鬼，農謡靠老天。九荒今一熟，春色已鮮妍。

盡日愁泥濘，河形認是非。孤村依阜出，遠樹入天微。鬻石山朘瘦，耕淤水借肥。鶯花春正好，窮野耐朝饑。

睢股河挑工感賦

治河無上策，疏瀹仍良謀。自從奪汴泗，歲歲驚黄樓。長淮中南巨，一合不可收。高堰兼閘壩，推挽成安流。陵谷變年代，千古同悠悠。泥沙有消長，木石難久留。嗟彼淮黄間，時憂魚鱉儔。北山何落落，烟火稀薪槱。石閘鑿天然，啟閉大河頭。怒流賴宣瀉，功大過亦侔。洪澤以爲壑，有時漫數州。洪澤近頗淤，恐爲淮者愁。自我事行役，五年此三游。雨水潰睢岸，分賑溯行舟。黄流三載溢，從事監河侯。今來見平野，河沙滿道周。奉檄浚南股，形跡難可求。督夫大澤中，饑火生咽喉。馬蹄雜徒涉，日暮孤村投。憶昔懷賈讓，三策窮雕鎪。歷世滋聚訟，穿鑿多悔尤。圖巨良不易，吏事惟率由。路逢流亡歸，歡顔待麥秋。蓼蟲習忘苦，生計寄浮漚。人事有運會，何勞千載憂。

張家瓦房工次

長堤宛轉涉微瀾，盡日塵沙撲繡鞍。碧草淺深春曹曹，楊花撩亂雪漫漫。涇渠未分賠秦鄭，鄰壑何勞治水丹。機事機心堪一笑，芃芃麥秀滿河干。

時村早行〔一〕

茅簷燈火强停鞭〔二〕，迅速期程破曉眠。那得化身千百億，好隨相馬曲方圓。桃花笑口真如錦，榆莢連天不當錢。惆悵春光三月駛，人生底事宦情牽〔三〕。

【校記】

〔一〕『早行』，道光二年增刻本作『工次』。

〔二〕『燈』，原作『鐙』，據嘉慶十一年刻本與道光二年增刻本改。

〔三〕『惆悵春光三月駛，人生底事宦情牽』，道光二年增刻本作『强把村醪澆磈磊，由來人事屬相沿』。

道邊得芍藥滿肩輿中

藍輿晻靄露珠瀼，折得將離手自將。春色一番銷驛路，名花誰與惜幽芳。同車好擁姬姜豔，臨水猶憐士女香。憶到秋娘金縷曲，無端惆悵又清狂〔一〕。

【校記】

〔一〕『又清狂』，道光二年增刻本作『有迴腸』。

卸太和任二首〔一〕

蚩蚩謬俗已翻然，牛犢腰間欲盡捐。風浪三年羅刹海，法輪一唱夜叉天。息心頗憶林泉去，得邑差强山水邊。今夜黄紬酣睡穩，蘭膏始笑自焚煎〔二〕。

風流無計續虞延，景色葱蘢細水邊。詛祝未能銷蕞爾，袴襦猶幸借豐年。星星已變來時髮，去去難輕遠道肩。一點微雲齊仰首，不成霖雨又移川。

【校記】

〔一〕『二首』，原詩無此二字，據内容補。

〔二〕『蘭膏始笑自焚煎』，道光二年增刻本作『初知蘭桂爲香煎』。

懷遠縣作用潘騎省河陽縣二首韻㈠

少年慕貴仕，八應公車招。蹭蹬春卿門〔二〕，無由側中朝〔三〕。揀拔荷曠典，綰綬托下僚。澗松自鬱鬱，那希山上苗。行役遍江皖，山水窮南條。雅志背臺尚，宿約負松喬。盡瘁攝汝陽，三載如一朝。桑雉不及馴，佩犢幸已消。薄雲戀爲雨，東西隨風飄。需次忽七載，掌兹淮壖徭。輕舟下清潁，南風吹袂綃。塗山拔地起，惟荆側嶕嶢。明德仰神禹，導此淮渦遼〔三〕。玉帛來萬國，群后肅以劭。小邑舊勝地，民祀相與要。敢言下位卑，冥冥逐塵飈。薄俗善詛祝，民風形歌謡。側聞郡邑弊〔四〕，苗弱莠驕驕。操刀慎宰割，何敢視民恌〔五〕。

洪流起朱夏，繞郭連雙河。兩山對蟠鬱，雲雨交重阿。高艦浮荆揚，市利成紛華〔六〕。石衢夾廣巷〔七〕，緑樹蔭繁柯。廨宇簇崗巒，爽氣來嵯峨〔八〕。登臺望平野，農事興南訛。耕淤足早麥，築場剪春蘿。屢荒樂今熟，滿車出污邪。豈伊土田瘠，舊俗懶桑麻。澆風生積貧，何由返雍和。薄才拙撫字，敢希襦袴歌。跼蹐簿書叢，何以當負荷。

【校記】

〔一〕『蹭蹬』，《〔嘉慶〕懷遠縣志》作『曾踏』。

〔二〕『側』，《〔嘉慶〕懷遠縣志》作『廁』。

〔三〕『導』，《〔嘉慶〕懷遠縣志》作『遵』。

〔四〕『郡邑弊』，《〔嘉慶〕懷遠縣志》作『此邦俗』。

〔五〕『恌』，《〔嘉慶〕懷遠縣志》作『忳』。

〔六〕『市利』，《〔嘉慶〕懷遠縣志》作『輻』。

〔七〕『夾』，《〔嘉慶〕懷遠縣志》作『交』。

〔八〕『峨』，原作『哦』，據嘉慶十一年刻本與道光二年增刻本改。

【注釋】

㊀此詩亦收於《〔嘉慶〕懷遠縣志》，詳見（清）孫讓修，（清）李光洛纂《〔嘉慶〕懷遠縣志》卷之十，清嘉慶二十四年刊本。

秋漲

烟波秋漲闊，野路覓坡陀。疊嶂遥分雨，迴雲倒上河。戴星從鞅掌，何地憶弦歌。瑣瑣陰晴祝，淮壖歎歲多。

七月二十八日，蒙城紀夢

莊生祠前泥一尺，車殆馬瘏村徑夕。深林燈火停饑驂，秋雨秋風透簷隙。倦軀得枕百事忘，青山忽出天中央。山間臺觀羅松篁，朱樓一角七寶裝。勢如浮圖凌風揚，雲窗翠幙層層闢。仙人照耀臨朝光，羽衣之少年招我雙玉手〔一〕。何人頳面蒼虬鬚，傲睨不言摇其首，踟躕鸞鶴群逐勝。樓東走重門，無人心怦怦。珠簾風静笑語聲，花豔滿庭瞥相見。雲鬟霧鬢百媚生，阿姆殷勤舊所識。手携雙鬟贈我行，豐骨清嚴淡妝飾。欲請其尤笑不膺，絮語頻頻更催別。許多仙豔皆目成，雨聲撲窗破幽夢。紅樓在眼青山青，人生夢幻生臆想。塗泥未分雲霄仰，仙人嗔喜意可會。仙姝何由見延獎，龍宫惡婢兆將帥。擬非其倫殊妄蕩〔二〕，我生得意不盡歡。無乃夢中亦相仿〔三〕，清境歷歷欲模糊，火急作詩登前途。

【校記】

〔一〕『玉』，原作『王』，據嘉慶十一年刻本與道光二年增刻本改。

〔二〕『擬非其倫殊妄蕩』，道光二年增刻本作『迂儒素耻軍功賞』。

〔三〕『無乃夢中亦相仿』，道光二年增刻本作『云何夢幻猶髣仿』。

太和渡潁

酌水愛清潁，三載此川湄。秋雨暗蘋渚，不似春遊時。野人指前宰，依依臨郊歧。渡鳥不留影，停雲無定姿。兩槳渡迴灣，眷言行路遲。高樹舊城邑，勞身竭敷施。欲覓過去心，渺渺難重持。膠擾百年中，未來何可期。

夜行

籠燭驚棲鳥，翻翻動緑蘿。輿遲殘夢續，山近早凉多。露蟀喧幽草，風螢點暗荷。塵心中夜静，虚白耿星河。

野興

出門秋色滿，耳目暫澄清。世事痴方了，名心久自平。石林濃雨色，風葉颭溪聲。紫稻香盈路，山莊憶耦耕。

京師六月至七月大雨，桑乾諸河溢，閲邸抄被水七十餘州縣，非常災也三首〔一〕

淮上凉生夏欲訛，中宵星象亂投梭。行人詑説京師雨，彌月全傾天上河。懸釜儥車寧抵捂，移坊禜社竟如何。九重宵旰頻年切，饑溺偏連郡縣多。

千山急雨壅桑乾，萬派奔騰勢未闌。不信蛟螭能放恣，已聞蒼赤罹波瀾。長茭白璧隨流盡，細馬輕車就食難。未解昊天仁愛意〔二〕，堯年一樣水瀰漫。

懷襄日夜壓宸居，五字詩成涕淚書。倉廩全開畿輔遍，瘡痍半起面顔舒。洗兵天欲西南靖，滌沴人當劫運除。休咎自來需幹濟，大川舟楫定誰如。

【校記】

〔一〕『三首』，原詩無此二字，據内容補。

〔二〕『昊』，嘉慶十一年刻本與道光二年增刻本作『旻』。

師荔扉之望江任過懷遠三首〔一〕

淮水清秋夜，荆巖逼檻凉。十年方一見，兩鬢各皆蒼。問舊多零落，談山欲遠翔。人生難得處，萬里共杯觴。

作吏殊堪嘆，偏難老遁藏〔二〕。我方厭塵鞅，君已入錐囊。世路饒盤錯，民生忌譸張。問途無可贈，名士慎疏狂。

江上逾淮上，千山接混茫。小姑暮行雨，彭澤對開堂。下里能歌舞，平沙足稻粱。政餘吟興恰，郵寄慰愁腸。

【校記】

〔一〕『三首』，原詩無此二字，據内容補。

〔二〕『偏』，嘉慶十一年刻本與道光二年增刻本作『徧』。

碧鏡

碧鏡涵花活，濃山入黛長。扇迴燈睒閃，釵挂玉丁當。流睇横波靡，含嚬絳點香。翠鬟初櫳鬐，脂脥自凝妝。細柳垂腰弱，幽蘭結佩芳。巫雲遲雨色，洛雪駐風光。璧月良宵惜，琴心細語將。可能堅宋玉，不羨嫁王昌。桃葉新名渡，雲英近搗霜。天花留獨着，雲鳳綉雙翔。小杜芳時憶，相如渴病狂。春懷餘一綫，顛倒爲情忙。

壬戌元旦迎春，擬樂府歌青帝 壬戌㈠

寅之甲，晨農祥。首元正，迎青陽。鼓淵淵，蒼龍旆。神之臨，百福賚。諧諧者淮，亦濡其厓。房雲從風，潤彼枯荄。肇允茲農功，人牛適中。曰勿後時，以從我婦子於豐。

【注釋】

㈠『壬戌』，即嘉慶七年（一八〇二年）。

春雪

微風雪不禁，搖漾滿疏林。不辨梅花色，絶知春意深。紛霏遲日晚，浩蕩遠山沉。一倥偬亭夢〔一〕，悠悠邱壑心。

【校記】

〔一〕『一倥偬亭夢』，嘉慶十一年刻本作『一夜溪亭夢』，道光二年增刻本作『倥偬中途宿』。

霽雪

城烏噪曉空，樓觀簇玲瓏。霽色分山遠，春陰護雪濃。融泥滋碧沼，積素點寒叢。元夕燈花麗〔一〕，留將并月朧。

【校記】

〔一〕『燈』，原作『鐙』，據嘉慶十一年刻本與道光二年增刻本改。

蘄縣古城

風狂水覺春，撲面暗沙塵。雁候迷雲水，人家雜莽榛。古城空背澤，楚夥竟亡秦。治亂千年事，由來慎所因。

宿州西北山中

塵土霾征驛，蕭然路轉林。入山平野闊，絶壑亂峰深。疊石浮螺翠，靈泉滴玉音。符離回道士，應向此中尋。

雨又雪

片片輕霏帶雨斜，孤村烟靄暮停車〔一〕。東風狡獪花前雪，吹上繁枝盡是花。

【校記】

〔一〕『停』，原作『傳』，據嘉慶十一年刻本與道光二年增刻本及詩意改。

初霽早行

得得溪山慰早行，平沙摇漾柳絲輕。風來緑縐波新展，雪盡紅心草細生。駒隙那堪羈宦拙〔一〕，人間難得是春晴。塵埃不動天涯遠，愁思無端闇自縈。

【校記】

〔一〕『隙』，原作『銷』，據嘉慶十一年刻本與道光二年增刻本及詩意改。

早日

滿月未銜山，紅日已地外。豈直晝漏長，春至天亦大。東宿日次高，夜候破蒙昧。天事屬有常，陽長斯爲泰。曉路冒繁霜，微澌蕩鳴瀨。時聞樵牧兒，歌聲出蓊藹。谷鳥競高林，忻忻如有會。時行樂春生，免兹苦寒慨。

北嚮雁

鴻雁渡冥漠，當風揚羽毛。眷言江湖樂，翩翩下九皋。雖免塞雪寒，奈兹鳧鷖驕。春風催歸心，萬里何迢迢。銜蘆助委頓，虞羅愁見要。一嗜稻粱味，翻飛不復高。六翮豈殊舊，太息此嗷嗷。

春林花

晴日爛紅杏，蔚兹艷陽天。灼灼夭桃花，百媚生含嫣。海棠暈如醉，容態何天然。李花殊闇淡，春風相與妍。弱質易爲滋，非彼青陽偏。物情厭寂寞，榮落惟所便。薔薇何結曲，錯錦矜紅鮮。辛夷已斑駁，山櫻紅欲然。長松獨何爲，鬱鬱深崖邊。

二月二日

二月二日楊柳絲，淮南淮北光風吹。穿泥碧玉蒲芽鋭，夾水紅雲杏蕾滋。案牘長年目眩晃，鶯花忽地春迷離。殷勤欲趁良晨樂，酩酊無囚似習池。

得雨大風

玉巖山下雨絲斜，耐可顛風竟夜加。好是豔陽初得半〔一〕，爲渠芳草又憐花。

【校記】

〔一〕『好』，道光二年增刻本作『正』。

落花

一歲芳菲去等閑，林隈款段避斕斒。落花底事憐茵席，最好風吹碧草間。

潁州三里灣渡河

裊裊雙河柳，多情拂畫船。三年遊賞處，小渡亦悠然。薄宦如行旅，春花迫雨天。鶯聲啼恰恰，不覺爲流連。

淮壖田㈠

跨淮作縣治，荆塗環磎巃。淝渦亦東滙，時復警淮洚〔二〕。民田半黍稻，泥壤各不同。南涯禱暑雨，北涘愁夏涷。風雨四時和，高下難兼豐。積歉成惰農，饑腸生澆風。攘攘淮壖間，天亦難爲工。

【校記】

〔一〕『洚』，《〔嘉慶〕懷遠縣志》作『澤』。

【注釋】

㈠此詩亦收於《〔嘉慶〕懷遠縣志》，詳見（清）孫讓修，（清）李光洛纂《〔嘉慶〕懷遠縣志》卷之十，清嘉慶二十四年刊本。

讀唐人田家詩感賦四首〔一〕

我從田間來，束帶忻作吏。作吏勞心神，復憶田間事。孟夏鵓姑飛，繁陰暗濃翠。雨餘農事閑，良苗蔚豐遂。野趣談古初，田酒饁歡醉。濯足溪泉清，開襟遠風至。散蕩不妨人，何由辨機智。識道苦不早，負此沮溺志。

井田不可談，均田亦煩促。游民積漸增，機變相馳逐。刑政詘益滋，奸僞緣猾⿰犭秀。十食而一耕，饑腸成疾篤。民生首一飽，力耕詎云辱。榮利耀其前，五色豔迷目。綺裘鄙布素，珍食陋粱肉。役情索身養，身敝索未足。刀錐第可營，山海走相續。豔女懷金夫，俳優仰華屋。詩禮塚可伐，借客死可鬻。萬衆紛㘈㘈，誰能竟起伏。惟有驅田中，低頭種菽粟。貧富不相啖，田亦漸均屬。人意静耕鑿，休風生素樸。何由驅之田，云毋現可欲。

兵從田間出，罷即田間歸。國無募養煩，邑有守禦資。卒然下符契，萬千立可齊。十人一火具，農夫力優爲。勇壯寓羈束，耕鑿安恬熙。烽燧一隅動，四面饒兵威。更番不千里，精鋭有餘施。戰士恤同民，道路無侵欺。尉長悉鄉里，緩急相扶持。既無寡兵患，何由老且疲。功成不利賞，急此南畝期。有唐變彍騎，方鎮生禍階。自從兵民分，得失難可思。優優府兵制，何異阡陌開。

古者仕釋褐，牧茅南畝間。民隱晰纖微，教養術所便。本無華侈性，富貴亦藐然。解帶行反耕，進退綽且寬。唐制科選雜，農士始相懸。奔競利夸蕩，車服竭芳鮮。得仕不饜情，熱中生憂煎。豈無爲民志，爲己難兼殫。沈郎四太論，流極不可言。士風日趨巧，功業日以泯。緬懷諸葛公，智術侔天人。當其南陽時，力耕若終身。成都八百桑，田業遺子孫。淡泊訓明志，千秋愧素餐。

【校記】

〔一〕『四首』，原詩無此二字，據内容補。

春暮感興

火檄星符日不虛，毶毶華髮渺愁子。啁啾桐葉誰鳴鳳，濕沫苔泥互呴魚。過眼花飛春事疾，挈囊瓢在宦情疏。蒼山一曲松千樹，飽啖龜苓憶著書。

片息

片息清虛破滓來，名場心跡自疑猜。談詩未讓麒麟閣，綉佛何妨鸚鵡杯。夜雨梧楸花細落，青山裙屐夢頻回。駢煩身世無窮慮，齊物莊生一笑開。

遣悶戲爲陸放翁體四首

（一）

得道堪憑慧業，美官不過多錢。待來腰下雙綬，輪却山中一眠。

暑中對人冠帶，長日據案鞭笞。等是人間惡趣，一身作吏兼之。

上界亦煩使令，名山自足清凉。神仙有分猶懶，六月驅車不遑。

一官一邑憂世，淮北淮南亢陽。十九峰前啖雪，六千里外思鄉。

【校記】

〔一〕『四首』，原詩無此二字，據内容補。

七月十一日，立秋

酷熱何堪簿領叢，迎秋盡日仰雙桐。黄房嘉會神靈藥，列子歸心離合風。赤豆井花酬節物，剪楸沉果憶兒童。暑中信有浮生慮，一笑西南月半弓。

禱雨三首〔一〕

甕蜴雩龍信杳然，山宫僕僕禱靈泉。菑畬難竟驅遊手，菽粟何堪减旱年。雲氣陸離開日駁，河聲曉夜湧風顛。天和有象無由動，蒿日晴霄炷紫烟。

坳鬱塵埃草木黄，井泥汩汩引殘漿。天心畢竟回仁愛，時節難教遲稻粱。財賦東南軍國計，江淮生活水雲鄉。已聞四遠同枯旱，小邑貧疲倍黯傷。

占星驗月費參稽，消息人天事總暌。苦憶夏香辭慷慨，難分袁甫地東西。靈山毛髮燋應痛，淮海蛟龍睡已迷。毒熱煩愁交互集，何當雷電起前溪。

【校記】

〔一〕『三首』，原詩無此二字，據内容補。

微雨

堂上看山野氣昏，入山蒼翠厰崖垠。秋陽旱沴難堪暑，疏雨微雲亦解煩。烏鳥喧聲争晚樹，漁樵生計耐荒村。微官憂樂隨人事，茆店蕭然一舉樽。

喜雨

盛夏苦亢旱，得雨不愜懷。人苗同一枯〔一〕，雲雷中道乖。今晨動烟霧，浮凉發天涯。雲霞絢猶駁，風雨俄以偕。老荷寂復喧，蒼葭黯漸霾。薄暮轉浪浪，傾洒何淋漓。物理異頓漸，舒徐有餘施。蓄極勢未已，慰兹久旱思。我行計百里，森爽忘暮饑。輿夫泥没踝，兹行不言疲。野館環深林，繁響豁心脾。我性畏炎熱，始欲耐葛絺。所惜濟旱功，後彼田家期。陰陽久亢戾，且以和天倪。把火照懸溜，捲幔揚清颸。深夜不解寐，此情無乃痴。譬彼渴酒人，酒渴不可支。得酒大甕盎，濡首無不爲。卜晝與卜夜，誰復計何時。

【校記】

〔一〕『同』，原作『上』，據嘉慶十一年刻本與道光二年增刻本改。

秋雨解

野人采菽炊饑饔，低頭淋漓背朝雨。手中擷實半空枝，太息秋霖竟無補。三伏炎炎禱龍公，豆花手茸落焦土。等知膏澤今滂沱，何似前時早相與。我思古來人才何時無，往往泛置猶凡夫。天貺鍾靈詎無意，遲迴抑塞何爲乎。若大旱用作霖雨，古人妙喻味何腴。用不用一轉移間，紛然萬彙差菀枯。天事人事等難測，硜硜怨望嗟何愚。農夫農夫早種麥，今年秋雨明年食。

晚憩中南海寺夜雨二首〔一〕

蒹葭水半浮，楊柳隱汀洲。人語烟中楫，燈明樹杪樓〔二〕。谷陵何代改，佛伽一龕幽。小憩耽禪境，微凉動晚秋。

伏枕千林葉，濃陰水氣生。西風吹密雨，一夜滿秋聲。寂闃消心象，塵勞薄世情。曉鐘殘夢裏，香火憶前盟。

【校記】

〔一〕『二首』，原詩無此二字，據内容補。

〔二〕『燈』原作『鐙』，據嘉慶十一年刻本改。

九日

重九事行役，高山時登臨。所歎駪駪懷，異彼遨遊心。紆曲渡迴澗，重岡緬崎嶔。秋氣浄天宇，林壑爽蕭森。寒苔秀巖石，曲泉鳴幽陰。粲粲日精花，託根凌高岑。風露自敷藹，芬馥竟誰尋。日夕發孤興，耿耿懷芳斟。

黄葉

頭髪老自白，木葉秋自黄。白髪緣心神，黄葉豈雲霜。淮南悲長年，局促誠可傷。落木有餘態，風露縈清光。花實爛熳已，斂此生意長。人生膏火煎，百年此遑遑。安得神仙藥，一返鬢毛蒼。

夜歸自塗山下二首〔一〕

長宵耐遠路，跫然空谷音。殘月上峰背，幽輝開澗陰。隱隱長淮流，素波含烟深。村巷閉寂闃，蕭森殘葉林。霜露皓崖石，夜氣空人心。何處擊寒鐘，雲水杳沉沉。

喚渡月在林，登舟月在水。兩槳擊玲瓏，撲簌鷗聲起。霜濃水氣清，灘空石林徒。玉玦光鱗鱗，微風爛錦綺。柁轉山影横，蒼然兩峰峙。萬籟寂不動，天宇浄如玼。明發市城喧，争渡聲聒耳。

【校記】

〔一〕『二首』，原詩無此二字，據《〔嘉慶〕懷遠縣志》補。

哀符離四章

宿州城東門夜開，白巾帕首横戈來。焚街劫獄殺官吏，洶洶狂突何爲哉。邪説中人有如此，妖兒妖婦稱渠魁。

黑雲沉沉火洞赤，男顛女躓相枕藉。城西壯士振臂呼，短兵狹巷血模糊。日中五戰賊不脱，亂擁州衙作巢窟。

鳳臚廉使宵介馳，單師入城賊掩匿。摧壁破壘殲其雄，困獸奔騰肆狂噬。賊砍不死神扶持，戎莽驚心援外絶。

臘月八日鳴軍炮，刀弓火炮雷電驅。妖兒妖術何有無，青天日出愁雲徂。流離在野循歸途，嗟嗟死者云何辜。

十二日解嚴二首〔一〕

令下千夫集，人心壯足資。河山堪表裏，鍪鍤效驅馳。風遠傳郊柝，燈明夾岸旗〔二〕。金湯成衆志，端不在臨時。

百里傳宵警，餘凶到我疆。妖氛能八日，兵力已多方。弊俗弦歌輟，無端壁壘防。今朝烽燧撤，愁思轉茫茫。

【校記】

〔一〕『二首』，原詩無此二字，據内容補。

〔二〕『燈』，原作『鐙』，據嘉慶十一年刻本與道光二年增刻本改。

郊行大雪

盡日風雪濃，薄暮意未了。簌簌踏溪橋，霏霏眩林表。川原入天净，村巷人聲悄。欲覓平阿宿，前山皓茫渺。

除夕

殘雪熒熒北斗回，坐看年去又年來。危途第覺風濤過，華髮何堪歲月催。賈島祭詩痴興僻，裴公爇火壯心哀。長筵簫鼓燈如晝〔一〕，且免閑愁到酒杯。

【校記】

〔一〕『燈』，原作『鐙』，據嘉慶十一年刻本與道光二年增刻本改。

初三日雪 癸亥㊀

曉霧不開山，濛濛簷溜濕。軟風非雪候，倏忽輕霰集。紛紛漸作花，漫漫絲絮雜。宛轉意態閑，磊砢厚已積。重陰結舒徐，浩瀚恣淪洽。枯叢爛繁蕊，密竹沍槁葉。曲欄半已沉，茅舍敧欲壓。盈盈池沼平，何乃計原隰。前月雪三日，老農破怏悒。墻陰積未消，茲雪更重疊。來牟定飽餐，水陸各厭浥。連年冬不雪，屢荒相蹈襲。小宰拙撫字，鬢毛坐蕭颯。天道有盈虛，豐年從此愜。柏酒禦宵寒，清輝炫銀蠟。

【注釋】

㊀『癸亥』，即嘉慶八年（一八〇三年）。

人日喜晴

人日曉天晴，重簷落凍聲。長淮融雪動，新水迫春生。寒峭梅花坼，香攢菜甲烹。高山良駟策，猶起壯年情。

望塗山

春晴變山氣，嵐翠濕峰棱。叢石深留雪，幽泉響漱冰。野人營窟屋，古木挂霜藤。數數崖前路，探奇竟未能。

荆山樓

璞玉山前雨意濃，畫樓春色擊離悰〔一〕。繞林碧漲雙河水，倚檻青浮對面峰。巖草淞垂珠歷落，石苔雲過翠蒙蘢。兩年風月頻遊宴〔二〕，又是鴻泥舊爪踪。

【校記】

〔一〕『擊』，道光二年增刻本作『繫』。

〔二〕『宴』，道光二年增刻本作『處』。

離席賦得長淮柳

無限長淮柳，風霜兩岸凋。夜來春雨足，荏染萬千條。細浪摇金縷，濃烟籠畫橋。相將人惜别，婉轉拂雙橈。

之懷寧出山陽鋪，用謝《之宣城出新林浦向板橋》韻

連山豁新晴，期程愜遄鶩。沙水浄迴溪，殘雪炯深樹。羈職久淮服，風霜往來屢。春色懷江城，勤役亦佳趣。搴芳蘭渚青，盍簪朋舊遇。春風慰行李，濛濛出烟霧。

龍山宫祀事

長江東北流，群山儼相從。峨峨大龍山，西上專其雄。江山互盤亘〔一〕，陰陽交方中。是宜大藩地，自昔國皖公。小宰附城郭，畿望資要衝。連年苦亢旱，大吏憫三農。潔齋禱靈祠，應時甘雨通。神閟福萬民，寸雲敷大邦。今兹重承祀，登降肅旌幢。風日荷神霽，照耀開青峰。巖嵐沃蒼翠，原隰迴谾巃。仰聆涓涓泉，俯爲大壑瀧。豈直眺遊勝，豁目清塵胸。歸途踏春草，曲折緣深松。雨餘麥苗青，村巷回冲融。即事慰情愫，時和神所豐。

【校記】

〔一〕『亘』，原作『互』，據嘉慶十一年刻本與道光二年增刻本改。

車津澗

春光忽忽滿江潯，石路葑茸細草侵。野氣晴蒸新樹緑，溪流紅罨亂花深。蓬龍不厭看山興，駟馬難忘蠟屐心。一酌車津亭下水，九年塵暝到而今。

宿橋頭寺

風竹暗如雨，不辨夜淺深。幽窗忽炯炯，殘月生東林。衣露濕花氣，泉響生静心。一宿寬閑境，暫如釋負任。

茶亭嶺

種松滿青山，種稻青山趾。溪隖自成村，小山相邐迤。第使風俗淳〔一〕，樂利竟何已。雨餘溪泉清，春深雜花紫。石彴恰通人，鳥聲清在耳。盡日青蘿間，飛蓋渡旖旎。

【校記】

〔一〕『第』，道光二年增刻本作『但』。

長安嶺

曲磴盤苔濕，空亭戴石高。晚烟濃岳色，野漲入江濤。地僻稍忘暑，山行得避囂。長松千萬樹，小立聽蕭颾。

憫農

六月早稻黄，刈穫還更種。新米飯饑農，水車聲淙淙。地力無時閑，猶艱八口供。奈何不耕人，珍食自恣縱。

夏夜詞

簾榭沉沉月斜白，屏山夢轉瑶林碧。美人銖縠玉肌凉，錦瑟露瀼拭蘭席。曲欄芳草青菲菲，雲水香濃醉不歸。蜻蜓曉夜荷心宿，不羡莊生蝴蝶飛。

石門湖遇雨

擊楫趁汀洲，青山動拍浮。濃雲頹浦樹，急雨響湖漚。大野力驅暑，西風今始秋。村人指龍挂，光怪滿江頭。

得透雨歸自高河鋪

蕉鹿猶疑夢幻同，肩輿迢遞亂雲中。動來鱗甲千山雨，聽徹松杉萬壑風。靈谷有龍呼竟起，人間害馬去難空。炎蒸忽地清涼遍，一笑醍醐灌頂融。

潛山城外寄王四約齋

山行不覺遠，松籟水聲兼。秋樹迷黃谷，晴雲翕嶽尖。翠微城郭暝，潭影塔棱漸。欲訪飛梟侶，忽忽未許恢。

山口鎮

漲流歸壑響粼粼，雨後青山面目真。石逕寒生楓半紫，汀沙秋盡草如春。焚魚酌醴難乘暇，野鹿標枝憶返淳。别有幽懷人不識，登高臨水總含顰。

練潭驛

參差巖岫繞芳汀，使節星軺旦夕經。疲馬嚙殘沙草碧，行人折逼柳條青。一官手版紛迎送，五夜家山夢渺冥。孤月澄潭誰解和，幾回空過水心亭。

石門湖夜行

石門沉沉湖闇碧，大龍山頭半吐月。烟嵐晃月山影空，木落天高雁沙白。沙路鱗鱗舊漲痕，虛船廓落傍荒村。長官風露宵行急，茅屋人家睡正温。

梅林湖暮行

鞅掌難堪薄領身，郊行清曠恍怡神。撲塵嵐翠山當面，坦步江沙月趁人。鴻雁低回諳地僻，漁樵歌笑見情真。肩輿宛轉思成寐，遠寺鐘聲到野津。

微雪望皖公山

風雪少人事，登樓得偶閑。相看頭半白，老却皖公山。

除日西鄉夜歸

浮雲變幻風波瞥，卒卒窮年到除日。除日猶煩于役行，三百六十何日逸。名利奔催遞古今，賢愚一樣迷悠忽。神仙大藥幾時逢，年去年來成白髮。天柱峨峨凌穹蒼，左慈丹竈開晴光。墨組羈人不得到，河頭悵望塵飛黄。吏事卑微困泥滓，朝朝斂版宵衣起。使令煩於上界仙，待食迴環千夫指。馬牛其風盡可及，雞蟲得失争無已。隍中覆鹿多夢人，老子烹鮮難究理。挈瓢有興何時歸，送窮無術將胡底。兀兀籃輿百感并，山村臘鼓敲匉訇。春風老柳枝梢活，幽谷早梅冰雪傾。松徑蒙蘢暮烟暝，茅亭憩立泉聲清。嚴城輿馬喧辭歲，行路虚寂轉閑情。輿中守歲不須急，江上曈曈看日生。

新霽登樓甲子〔一〕

晴暉駘蕩發春陽，冰霰兼旬得未嘗。殘雪半含沙草碧，顛風猶在野梅香。到江山岫晶瑩出，拂面楊絲婉轉長。片刻寬閑心乍遠，小樓高揭水雲鄉。

【注釋】

〔一〕『甲子』，即嘉慶九年（一八〇四年）。

棕陽三首〔一〕

灣灣河水半江鋪，裊裊楊花卸舳艫。樓上青山留客醉，風光都屬酒家胡。

士行祠前柳萬絲，維舟烟雨思迷離。天門幸有排雲翼，俯首依依送客時。

富貴還須不死求，射蛟臺下水悠悠。樓船綵仗青山輦，只有君王一度遊。

【校記】

〔一〕『三首』，原詩無此二字，據内容補。

大新橋送鄉人歸

健馬輕帆遠自任，家山最是好園林。東風吹起長江柳，西向迢迢送客心。

江濱行

恰恰鶯啼竟日聽，披離紅杏短長亭。空江夜雨潮初漲，遠渚寒烟草又青。簿領年華鬢鬢改，酒杯山色古今經。東風馬首楊絲路，過盡征帆各不停。

西洲

經旬一度到林坰，細柳新蒲鬭裊婷。野岫春濃雲靄靄，江村酒熟雨冥冥。唤晴幽鳥迷芳徑，隨意桃花傍水亭。矮馬幄裙遊興別，勞勞空對好山青。

三月朔，永慶圍長堤成，起柞澗、段石諸小山，邊槐莢、斷塘諸河，包泉潭、峽港、兒小矼、西峽諸湖，抵梅家壩橋，皆易以石坤啟閉巨工也。劉萬象、汪豁珍、羅先箕、王大本諸生爲予賦詩，小飲迎芳庵中，用蘇詩和趙德麟韻紀事

江潮悍疾人力窮，洲人寄食浮漚中。群舒山澤下秋潦，吐吞萬派乘風雄。皖公城東盡湖泊，紅蓮碧蓼滋清丰。團沙堵水種秔稻，往往平地波濤通。劉生老謀爲我畫，移山轉水真鑿空。始事落落終竟合，堤成忽奪蛟螭宫。霓捲雲連五十里，有如月暈周朣朧。汪羅諸生壯從事，歌詩相杵來清風。百日圍成陂壩足，不數豆芋資濯龍。從今大穫賀豐歲，免兹鮮食竭魚蟲。

流水

流水地中行，平平無須治。神禹奠泛濫，疏瀹雲導之。後世利堤障，漸增如守陴。留濁日以高，阨塞難久持[一]。仰流下平地，城邑蕩如糜。利害滋聚訟，璧馬徼神衹。竹木有時盡，遷決無已時。至今黄樓側，濤聲凌垂廈。汴泗没已遠，淮渦近亦危。物極勢必返，何堪更南移。水治治以下，民安安以卑。高卑一凌替，患害踵相隨。物性即至理，穿鑿多所違。水鑒而民鑒，毋徒小利期。

【校記】

〔一〕『久』，道光二年增刻本作『从』。

春日即事十首〔二〕㊀

細雨春江闊，濛濛帆影斜。平蕪青到水，雜樹亂開花。颯蹮魚梁鷺，凄迷野廟鴉。垂楊惱人意，摇蕩滿天涯。山口鎮。

風雨四山并，前蹊石瀨鳴。荒林何處宿，蕭寺足爲情。萬樹翻階緑，高雲下榻平。化城安穩意，轉自嘆勞生。長安嶺。

天柱一峰出，今朝應是晴。崖陰翻瀑雪，雲氣曳松聲。茅舍稀人事，山田帶石耕。荒塗難可憩，林壑慰饑行。潛岳鄉。〔二〕

萬緑繁陰合，殘紅亂雨飄。人家不知處，澗水曲通橋。松蕊攢金粟，藤花幔紫綃。山林隨處好，春事亦偏饒。

擾擾何時樂，塗泥笑此生。一春稀對酒，野酌亦多情。山翠濃餘映，花香噴薄酲。夕陽遲不落，新樹囀鶯聲。

遠岫蛾眉曲，溪流帶影清。市橋攢畫艦，烟樹隱連甍。人有便娟子，歌能靡曼聲。不須輕下里，花月可憐情。石牌鎮。

返照帶溪雨，空濛江上山。漲迷前日渡，舟出翠微灣。花落草逾碧，春深人未閑。幽芳心自惜，延佇水雲間。石庫湖。

圍塘擴野田，彌望緑黏天。密樹雙堤合，危橋獨木懸。藤蘿牽草屋，鷗鷺適湖天。江鄉魚稻利，春雨辨豐年。西墟。

負郭園亭好，低回芍藥欄。飛花隨水遠，密雨送春殘。迂性難移僻，泥途强自安。金丹何處有，未分壯心闌。

渚嶼搴芳草，幽懷黯自歡。吟詩騎馬得，盱世論人難。晴日當春少，浮雲壓地寬。愁心此江水，自古浩漫漫。

【校記】

〔一〕『十首』，原詩無此二字，據内容補。

〔二〕『潛岳鄉』，《晚晴簃詩匯》無此三字。

【注釋】

㈠《晚晴簃詩匯》録此詩之第三首、第四首、第七首，詳見（民國）徐世昌輯《晚晴簃詩匯》卷六十三，民國十八年退耕堂刻本。

梅雨

江上黄梅熟，濛濛雨意殷。青山黯如夢，不辨曉行雲。錦瑟移高調，香蘼亂碧芬。東鄰窺玉處，寂寞緑苔紋。

洲望

新晴白蘋渚，不奈客愁何。江水日夜急，雲山重疊多。元珠難强索，白雪自高歌。鷗鳥浮沉適，飄飄不礙波。

晚下石門嶺

雨後烟村草樹光，小亭延佇正斜陽。垂巖石髮風絲細，解籜新篁露粉香。多事荒途行靡靡，出山泉水共茫茫。巖城隱約雲霞裹，名利虛拘未了忙。

雨中兀坐二首〔一〕

久雨青苔欲到門，坐來心跡得渾渾。醍醐巵酒寧論器，鼓吹鳴蛙等是喧。幽獨有懷周世界，賢愚多事强昭昏。忘機最羡樑間燕，帶濕輕翰自在翻。

學得安心未竟安，百重堆案懶研鑽。莊生牛馬人呼易，老氏雄雌自守難。門外塗泥隨意附，雨中盛夏似秋寒。渠渠我屋權輿遠，漏濕移床强自寬。

【校記】

〔一〕『二首』，原詩無此二字，據内容補。

發新橋港

挂帆漭無際〔一〕，村舍認菰蘆。水氣浮山白，瀰雲聳柱孤。鞠芎寧戒備，秔稻已淪鋪。向夕風濤發，鷙鶻快意呼。

【校記】

〔一〕『挂』，原作『柱』，據道光二年增刻本改。

泊塗家凸

繫纜依山曲，蕭條薜荔村。民依艱一食，百務總難論。蛙蛤燈光集〔一〕，魚龍夜氣渾。風波不成寐，更聽雨聲喧。

【校記】

〔一〕『燈』，原作『鐙』，據道光二年增刻本改。

江家嘴霽月

炯炯月出水，斜光入我船。風定水聲息，起視山蒼然。列星何的皪，各各依其躔。數月苦陰雨，一豁憂慮煎。積水晃明河，紆回深樹顛。晚稼藝可及，何由疏百川。聊兹慰晴景，蕩掃痴雲烟。

得替後移居天臺里二首〔一〕

汗喘負籠土，一菻殊脱然。今朝真此味，坦腹卧凉天。頓刃餘盤錯，虚舟任往還。兩年腰欲折，名實竟何先。

地豈丹砂得，興因山水生。要烹庖可代，執熱興思清。華髮添明鏡，殘編憶短檠。中庭人語寂，月上有江聲。

【校記】

〔一〕『二首』，原詩無此二字，據内容補。

秋日即事五首〔一〕

待得瓜時歲已逾，酣眠始覺病身蘇。神仙原在人間世，細雨新凉一事無。

風塵到處避囂難，機事忘懷放眼寬。擬把流泉參水觀，不争瓦礫動波瀾。

檢點鄉書作答遲，自緘藤紙報相思。秋江潦退如西洱，一樣青山到水湄。
聞道難拋債主逃，暫時休假亦清高。解衣狂飲無監刺，飽向江天嚼蟹螯。
飛烟飛雨渡江潭，樓閣蕭森萬木參。無數青山相對出，盈盈秋色滿江南。

【校記】

〔一〕『五首』，原詩無此二字，據内容補。

出皖途中即事七首〔一〕

紅亭緑酒樹西東，飛雁池潭片影同。慚愧居民留戀意，兩年碌碌去怱怱。
驛路僧寮似抱關，每來竹下聽潺湲。相馴更有霜翎鶴，引步蒼苔對客閑。
冷水鋪前溪水鳴，大龍山頭雲倒生。白雲摇蕩龍山遠，一片秋林密雨聲。
識遍山前樹萬重，青楓大栗莽蓬蘢。挺然直幹清陰滿，記取源潭老獨松。
點點蘋花拂短橈，一聲初雁渡晴霄。江流自繞青山去，猶向津亭上晚潮。

烟霞名利欲兼難，大李才華早掛冠。數數龍眠山下過，山莊止向畫圖看。

半生塵路感交遊，每飲醇醪憶好仇。何處道南公瑾宅，青山黄葉滿舒州。

【校記】

〔一〕『七首』，原詩無此二字，據内容補。

野菊

野菊被崖谷，獨感秋氣清。開花粲白石，濯根山水澄。蕭灑出天然，恬淡有餘馨。汲泉壽老翁，服食垂仙經。城市競五色，壅沃滋繁英。世有捷徑子，狡焉托幽貞。至美非近玩，甘隨秋草并。陶公已忘言，真意何由評。

廬陽懷古六首〔一〕

江湖重阻足憑臨，吴魏頻煩利遠侵。春水方生堪嚇敵，斷橋超度亦寒心。盛衰時運成征戰，治亂人才變古今。何似單車劉太守，招綏群盗計深沉。

豫州僑奪儼如讎，零落遺黎難未休。捲地波濤韋叡堰，燎天風火北齊舟。蟲沙欲盡軍中化，蠻觸何知角外求。成敗匆匆銷往跡，青山依舊水東流。

行愍英姿把劍鐔，一時才勇效淮南。堅城挫鋭持方急，破陣呼觴戰復酣。正朔尚能尊李氏，雄共終竟抗朱三。黑雲澶漫江湖湧，衣錦君臣盡可慚。

南宋逡巡地日蹙，廬州形勢好重恢。藕塘猝擊劉猊去，店步旋驚兀術來。表裏江淮寧可退，生靈塗炭豈忘哀。尺書催戰全師捷，國計從知仰勝裁。

將軍嶺上分流水，咫尺堪通共一溪。人力已拚山脉斷，雞聲偏向夜中啼。矯揉事業身徒瘁，寂寞碑銘字已迷。野老尚傳隋世代，詔開肥水達淮西。

世宙茫茫未許猜，歷陽一夜陷湖開。麻姑東海誰憑信，老姥青山劇可哀。舲峽倚天人插竄，地形傳火刼沉灰。浮生止有神仙好，那得金丹大藥來。

【校記】

〔一〕『六首』，原詩無此二字，據内容補。

湖濱夜行

平沙渺渺渡烟皋，驧馬寒嘶雁鵞號。黄葉樹深微月淡，空灘水落斷崖高。一星碧火湖心寺，往刼悲音夜半濤。野艇無人遥喚渡，此生蹤跡總勞勞。

三河鎮

寒水三叉落，垂楊夾岸平。稻航新熟後，埠火遠舂聲。羶蟻紛人事，冰魚饜客烹。喧囂難再宿，烟月放舟行。

野望

潦收寒水澄，落葉滿橋梁。老荷鬱深翠，野菊標孤芳。坡陀冒紅樹，茅舍叢疏篁。禾登農事閑，日暮歸牛羊。一熟已蘇困，無事相擾攘。清净道日遠，庶以愜幽腸。

夜行擬李昌谷

白日何短短，道長霜雪重。驅車中路宿，遥心如飛蓬。元鶴唳幽渚，悄然萬籟空。夜景何離離，曉星漏雲出。徘徊枯林顛，俄然是殘月。白露凝寒天，青山黯紆鬱。采采若木華，爲我照行轍。

荒村

荒村土屋斷山圍，種薤栽榆未可希。積葉空林過騎響，連岡白草怒鵰飛。星霜出入頻年慣，風雅弦歌此日非。城市豪華邊鄙瘠，從知撫字及人微。

獨山詩

蜀山變蒼紫，行行周四陲。隆然青天中，雲烟紛陸離。圓如廩君廩，側如蚩尤旗。抑誰覆其笠，夸父追炎曦。原隰會風雨，蒙泉分肥施。江淮適均野，風氣交華夷。玉女偶遊戲，投壺復彈棋。適然留此局，鬭彼孫曹師。樓船蕩鼓吹，飛騎揚旌麾。齊梁互置州，水火更番施。勝負訖無常，電光開笑嗤。局心中不平，難舍當局時。蠻觸角兩國，蝸牛漫不知。我聞西方義，芥子納須彌。女媧灑黃土，賢愚同蚩蚩。若士舉兩臂，方將汗漫期。無稽自諧弄，靡靡行賦詩。

擬古四首〔一〕

冰雪冱長松，蕭森青桂林。磊磊異花實，共此歲寒深。所思在遠道，綢繆隔幽忱。人情各自懷，誰能相同心。采蘭襟袖間，沉吟以至今。

霜林浄無葉，繁枝如積烟。下有游魚池，凝冰方爛然。厥燠人早息，萬籟寂不喧。寒月何皎皎，清暉竟長天。静虚識真境，妄跡思唐捐。澹然吾道存，誰與偕往還。

灼灼芳梅樹，陽春秉孤根。幽香含素華，蔚兹風雪繁。胡爲在榛莽，支離側荒園。美人阻遐遠，心賞復何言。

白璧易枯桐，黄金買冰絲。不惜珍重懷，一寫綢繆思。龍唇隔山嶽，緩急各有宜。小弦廉折清，大弦春和熙。第當心手調，何勞數柱移。

【校記】

〔一〕『四首』，原詩無此二字，據内容補。

壽陽

春申澗潰水茫茫，鴻烈書殘失驗方。艷女計成珠履寂，八公仙去桂叢荒。青山迢遞空雲影，遠渚依微起雁行。千古正淮文字在，不堪重數十三王。

微雪

雁聲不定繞淮淝，芳館遲留倦倚扉。一歲今宵明宵盡，雪花有意無意飛。狂瀾舟楫當風緊，耍駕輪蹄覓轍微。那得閉關人事外，深山木石共忘機。

人日 乙丑㊀

忽忽已人日，和風變晴郊。春色淮東來，蒙蒙生柳梢。冰壑泛苔渌，山氣動雲坳。仰視林中烏，各已營其巢。艮限則易逾，澄源理無淆。行役不辭遠，歸思誰能拋。

【注釋】

㊀『乙丑』，即嘉慶十年（一八〇五年）。

春雨

風簾響玉玎，向夕雨冥冥。春色遲相待，遥山黯欲青。落梅香粉濕，荑柳午眠醒。陌上花開近，相期款翠軿。

柳色

柳色滿洲渚，青青吹散絲。人事劇變幻，我來亦多時。平野何葱然，碧草浸漣漪。婀娜紅杏花，濛濛烟雨滋。芳時慰遠路，事往得心夷。日暮促歸程，笑彼僕隸痴。

北渚

北渚南臯耐溯洄，芳陰端合傍亭臺。林花艷蔟虹霓落，池草青浮烟雨來。春色等閑人被惱，華年長好思難灰。游絲嬌鳥蘭成賦，別有心情不是才。

津亭雨

細雨生冥漠，津亭漲碧漪。銜杯濃竹色，行路得花時。豔染桃緋簇，低含柳蔓滋。晚烟青未了，潤物淺深知。

雨後霍邱城西樓

烟樹隱迷離，高樓萬頃陂。水生先穀雨，花發舊松滋。濕濕牛垂耳，關關鳥挾雌。豐年憑時若，人意共春熙。

懷古二首〔一〕

庭堅禋祀渺荒邱，陵谷難憑世代求。子爕偏師無六蓼，勾吴烽火到雩婁。穹窿大別垂雲出，浩瀚長淮夾灌流。村社酒濃花滿路，昇平春色在田疇。

落花吹面雨霑襟，薄宦遊踪耐獨吟。遠渚依微綿碧草，春山罨靄濕青林。龍池戰後雙綃寂，仙藥功成九臼深。下邑地偏閑索古，不嫌荒蕩爲登臨。

【校記】

〔一〕『二首』，原詩無此二字，據内容補。

韶光

放眼韶光處處同，小庭莎草亦青葱。落花撩亂蒼苔雨，飛燕遲迴柳絮風。救世錭文饑强聒，反人龍惠辨徒窮。委懷自得忘機適，遲日芳陰酒興濃。

重三日

融融霽色斂朝雲，深院簾櫳映碧曛。楊柳鸝留音自裊，梨花蝴蝶夢難分。流觴有興酬佳節，采芍無由寄遠芬。擬得陽春流徵曲，暖風駘蕩已如醺。

雨中城南得魏花

暖艷朝霞紫，濃香細雨垂。小欄須折取，珍重晚春時。

過大别山山界霍邱、固始，淮河决灌二水間，亦名大别

曉行渡長山，大别青滿眼。久雨涵浸濃，爽晴嵐霧捲。峰嶺遞横側，雲髻變梳綰。陂陀古寢邱，緑樹蔭畦畎。緬惟孫叔風，瘠埆成豐腆。長天落楚雲，古人邈已遠。浪浪澗谷鳴，茸茸

花露泫。斜川下平緑，草深路不辨。

憇白衣禪院

林外塗泥白皓膠，林中蕭寺隱雲坳。坐來烟雨初飛盡，静覺鍾魚不用敲。碧草錦斑花滿地，緑陰殘雪鷺依巢。偶然勞憇逢真境，猶是香溪水未淆。

壽州孫慎齋得趙亘中《息壤集》相示

伊古不周山頽裂，元池狂瀾，突地江河移。水妖石怪凌交逵，五穀靡爛人民饑。莫堙其源誰能治，美人夐夐淮之湄。荷衣蘿帶冰雪肌，吐吞萬象窮兩儀，懷寶不出光陸離。匪今匪古何人斯，雲君恍惚山鬼痴。我聞道有混元萬景鍊神之宗支，童真士女相遞師。瑶姬渡世三千期，上宮追隨飛化遲。人間遊戲謫不歸，丹文玉笈留擁持。陽九百六丁其時，虞余庚辰無人麾。欲往援之中心悲，鴆毒鳩佻鳳鳥詒。深篁蔽天烟雨迷，塊獨無聊歌噫嘻。含睇宜笑嬌微詞，紫庭真人不可追。回車弭節雲之陲，珠玉唾落天風吹。古草茫茫荒春陂，毒陽孫子嗜好奇。遺瑠淬珮探渺瀰，寶書爛爛輝丹曦。點蒼道人眼眩披，謂是神仙化身信不疑。荒蕩無實何由知？厥名息壤云知之。

大觀亭

風潮雨漲兩喧豗，江上征帆不斷開。忽忽去來成往事，悠悠天地一登臺。露壇怳惚移瀟柱，山色尋常落酒杯。獨有吾忠亭下墓，丹青生氣壯層嵬。

舟行金沙墩月上

漲流渺渺接江平，挂起風帆暑氣清。不辨烟波行近遠，亂山中斷月東生。

落月

隱隱青山塔影偏，鐘聲遥動水雲連。荷花幽翳抱清露，落月光光開曉烟。

葉家集雨行

風泉徹曉聞，山氣息炎氛。密竹凉生雨，迴溪倒上雲。幽藍耽一宿，塵事苦多紛。曲曲青蘿徑，騶聲亂鳥群。

立秋夜二首〔一〕

道路過長夏，冥心扇懶揮。炎蒸餘閏續，消息早秋微。泉響來深竹，山光在野扉。清虚堪自適，待月暮忘歸。

明月上東嶺，徘徊深樹顛。微風動遠水，碎影明蒼烟。人語静無擾，蚊聲消寂然。錦屏圍獨處，夢不到神仙。

【校記】

〔一〕『二首』，原詩無此二字，據内容補。

由澧口至潤河集

渺渺長山黛影微，駁雲天半漏斜暉。荒途盡日淮清轉，遠浦斜風雨細飛。緑樹裊烟茅屋静，潢流返壑豆畦肥。塵勞未少閑中趣，目送滄波白鳥歸。

村店

青燈虚壁夜厭厭〔一〕，舊被黄紬暖不嫌。睡味一清塵鬱悖，新凉初聽雨廉纖。濤喧櫪馬江湖杳，髮白雕蟲簿領添。好夢如雲迷斷續，山林廊廟片時兼。

【校記】

〔一〕『燈』，原作『鐙』，據道光二年增刻本改。

七夕雨

天上苦相思，星橋閏後期。雨漂銀漢溢，雲蕩翠軿遲。巧思從人擅，秋懷耿自知。槐花深店滿，忽憶少年時。

蓮花寺夜坐

曲徑陰森古木交，渚荷香霧晚風捎。相呼水鳥迷菰葉，不盡飛螢渡竹梢。净土喧凉殊自別，禪家藥病等難抛。夜深渾覺諸天静，兀坐無心學繫匏。

九日

强把茱萸酒不醺，旱塵蓬勃繫情殷。西風稿葉宵疑雨，九日荒城曉望雲。巖邑艱辛催白髮，蒼山歌嘯憶離群。當階一様黄花好，何似東籬醉夕芬。

淮濱

坦蕩河沙細草平，蒹葭無際暮烟生。斜陽霜葉逾花豔，歸壑淮流泛酒清。擾擾輪蹄人寄世，寥寥天地雁來聲。登臨自古多詞賦，更是秋妍易惹情。

答王柳村寄懷詩

淮波盪皎月，照我朱絲琴。之子在遐遠，清風來好音。海門斂流潦，浮玉標陵岑。洄溯無由泊，悠悠懷道襟。

黃葉

秋色滿黃葉，淒迷谷口廬。晚風吹撲簌，寒雨併蕭疏。馬埒翻塵響，鴻泥踏爪虛。烟波連北渚，渺渺正愁予。

紅葉

青女來楓浦，娟娟返照間。疏林紅不輟，流水去猶殷。寒鳥迷春夢，殘霞倚暮山。金丹何處有，渥赭起衰顔。

樊菱川太守率屬禱雨，張龍公得透雨紀事

秋田禱雨迄初冬，太守肅屬迎龍公。焦臺汲水雲飛從，博山裊烟旋東風。飛蓋萬點聲琮琮，習習浥浥回困蒙。中宵忽復如夏涷，摧簷萬派鳴奔潨。旱霾千里消無踪，龍我用意幽明同。髯蘇盛事非怱怱，雷聲匌匒騰歸龍，餘雨滿天雲濛濛。

劉家臺夜渡

遠火識津迷，沿緣曲岸西。淮當天漢直，星向大荒低。風浪有宵涉，利名無竟蹊。征鴻亦何事，不定往來棲。

九仙觀即事

鄉人賽九仙，仙去自何年。老檜標祠古，層巒結頂圓。巖棱三面絶，石洞半林懸。藥物餘苔臼，丹砂伏澗泉。凝神疵癘却，禦氣雨風騫。報祀興農隙，馨香竭野鮮。村姑翹聳髻，土樂競繁弦。竹翳紅妝映，溪喧笑語傳。山深餘樂事，地僻得豐年。攬勝逢于役，登高惜式遄。千

峰迷舊楚，萬壑落寒天。桂樹榮霜日，蘭茗沍凍烟。雲霞糾絢蒨，鸞鶴隱連翩。極目開塵眯，遥情托珮捐。夕陽人影散，山水浩緜緜。

經龍池灣感賦

南循大别麓，北至關洲嘴。陂陀二日程，迂迴略西鄙。南行泉淙淙，霜葉艷餘紫。北渡冰瑩瑩，白草被涯涘。寒暄蕞爾殊，地氣各異理。惟有民風同，争訟不解已。角勝乾餱間，禮讓風邈矣。戴星日不給，何乃親宮徵。歸途攬長淮，清瀾浩瀰瀰。洄漩龍灣池，嘗時出蜕委。張公智勇沉，九子助弓矢。鄭龍非意千，扁心甘鬬死。楚蓼山澤深，何此一勺水。民氣實獷悍，在龍亦如此。嗜欲囿群生，誰能遏其始。善名不相期，利在争以起。悠悠善利間，太息楊朱子。

竹園

雨氣餘深竹，晴光净影涵。峰巒見餘杪，蒼翠沉烟嵐。醖葉香醪洌，劚雲苞笋甘。止應古張廌，風味此中諳。

行城西湖涸中

麋麋萬頃烟，細草緑芊綿。風浪消重險，洪荒見始天。飛蓬移轉轂，藏壑斂虚船。封畛真無用，勃蹊應杳然。樵青人蟻動，采地雁臣還。但得排淫潦，何勞計受田。盈虚時自運，坦蕩意殊便。東海揚塵過，小年知大年。

喜雪時蒙宿賊平

春信動嚴臈，朔雪揚輕風。輝輝烔暮色，綿綿縈素空。妖氛蕩初盡，來牟復滋豐。

又雪

曉烟漾清霏，悠揚不即落。重疊委疏篁，宛轉入簾箔。玉塵盈復輸，天花墮還着。忽憶瓊山侣，瑶華遽可托。

迎春日宴雪

高會乘清賞，消閑送臈晨。雪花飄綺席，直是滿林春。摇曳隨歌韻，翩翻向舞人。幽蘭徵曲舊，瓊樹選聲新。光動班姬扇，濤飛織女津。宮妝梅點額，羅襪玉生塵。笑口凝香霧，懸璫落素珍。管弦催斷續，巾拂亂紛潾。碧盞銷寒暖，瑶山逼座真。洵開花頃刻，莫憚酒逡巡。謝賦誇梁苑，吳詩憶洛濱。何如白少傅，佳宴促歌頻。

《點蒼山人詩鈔》卷四

太和沙琛獻如　著

早春丙寅㊀

曉霧暗簾幕，細雨如輕塵。窗竹啅寒鳥，不覺時已春。梅花夜來坼，幽香含微嚬。凍木始寂寂，行當萬卉新。吏事促昏曉，華髮滋陳因。屠蘇發朱顏，良時以爲珍。

【注釋】

㊀『丙寅』，即嘉慶十一年（一八〇六年）。

微雪

風定野烟沉，冰消碧漲侵。暗塵噓細雪，霽色動春林。雁聚河沙迴，人閑村巷深。新蒻餘柏葉，隨意有芳斟。

《左傳》述八首〔一〕

晉楚狎主盟，極力在兵威。子良紓鄭難，舍信從所非。晉指既舟掬，楚目亦矢飛。邈矣召陵師，堂堂服楚歸。

子文紓楚難，先事自毀家。子産作邱賦，蠆尾生怨嗟。田成施燠休，公收私貸加。世衰道日雜，論人當如何。

懿公備狄師，亦以保元元。急難肆惡詬，珍禽何足怨。禄位衆所目，才勇資奮賁。稱服非楚楚，慎惜此乘軒。

穿封勇戰士，皇頡亦健兒。立囚問誰獲，對面枉其辭。勢利中人心，在敵亦如斯。州犂上下手，活潑巧佞姿。

郤克東會齊，臧叔亦來同。蹢蹢儐相儔，比類相爲恭。欹側互睨視，跛眇一堂中。爲謔亦已虐，相與師旅終。

魏絳謀息民，出積相貸與。牲幣有必更，服用亦區處。鄭僑蘇民困，衣褚而田伍。優優賢者謀，有節斯政舉。

左師合諸侯，楚侈晉益衰。屬國交相見，弭兵甘所縻。事大良不易，况復多方之。奔命復奚恤，何以財賦爲。

晉人侮衛盟，原温相鄙夷。楚人止唐蔡，裘馬生禍胎。積强日以安，積弱日以卑。由來古紀侯，大去不復歸。

【校記】

〔一〕『八首』，原詩無此二字，據内容補。

四月二十八日，新河口顛風〔一〕，繫舟柳杪

船前奔瀧後怒濤，帆旋桅舞魚龍嘷。溢淮百里摇羊角，摩頂老柳能索綯。平生意氣藐蛟鼉，此日性命輕鴻毛〔二〕。點蒼山頭石可煮，長歸弄雲何囂囂。

【校記】

〔一〕『二十』，《沙雪湖先生詩稿》作『廿』；『口』，《沙雪湖先生詩稿》作『嘴』。

〔二〕『性』，《沙雪湖先生詩稿》作『争』。

宿溶河村寺〔一〕

少女微風自轉蘋，停雲吹蓋渺無因〔二〕。蓼花漲起蟲移國，蘭葉香紉蝶趁人。魯酒流連成醉易，青山遠近入詩頻。覓心還覺安難竟，應世何如世應身。

【校記】

〔一〕《沙雪湖先生詩稿》作『宿淢河村寺東院』。

〔二〕『停雲吹蓋渺無因』，《沙雪湖先生詩稿》作『停亭飛蓋渺相因』。

苦熱行

離日澤火鎔金天〔一〕，蠕蠕者人中相煎。

【校記】

〔一〕『離日澤火鎔金天』，《沙雪湖先生詩稿》作『重離澤火鎔金天』。

青蠓〔一〕

青蠓附熱飛〔二〕，撲簾暗庭炬〔三〕。具體螽斯微，藐生蜉蝣楚。

【校記】

〔一〕《沙雪湖先生詩稿》在詩題《青蠓》前題『小試宿棚場，鎖院來客人。烟豸蟲蓄從，戲爲各物詩，效東坡體』。

〔二〕『附熱飛』，《沙雪湖先生詩稿》作『颯雨飛』。

〔三〕『撲』，《沙雪湖先生詩稿》作『入』。

尺蠖

飽葉翠蜎蜎，吐絲不成織。爾伸能幾何〔一〕，步步枉其直。

【校記】

〔一〕『爾』，《沙雪湖先生詩稿》作『於』。

蜥蜴

焚柴逐蜥蜴，飛雹讋三農。但可致雲雨，拜爾孟河龍。

蠅虎

斑駮隱陸離，趫足悍蹲舞。青蠅殊可憎，壯爾策名虎。

叩頭蟲

呪呪叩頭蟲，叩頭復吐血。困麝抉臍香，藐兹欲何拮。

蠶絲〔一〕

蛛絲誘翾災，蠶絲狥躶寒。綢繆各殫巧，墨翟而申韓。

【校記】

〔一〕『絲』，《沙雪湖先生詩稿》作『蛛』。

蝶

好夢怡莊子，驚才豔魏收。度花情款款〔一〕，漾日影悠悠。

【校記】

〔一〕『度』，《沙雪湖先生詩稿》作『渡』。

六安踏勘收成分數夜歸

名州茗産遍通津，野徑輪蹄接市廛。畢竟豐穰資稻稌，更佳饒沃擅松筠。山深雲氣移城郭，夜静燈光夾水濱〔一〕。還擬寬閑徐按野，新棚古寨踏嶙峋。

【校記】

〔一〕『燈』，原作『鐙』，據道光二年增刻本改。

奉議謫軍臺效力

蓼蟲習蓼苦，失性葵堇間。蓼邑謬負荷，易地成釁端〔一〕。引咎即徽纆，儌幸文網寬〔二〕。豈復得失顧〔三〕，前路遠且艱。却念竊禄懷〔四〕，因循安素餐。瓶樽居井眉，誰能相與完。委身赴邊塞〔五〕，慷慨非所難。徘徊别老親，惻惻摧心肝。

【校記】

〔一〕『成釁端』，《沙雪湖先生詩稿》作『生災患』。

〔二〕『文』，《沙雪湖先生詩稿》作『湯』。

〔三〕『豈復得失顧』，《沙雪湖先生詩稿》作『得失復奚恤』。

〔四〕『却念竊禄懷』，《沙雪湖先生詩稿》作『竊禄代耕養』。

〔五〕『赴邊塞』，《沙雪湖先生詩稿》作『邊塞役』。

誦繫江防丞署二首〔一〕

急景增寒雨雪侵，絜囊無計變黃金。因人貴賤原非我，涉世機緘苦用心。婢妾嚴賓低色相，梁魚倒尾失沉吟。十年總負毛生檄，何似漁樵有故林。

破甑難除墮後踪，迷陽却曲巧相逢。芳荃茅艾移椒榝，井雀蟲虵仰鳳龍。對影青燈殘葉響〔二〕，閉門寒雨緑苔濃。塵編自檢消長夜，無限人間懊惱儂。

【校記】

〔一〕『二首』，原詩無此二字，據内容補。

〔二〕『燈』，原作『鐙』，據道光二年增刻本改。

雁北向 丁卯〔一〕

江上春風促雁行，征人夜半理行裝。情知一樣龍沙路，不似渠伊是故鄉。

【注釋】

㈠『丁卯』，即嘉慶十二年（一八〇七年）。

鶺鴒

冥冥細雨鶺鴒聲，花落花開未了情。好語分明行不得，行人格是要將行。

烏夜啼

月落江頭風露凄，蘢窗夜半夜烏啼〔一〕。人間亦有烏頭白，可奈江流不解西。

【校記】

〔一〕『夜烏』，《沙雪湖先生詩稿》作『烏夜』。

二月十八日春，恩旨免赴軍臺，發還懷寧等縣士民鍰金，予琛侍親回籍，感泣恭紀四首〔一〕

擊籥風來已報寅，黃雲四起皖江濱。天心急擬焦枯活，孝治從推化育均。解綱直躅邊塞役，納鍰還免義鄉民。雙親衰白團欒喜，泣遍人間岵屺人。

借袍今得拜綸輝，小吏泥塗淚自揮。節府澄清先舉赦，九重視聽悉幽微。遊盤已負南陔養，來諗翻逾四牡騑。下邑蒼黔齊忭舞，惟天陰隲不民違。

板輿從此奉歸途，邊塞無煩料驛夫。雨雪不饑勞利雀，籠窗猶聽夜啼烏。化城險道須臾幻，天棘慈雲長養俱。魯法贖人金給取，皇仁蕩蕩善同驅。

宿瘤緣醜得知名，日月容光照耀傾。萬里車航從早計〔二〕，彌天雨露待春耕。君公盛事逾三願，富壽烝民有四生。自苦無階籌上答，鳥翔魚泳不勝情。

【校記】

〔一〕『二月』至『四首』，《沙雪湖先生詩稿》作『二月十八日，奉恩旨免赴軍臺，發還士民鍰金，予□侍親回藉感泣恭紀』。

〔二〕『從』，《沙雪湖先生詩稿》作『予』。

述德陳情四章，呈初大中丞

鳳鳥鳴高岡，雨暘爲和穆〔一〕。麟趾惜生蟲，摯獸自慴伏。惟賢簡帝心，上下蒙嘉福。盛治浩蕃生〔二〕，民計艱芻牧。俗積法令滋，易簡遽難復。霄旰廑皇仁，良弼起惟岳。直節始埋輪，遠猷靖僰濮。一德契無間，文明資道覺。淑問宣亹聰，是式此南服。攘攘江淮間，僄然起震肅。

吾滇渺天末，土埆民瘠貧。長吏詘征賦，鹽法成算緡。朘削逮黄口，挺走無復馴。我公軫疾苦，沸鼎爲抽薪。吏民息攘奪，風俗還其淳。役法亦著式，耕作安畦畛〔三〕。於今長千年，衣食我滇民。

國家舉措權，天地爲轉移。秦誓思有容，口摩而心維。抱璧惜途乞，伏櫪悲驥嘶。説士誠甘肉，自古何訑訑。荃蕙等肅艾〔四〕，志士中道疑。有黜者左輔，吏治古人齊。芳聲紀綸翰，遺澤深淮淝。微疵詿吏議〔五〕，淪落隨塗泥。一朝荷拯拔，丹陛隆恩施。兆民爲額手，僚友相展眉。直道俄以振，廉吏實可爲。滌濯冀茅茹，千載誠一時。休休取善懷，大海水所歸。

咨予識庸闇，蒞事昧情僞。隕越重以愆，謫戍從寛議。荷戈甘服勞，投軀自奮勵。行行別老親，衰白難爲慰。生離萬餘里，人心共凄淚。毅然爲捐金，士庶齊奔萃。江鄉與淮壖，千里亦踵跂〔六〕。破格仰仁天，希冀贖刑例。公乎大悱惻，憧茲蜂蠆志。攄陳達九閽，皇恩溢情至。戍役既釋免，鍰金亦蠲賚。返我骨白肉，全我烏哺愛。歡呼馳四民，感泣到儕類。朝疏夕報可，轉圜無此快。聖主賢臣閑，能誰禦恩沛〔七〕。陽春蘇九區，寒谷變翕蔚。蒙茸荆棘枝，被此慶雲惠。慈孝鼓群生，惟惠亦何翅。緊琛實駑劣〔八〕，矧兹纆牽累。何以效涓涘，愧彼銜環智。有懷誰能已，馨香祝清閟。惟天祐碩膚，光翼萬年治。

【校記】

〔一〕『爲』，《沙雪湖先生詩稿》作『自』。

〔二〕『治』，原作『冶』，據道光二年增刻本與《沙雪湖先生詩稿》改。

〔三〕『作』，《沙雪湖先生詩稿》作『者』。

〔四〕『肅』，《沙雪湖先生詩稿》作『蕭』。

〔五〕『吏』，《沙雪湖先生詩稿》作『例』。

〔六〕『跂』，《沙雪湖先生詩稿》作『企』。

〔七〕『能誰』，《沙雪湖先生詩稿》作『誰能』。

〔八〕『琛』，原作『堔』，據《沙雪湖先生詩稿》改。

感懷寧、建德、霍邱、懷遠四縣士民，爲余醵金代贖之義三首

桓山啼鳥正分騫，北磧南雲思黯然。那是解驂堪救免，俄然振臂起争先。百身贖我真臨穴，尺管回春共仰天。皖伯臺邊重載酒，人心江水兩纏綿〔一〕。

南方建德古風遺，蓼邑迢遥亦效馳。憶我罪愆驚夢寐，苦心薰浴費情辭。捎羅黄雀摩天駛，涸轍枯鱗得水奇。凉薄自慚庸俗吏，斯民醇厚竟如斯〔二〕。

赤子彝親血氣通，國家名義宰官崇。鍾離瘠土金非易，左史償租事不同。千里未遺情懇懇，兩年真悔去匆匆。江雲淮雨跂余望，惟有心香祝歲豐〔三〕。

【校記】

〔一〕此詩《沙雪湖先生詩稿》題作『初，中丞蒞皖，邑士民陳請爲予醵金納贖，間已，示可』，全詩如下：『桓山啼鳥痛分騫，北磧南雲路渺綿。白髮異鄉還遠别，人心到此共凄然。百身贖我真臨穴，尺管回春更有天。忍淚不辭僵蟄苦，古來錫類有仁賢』。

〔二〕此詩《沙雪湖先生詩稿》題作『聞建德、霍邱士民亦先後踵至爲予納鍰』，全詩如下：『江風淮雨遠奔馳，攘臂争先效納貲。憶我罪愆驚夢寐，苦心薰浴費情詞。梢羅黄雀摩天易，涸轍枯鱗得水奇。凉薄自慚痛俗吏，斯民仁厚竟如斯』。

〔三〕此詩《沙雪湖先生詩稿》題作『聞鳳廬觀察詳撫有懷遠士民亦納金，代予求贖』，全詩如下：『平阿兩載去匆匆，撫字芟鋤恨未工。見説士民憐我謫，齊奔廉訪拯途窮。鐘離瘠土金非易，左史償租事不同。赤子彝親休戚意，國家名義一官崇。』

查萃如、周廷秀、楊瑞巘、江左琴諸士夫招飲白沙泉，踏青蕭家山，登大觀亭，復飲致和堂，醉賦〔一〕

二月汀沙芳草新，佳遊爲我解長顰。江山穠郁如人意，烟水溟濛泛酒清。中聖賢從兹入勝，小蓬萊未了前因。良談傾倒花香冽〔二〕，撩亂楊絲挂月輪〔三〕。

【校記】

〔一〕『查萃』至『招飲』，《沙雪湖先生詩稿》作『皖士夫集』。

〔二〕『冽』，《沙雪湖先生詩稿》作『噴』。

〔三〕『挂』，《沙雪湖先生詩稿》作『上』。

天臺里寓曉起〔一〕

北寺鐘聲斷續聽，先生春睡起冥冥。花叢取次露華濕，飛上曉鶯啼不停。老樹過墻雲幄翠〔二〕，蒼苔堆井石花斑。夜來急雨池塘滿，蘸得城頭數尺山。

【校記】

〔一〕『寓曉起』，《沙雪湖先生詩稿》作『小寓』。

〔二〕『雲』，《沙雪湖先生詩稿》作『圍』。

管西渠園賞牡丹，紅紫三百餘朵盛開，諸邑士咸集〔一〕

絳露濃香繞座隅〔二〕，名花嘉會款潛夫〔三〕。醇醪醉我非杯杓，春色於人正燠敷〔四〕。把火飽看紅豔舞，搴芳一蔚桂叢孤。青冥亭苑逡巡酒〔五〕，豪士風流眷此都。

【校記】

〔一〕『管西』至『咸集』，《沙雪湖先生詩稿》作『飲管西渠園亭，牡丹三百餘朵盛開，邑士紳畢集』。

〔二〕『隅』，《沙雪湖先生詩稿》作『俱』。

〔三〕『嘉會款潛夫』，《沙雪湖先生詩稿》作『群彦宴潛夫』。

〔四〕『燠』，《沙雪湖先生詩稿》作『藇』。

〔五〕『青冥亭苑』，《沙雪湖先生詩稿》作『江天烟月』。

石牌紫雲庵偕張春衫廉正、宗長仁諸生賞牡丹，雨中信宿題壁〔一〕

緑樹芳堤浄洗塵〔二〕，紫雲庭院牡丹新。看花依舊纏綿雨〔三〕，重到長楓正暮春。

【校記】

〔一〕『石牌』至『題壁』，《沙雪湖先生詩稿》作『石牌紫雲庵東軒題壁』。

〔二〕『緑樹芳堤』，《沙雪湖先生詩稿》作『應雨芳林』。

〔三〕『依舊纏綿雨』，《沙雪湖先生詩稿》作『舊雨曾三宿』。

同王柳亭、方紉湘諸生聽鶯三閭廟柳林〔一〕

靄靄春雲渚嶼晴，綿蠻一片晚鶯聲。三閭祠畔千株柳，不盡飛花冒芷衡〔二〕。

【校記】

〔一〕『同王』至『柳林』，《沙雪湖先生詩稿》作『新晴，同張春杉、王柳亭、宗長仁諸士聽鶯題忠祠柳林』。

〔二〕『冒』，《沙雪湖先生詩稿》作『雜』。

同陳孝廉泉、陳慶夫諸生飲續篋山房看牡丹，鄭生萬篋以尊人松岡先生集相示〔一〕

獨秀山前潛水斜，松濤十里翠谽谺。有人著論窮三古，畫井耕田共一家。歲久洛花成大樹，春深紫焰爛晴霞。頻年未逮干旌意，淹貫忻逢弟子芭。

【校記】

〔一〕『同陳』至『相示』，《沙雪湖先生詩稿》作『飲續篋山房看牡丹，鄭□□以尊人松岡先生文集相示』。

梓花

停雲薄紫霞，瀟灑寥天廓。春雨老林材，高花開自落。

冶塘同楊里千、汪學普、汪鄭祥北岡晚步，題謝名石書齋〔一〕

山橋人擁沸村衢，慰藉今吾與故吾。詎世已拋阿練若，處身不厭厥株枸〔二〕。長松怪石含情碧，蒼狗浮雲蕩影無〔三〕。我醉欲眠人更集，起看溪月上浮圖。

【校記】

〔一〕『冶塘』至『書齋』，《沙雪湖先生詩稿》作『山橋』。

〔二〕『不厭』，《沙雪湖先生詩稿》作『猶在』。

〔三〕《沙雪湖先生詩稿》『蕩』之前有『衣』字。

宿高河鋪茶庵寺，王經邦、吴官達諸士紳餞飲〔一〕

山雲漠漠攬輕衫，懶慢能閑已不凡。萬里聚糧遲月計，偶然遊屐戀巖嵌。網絲幸免王魚植，花供猶殷百鳥銜。多少愛緣酬不得，低回石上老松衫〔二〕。

【校記】

〔一〕『宿高』至『餞飲』，《沙雪湖先生詩稿》作『山雲示方紉湘』。

〔二〕『松』，《沙雪湖先生詩稿》作『蒼』。

餞別謫邊友人

江上花飛柳拍堤，送君西出玉門西。同官十載同淪落，拚得今宵醉似泥。

鰣魚

繞郭看花漸已殘，雨餘新筍翠琅玕。市橋水滿鰣魚上，痛飲江樓酒未闌。

答友人書

戰後瘰腴故我仍，故人相慰更相繩。然灰未分韓安國，顧甑差逾鄧竟陵。歸路向山騎馬得，

荒畬帶雨荷鋤能。君恩旻覆何由報，麋鹿長生亦瑞徵。

贈歌者

水榭風簾月半明，爲余惜别可憐生。看花未誤櫻桃字，舞鏡空縈紫鳳情。醉後凉生團扇影，歌餘泛入斷腸聲。當庭一種春婪尾〔一〕，記取芳時拊手行。

【校記】

〔一〕『庭』，《沙雪湖先生詩稿》作『簾』。

復客簡

魏武矜誇吏事長〔一〕，少年往績教陳王〔二〕。由來無憾談何易，自古於斯總漫嘗。庚市厭争甘玉毁，楚人貽笑在弓亡〔三〕。昭琴難免成虧在，非譽而今亦兩忘。

【校記】

〔一〕『矜』，《沙雪湖先生詩稿》作『嘗』。

〔二〕『往』，《沙雪湖先生詩稿》作『幹』。

〔三〕『弓』，《沙雪湖先生詩稿》作『凡』。

送傅嘯山謫戍噶刺沙爾〔一〕

天恩我已濯枯鱗，把盞看君未老身。嘉谷關前馳馬路，君家介子舊通津。

【校記】

〔一〕『送傅嘯山謫戍噶剌沙爾』，《沙雪湖先生詩稿》作『送別傅嘯山謫邊』，原詩如下：『江上花飛柳拍堤，送君西出玉門西。同窗十載同淪落，拚得今宵醉似泥。把盞相看未老身，我亦邊庭免謫人。嘉谷關前馳馬路，君家介子舊通津。』

集賢院感鄧山人石如〔一〕

老鶴已蜕去，蕭森疏竹林。山人亦羽化，岑寂千古心。軒貴有時絀〔二〕，冥飛終自任。瘞銘來好事，空谷響跫音〔三〕。

【校記】

〔一〕『集賢院』，《沙雪湖先生詩稿》作『集賢律院』。

〔二〕『軒貴有時絀』，《沙雪湖先生詩稿》作『豪奪有時了』。

〔三〕『空谷響跫音』，《沙雪湖先生詩稿》作『山水共清音』。

練潭三渡

練潭驛劍亭灣，北來南去片時閑。送人幾個嗚騶去，不見嗚騶送我還。風風雨雨長亭樹，烏堠鷺令移新故。江潮不到舊時痕，迂回爲我成三渡。

奴客

奴客奉所事，迎承不知疲。一朝值衰落，去去無復疑。亦復勉周旋，餘潤嫌銖錙。人生各自養，名利欺所歸。役我尚如此，況彼我役之。林回負赤子，何以白璧爲。

夏夜詞時旱熱望雨

塵海冥冥星象微，萬緑無聲露夜晞。凄迷醉客坐忘起，瞪目明河漂支機。小鬟不解夢爲雨，團扇習風汗濕衣。四更缺月上屋角，斜光入雲雲懶飛。

明河篇

沆碭西灝壓熇塵，雪庭靈圖詮仙真。織女七襄不遑夕〔一〕，人天誰是無愁人。王遠麻姑等閑見，蓬萊恍惚波粼粼。玉輪連蜷單桂樹，嫦娥凄寂同朝暮。少仙石洞淫奔人，夜半銀河褰裳渡。白水素女羞郎窺，壺中宰相詒媒誤。無情有情天懵懵，天孫河鼓長西東。瓊筵瓜果競良日，千金一刻愁歡儂〔二〕。華陰老將回天力，銀州潦倒無人識。雲軿翠幰瞥相逢，片語殷勤勳貴極。人間蕩蕩仰天開，富壽榮華隨巧得〔三〕。英雄兒女等情痴，傾倒千秋同此夕〔四〕。明河奕奕星輝輝，曉光化作波雲飛。

【校記】

〔一〕『夕』，《沙雪湖先生詩稿》作『息』。

〔二〕『歡儂』下，《沙雪湖先生詩稿》此句後有『蛛絲網結烏頭禿，精靈閃灼奔侖蟲』兩句。

〔三〕『隨』，《沙雪湖先生詩稿》作『齊』。

〔四〕『傾倒千秋同此夕』，《沙雪湖先生詩稿》作『千秋萬古喧今夕』。

鸑鷟

鸑鷟拙所售，低回牽向人。江湖難可涉，爾主未因貧。豪士遠莫贈，鹽車愁更辛。糞田從一飽，休與拭彬璘。

遊仙詞

夢裏仙娥百尺樓，搴花侍女上蓮舟。當時最好樓頭去，誤逐蓮舟聽水謳。

雁來紅，同李梟村賦

霜林豔如染，青女相爲工〔一〕。荏苒柔綠叢，迎秋亦絢紅。大化足狡獪，贍彼花樣窮。翹翹蘭紫莖，結葉垂金蓉〔二〕。皓露發其英，爛漫雲斑彤。朱綴錯翦綵〔三〕，曲瓊參黄琮〔四〕。一一赤鳳凰，掉尾揚當風。瑰詭難爲名，俗譽隨所從〔五〕。時物表雁來，朱顔詫老翁。我聞采芝人，奇芝無定踪。異色適所娱，陋彼藥物籠。列子綜化機，繼陵變幻通。寄園爛紅紫，酣我琉璃鍾。短李妙歌咏，强予賦秋蓬〔六〕。下筆恣塗抹，一笑繪工同〔七〕。

【校記】

〔一〕『工』，《沙雪湖先生詩稿》作『功』。

〔二〕『結葉』，《沙雪湖先生詩稿》作『離披』。

〔三〕『錯翦綵』，《沙雪湖先生詩稿》作『華剪綺』。

〔四〕《沙雪湖先生詩稿》『琮』字後有『一一玉楮脆，陸離垂小虹。王愷七尺珊，儷立無姿容。隨皇競剪綵，五色勞針功。奇植何天然，峭蒨秋園空。晴霞麗羽葆，雨葉垂金蓉』。

〔五〕『俗譽』，《沙雪湖先生詩稿》作『雅俗』。

〔六〕『寄園爛紅紫，酣我琉璃鍾。短李妙歌詠，强予賦秋蓬』，《沙雪湖先生詩稿》作『短李妙歌詠，强予賦秋蓬。寄園爛紅紫，酣我琉璃鍾』。

〔七〕『繪工同』，《沙雪湖先生詩稿》作『同繪工』。

慨蓼旱

大地饜豐熟，蓼人愁向隅。赤日逕春夏，秋雨期又逾。婉轉雙流河，決涸灌復枯。城邊草肅肅〔一〕，本是稻與秫。偶然異雨暘，沃土成荒區。糴米盼商航，飲牛奔澗淤。農夫貨家具，卒歲何枝梧。艱難吾已免，不復相號呼。兩載荷推戴，急難群匡扶。玆來袖其手，蒿目增煩歔。去去無徬徨，故山從樵漁。

【校記】

〔一〕『城邊草肅肅』，《沙雪湖先生詩稿》作『風吹草華華』。

中秋夕遲月

薄雲不成雨，欝此月華明。秋水一崖遠，素娥良夜情。露花深豔色，錦瑟泛秋聲。萬里陰晴共，無由問玉京。

十七夜雨餘玩月〔一〕

蟾光解雲駮，流影如窺人。人意異前夜，桂花猶滿輪。明河翻遠籟〔二〕，餘雨暗前津〔三〕。好景迷離得，蕭森竹滿鄰。

【校記】

〔一〕『十七夜雨餘玩月』，《沙雪湖先生詩稿》作『十七夜小晴玩月』。

〔二〕『翻』，《沙雪湖先生詩稿》作『生』。

〔三〕『暗前津』，《沙雪湖先生詩稿》作『渡淮濱』。

女忠祠小寓〔一〕

本樨香動篆烟微，佳日宜秋宿雨晞。簾角輝輝花五色，莎庭款款蝶雙飛。依林自覺巢鳩便，入夢人談覆鹿非。厭事已能無一事〔二〕，杜機壺子正忘機。

【校記】

〔一〕『女忠祠小寓』，《沙雪湖先生詩稿》作『女忠祠』。

〔二〕『厭事已能無一事』，《沙雪湖先生詩稿》作『一帙維摩三年得』。

家大人誕辰稱觴四首〔一〕

向平五嶽興猶酣，捧杖今朝從轉驂。薛惠吏材難可教，胡威樵爨素能諳。

風塵遲我芝田養〔二〕，家世宜人菊水甘。便買輕舟溯江上，真成一曲鶴飛南。

耆閣崛下綵雲城，楚水黔山萬里情。百頃良田方計畝，小人之食未嘗羹〔三〕。

九重諭養榮雙老，絶塞予歸荷再生。指日圓圞春二月〔四〕，倚閭爲念一程程。

【校記】

〔一〕『四首』，原詩無此二字，據内容補。『稱』，《沙雪湖先生詩稿》作『介』。

〔二〕『芝田』，《沙雪湖先生詩稿》作『松蒼』。

〔三〕『嘗』，《沙雪湖先生詩稿》作『遺』。

〔四〕『指』，《沙雪湖先生詩稿》作『計』。

灃河橋二首〔一〕

決流淮倒漾，巨浪駭停橈。過眼消秋潦，虛船枕斷橋。風塵真濩落，吾道一逍遥。平沙娱坦步，淺草碧蕭蕭。

決口訛爲史，灌流今作灃。溶知何處水，水亦諱稱窮〔二〕。蓼祀無遺趾，花臺誰故宮。是非與名實，芒芴太虚中〔三〕。

【校記】

〔一〕『二首』，原詩無此二字，據内容補。

〔二〕『稱』，《沙雪湖先生詩稿》作『云』。

〔三〕『芒芴太虚中』，《沙雪湖先生詩稿》作『釋氏好談空』。

自開順至懸劍山、九丈潭、雨臺諸山，遊歷兼旬，得詩十八首〔一〕

秋色蔚晴嵐，孤烟繞竹庵。枯池摇的皷，老圃蔚紅藍。泛駕隨車轉，歸心指雁南。青山千萬疊，迢遞楚天涵〔二〕。

危橋接翠微，幽谷水禽飛。石潤林於簇，松深艾納肥。得閑躭僻路，息静厭塵機。兀兀肩輿寐，居人候板扉。

一夜池亭冷，溪流到曉增。雨聲餘木杪，雲氣疊山層。茱酒流連别，樨香縹緲憑。故人珍重意，來往得頻仍。

細籟含松徑，崩崖絡竹根。人家時隱見，林谷暗潺湲。石冷花開晚〔三〕，雲移鶴躍翻。斜陽見平野〔四〕，錯綉有烟村。

密竹連千畝，清溪小渭川。鳥啼泥滑滑，人倚翠涓涓。蕭瑟長時雨，豐穰不稼田。誰家數椽屋，平地洞中仙。

石確藏腴壤，山農盡土宜。碧絲攢玉秫，花雪亂荊葵。饜飫平常得，菑畬次第移。廣生真不竭，雨露浩無私。

紫籜秋前筍，紅芽雨後蘼。芝人尋九洞，茗户擅三尖。石磴盤車轍〔五〕，松枝挂酒帘。山鄉蕃草木，通藉有彫幨〔六〕。

竹林三日雨，卧聽楚天秋。隔斷人間事，翛然碧海遊。苔深雙屐軟，雲響四山浮。此意無人共，懷思得子猷〔七〕。

雲脚旋西浦，林梢無限山。日華濃竹色，人語出松間。錦雉雙翬起，輕鷗極意閑。白沙泥不染，獨步款禪關〔八〕。

山深躭作雨，濡滯難爲情。萬壑并秋樹，中宵同一聲。行藏歸委運，資斧竭瀕行。舟輿兼馬足，歸計六千程〔九〕。

雲寒四山暝，問宿得農莊。茅舍新塗壁，松床旋爇香。龎眉能絮語，老釀壓稱觴。我亦歸耕者，羨君邱壑藏。

山果鬱離離，晶瑩濕露垂。尼珠無定色〔十〕，紅豆結相思。寒蝶尋疑蕊，幽禽引哺兒。春華與秋實，各自擅英奇。

黄葉籠山塢，蕭森注夕陽〔十一〕。秋深場藿雨，跫響槲林霜。掩映楓逾紫，迷蒙菊有芳。小橋横曲逕，人在赭雲莊。

烏桕紅兼紫，香楓紫更紅。柿林翻玉楮，楝葉返花風。錦帳幪金谷，丹霞簇蕊宫。化工無寂寞，絢爛得春同〔十二〕。

倩笑臨風豔〔十三〕，亭亭翠葉濃。佳人倚修竹，秋水出芙蓉。香草搴堪贈，芳洲瞥見逢。寒烟將暝色，溪樹遠重重〔十四〕。

踏踏碎雲影，俄然明月生。主人深樹出，列炬亂禽鳴。皓露濃花氣，冰輪晃酒觥。池魚深夜躍，應詫客談聲。

劍崖鐔可拔，銕匣水能浮〔十五〕。洞壑饒靈閟，古今稀遠搜〔十六〕。浪花翻厲揭，松翠落褰摳。癖好尋山水，無心得此遊。

僻遠勞供帳，醪觴雜饌羞。涸魚猶呴濕，棄蟻不忘羶〔十七〕。雲水迷離夢，情緣蔚薈天。山靈如惜別，雨意暗前川〔十八〕。

【校記】

〔一〕『自開』至『十八首』，《沙雪湖先生詩稿》作『開順山中遊歷兼旬，得詩二十首』。

〔二〕此詩《沙雪湖先生詩稿》作『秋色晴郊廠，村烟蔚曉嵐。枯池摇的菽，老圃蔚紅藍。草露嘶聰真，霄晴嚮雁南。青山千萬疊，迢遞楚天涵』。

〔三〕『石冷花開晚』，《沙雪湖先生詩稿》作『石怪花從僻』。

〔四〕『斜陽見平野』，《沙雪湖先生詩稿》作『斜陽平野闢』。

〔五〕『盤』，《沙雪湖先生詩稿》作『通』。

〔六〕『彫幨』，《沙雪湖先生詩稿》作『貂襜』。

〔七〕『苔深』至『子猷』，《沙雪湖先生詩稿》作『雲沉螺盞緑，琴響衆山浮。此意無人識，相思得子猷』。

〔八〕『款』，《沙雪湖先生詩稿》作『繞』。

〔九〕『歸計』，《沙雪湖先生詩稿》作『屈指』。

〔十〕『無定色』，《沙雪湖先生詩稿》作『隨幻色』。

〔十一〕『森注』，《沙雪湖先生詩稿》作『瑟下』。

〔十二〕『絢爛得』，《沙雪湖先生詩稿》作『人意不』。

〔十三〕『倩笑臨風豔』，《沙雪湖先生詩稿》作『豔笑臨風倩』。

〔十四〕『遠』，《沙雪湖先生詩稿》作『隔』。

〔十五〕『水能』，《沙雪湖先生詩稿》作『淺沉』。

〔十六〕『遠』，《沙雪湖先生詩稿》作『攬』。

〔十七〕『僻遠』至『忘羶』，《沙雪湖先生詩稿》作『得得王宏酒，源源劉寵錢。魚响猶有濕，蟻知不遺羶』。

〔十八〕《沙雪湖先生詩稿》中還另收詩二首，分別爲『起伏亘長嶺，層層如遠波。雲烟連夢澤，澗谷漲淮渦。翠石怨巖直，危峰倚岫頗。到來山世界，浩蕩少經過』；『久旱渴思雨，雨來愁轉生。農時争緩急，家意實陰晴。雲氣移燈暗，溪流伏枕鳴。山窗崖壑□，倉翠尖分明』。

長山謡

朝看長山横，暮看長山縱。長山長可盡，扁舟意無窮。長淮曲曲青天轉，無數丹楓相映紅。

伎曲

鸞鏡雙雙影，蛾眉曲曲春。歌聲延月上，掩扇落花頻。細管遲迴雪，行雲疊繡茵。小鬟如解意，别曲帶愁顰。

柏林亭樹憶舊遊

遠岫縈洄水，高樓瀲灎斟。芳洲迷客夢，紅樹豔秋心。綺語請珠佩，徵歌脱臂金。舊遊風景似，一别信沉沉。

夜宴曲

銀燭高花堆長檠，繁弦急管催短更。舄履交錯金釵横，酩酊未闌呼酒聲。曉烏啼呀呀，明星高東方。僮僕爛漫醉，不知行樂是他鄉，客遊之樂樂未央。

落葉曲

落葉復落葉，落葉如落花。翩翩紫豔揚風斜，丹楓赭楝紛交加。落花春寂寂，落葉有聲響。撲簌上簾波，琤琮下庭敝。陶令籬邊亂夕曛，生公石上點苔紋。短衣射獵南山廣，馬蹄埻埻翻黄雲。雲暗山前路，烏啼烏柏樹。行人憶故園，逐客迷津渡。風雨深山煮石人，欲尋行跡無定處。淮南惜長年，宋玉悲秋賦。渺渺深宮一葉媒，蛾眉紅怨惜詩才。流水何太急，人間去復回。落葉如落花，秋思共春裁。落花一落春摧頹，落葉落盡春風來。

慢遊

細菊沿溪岸，幽芳愜慢遊。山寒來鵁鶄，野曠適州留。廢寺依林在，虚船積葉浮。蕭閑遲暝色，身世兩悠悠。

苦竹岡

苦竹岡前野路歧，茅簷濁酒雨絲絲。本來不是韓康遁，却厭名教婦女知。

洱河渡

浮萍水落上漁磯，風捲殘霞變夕霏。落葉紛紛打兩槳，朱鷺近人懶纔飛。

蠟梅

小鬟呵凍繞霜華，折得金蕤上髻鴉。怪底曉來鵪鴿鬧，枝頭争啅蠟梅花。

金家橋

曉日散寒霧，繁霜在積葉。茸茸青松枝，滴瀝蒼翠濕。連岡下遥岑，紆回束平隰。野路古通津，長橋駝峰立。崖石滙奔泉，玲瓏豁雲峽。流磻壘科竇，淙淙琴築協。農隙村市静，茅簷鵪鴿集。閑適忘旅行，野趣遊目給。人生寧免勞，所要謝羈縶。

遊蜀山開福寺，寺爲楊行密祠址，王景仁間道歸梁，望山痛哭者也

大蜀山邊芻牧閑，楊吴臺殿有無間。靈池瀲灩龍蟠寂，老樹杈枒鳥倦還。閑道英雄悲故國，荒祠涕淚認青山。山僧不識梁唐事，鐘磬虚堂自掩關。

長至日

迷離噩夢斷啼鴉，竹影摇窗射日華。簾外嚴霜苔似鐵，冰瓷迸出水仙芽。

新月詞

車塵撲地月西生，隱隱嫦娥如有情。鏡裏修眉纔半畫，簾邊鈎影未分明。分明一片團圞意，盈盈缺缺回環遞。好與征人駐馬看，勞他翠袖臨風拜。風雨關山客路愁，行行見月笑登樓。楊柳春花過上巳，芙蓉秋水憶牽牛。棲棲水國霜華滿，梅花梢上斜光偃。屈指天涯幾度圓，一弦一上華年晚。宛轉華年思渺茫，錦帶難捐寶玦光。翹首玉京無限好，不教容易譜霓裳。

三峰谷

風霾暗平野，入山遽晴朗。連蜷怪石岡，微徑蔓榛莽。渡嶺俯平林，曲折菑畬廣。谷聲殷吠尨，橫橋背茅廠。陰陰槲葉雲，冰泉瀉巖響。招呼問藍若，却步緣溪上。

石泉精舍

明月上崖背，石影垂玲瓏。山氣生夜白，千林淡如空。寒冬百昌斂，深谷含冲融。釋氏清净理，宴坐愜所宗。炯然不成寐，塵路已千重。

鳳陽邸寓二首〔一〕

掃葉驅塵卸路裝，閑庭宛轉下斜陽。五年僚舊無人在，千古淮流逝水忙。窺食空階喧凍雀，含情石檻老疏篁。饑來健飯差强意，七尺棱嶒有鬢霜。

眩限雲烟變幻多，自捫心跡究如何。臧書穀博均成失，鴟嚇鵷飄等一過。得土交遊方外久，看山面目向來訛。死灰獨吊韓安國，猶有遺黎爲涕沱。

【校記】

〔一〕『二首』，原詩無此二字，據内容補。

下洪渡

漠漠寒烟見遠洲，多情山水愜重遊。人聲晚競津亭市，紅影波摇樹杪樓。泛駕阮生無定轍，饋餮列子已虛舟。援援止止何勞計，苦憶僑家在蓼州。

偕許叔翹宿中海寺答僧慧如〔一〕

寒柳無一葉，枯湖無一波。峨峨古臺下，昔遊風景多。蘆港溯曲折，芳洲縈陂陀。珍禽百種色，飛鳴雲錦窩。爛爛芙蓉花〔二〕，風吹十尺荷。離披花滿船，花氣蒸顔酡。玉藕出冰雪，碧筒擎婀那。酒酣發歌詠，古壁揮璧窠。彈指忽七載，入林重逡巡。豈我異今昔〔三〕，山水亦改觀。老衲大歡噱，證兹來去因。本來無垢净，起滅原一塵。詰朝春水來，俄頃還瀰淪。胡弗少流連，一賞柳花春。許邁笑撫掌，惜我行侁侁。資糧衆可給，離情遽難分〔四〕。感懷各進觴，爐火紅温磨。

【校記】

〔一〕『偕許叔翹宿中海寺答僧慧如』，《〔嘉慶〕懷遠縣志》作『南海同許叔翹作』。

〔二〕『花』，《〔嘉慶〕懷遠縣志》作『裳』。

〔三〕『今昔』，《〔嘉慶〕懷遠縣志》作『榮瘁』。

〔四〕『遽難』，《〔嘉慶〕懷遠縣志》作『難遽』。

茶亭鋪戊辰㊀

漠漠雲生石，茸茸柳颭絲。燒痕濃雨色，凍壑轉風漪。止遽長途適，澄懷往事疑。情緣難共了，離思滿川湄。

【注釋】

㊀『戊辰』，即嘉慶十三年（一八〇八年）。

化湖陂

酩酊不知行路遲，喧喧燈火化湖陂〔一〕。那堪舊説如淮酒，真作塗山父老卮。

【校記】

〔一〕『燈』，原作『鐙』，據道光二年增刻本改。

途中大雪戲詠

難忘結習好嬉遊，天女天花散不休。亂着征裘袪不墮，看儂彈指現瓊樓。

雪後，望鏌耶雲母諸山

銀虬蜿玉沙，縹緲入天斜。鍊粉凝雲母，瑩膏淬鏌耶。青環淮一帶，塵息路三叉。不盡看山興，中林駐雪車。

人日，訪王禹符時，著《天文》《輿地》《左傳》諸書垂成

人日逢人得不虛，鍾離城外好幽居。一林積雪無人跡，藴世潛夫老著書。

中立譙樓遠眺二首〔一〕

危樓壯麗聳蒼冥，孑孑灰餘往劫經。雲際長淮流渺渺，春來方草自青青。一坯葱鬱傳天葬，百頃森嚴詎鬼靈。至竟遭逢邀異數，古來陵墓幾能扃。

水曲山盤鬱古原，雲烟萬堞有頹垣。閭閻踪跡如蓬虆，樵采生涯到草根。豈有凶荒成故事，長將賑濟賴仁恩。六塘一樣豐秔稻，地力還須重討論。

【校記】

〔一〕『二首』，原詩無此二字，據内容補。

野鶴

冷霧迷離散曉風，避人野鶴頂深紅。毿毿目啄荒田雪，嘹唳一聲天地空。

渦堤望北山有懷

曲曲渦堤夕照殷，暗回春色柳條間。白沙新水淪漪嫩，廣野平山意態閑。莊叟園林輕楚相，嵇家鸞鶴渺人寰。溯洄別有娛懷處，難路塵煩未足患。

旅懷

逆旅無何飲自諧，蒙茸裘暖與春乖。狂塵十丈迷行路，好雨經年懶過淮。物累何因來鵲感，惡聲猶慣舞雞喈。歸心欲假長房術，閉户深林道始佳。

長淮曲

淮北渡淮復淮西，淮南風雪漂行衣。歸雁飛飛渡淮直，人歸渡淮淮迂迴。多謝長淮休戀客，雪花飛盡柳花飛。

焚草

翩翩聯聯千卷束，紙舊塵陳蛛網簇。塗鴉引蚓盈汗牛，是非同異成虧足。委積俄逾十二年，勞神殫思廢宵眠。今日束裝重檢點，欲覓過去心茫然。竟付祖龍燔書火，白藤書笈還故我。風吹烈焰聲騰騰，雲烟飛盡青天清。

與韓潔士飲三首〔一〕

范叔笞錘飾死，魏齊戰慄全身。饒君軼才異勇，僅僅支絀庸人。
勃蹊有時可厭，跫響空谷難期。由來冠蓋相索，莫當車笠誓辭。
裹糧南容患道，抱甕丈人息機。静寄春醪獨撫，悟來言説成非。

卷四終

【校記】

〔一〕『三首』，原詩無此二字，據内容補。

《點蒼山人詩鈔》卷五

太和沙琛獻如　著

古别離庚午㊀

埋丹橘樹根，神仙爲母資。賦命合仙去，忍兹生離别。年年橘花春，慈母憶兒悲。千載一歸來，九泉寧復知。顧影畢天地，長生徒爾爲。徘徊謝彈射，故山心靡依。

【注釋】

㊀『庚午』，即嘉慶十五年（一八一〇年）。

南鄉晚歸

龍尾橋頭啖雪漿，題橋往事遠難忘。西流水亦滔滔下，古道風仍踽踽凉。宿草不醒泉路客，黄金空秘枕函方。私心欲禮波羅窟，窈窈溪雲萬木蒼。

得皖城書年餘始到

梁州西盡雪山邊，江左書來總隔年。世事渺茫聞觀寂，此生端合老逃禪。

賦得瓶罇居井眉

朝汲萃井瓶，甎大瓴甑小。瓴小得泉微，甎大得泉飽。倉卒下兩叀，歷甎詎得保。藐茲升斗罌，軋迫墮冥杳。釣竿絜沉浮，一笑微坯好。却顧井之眉，豈礙輻甎倒。甎倒得甏聲，瓦解但泥潦。寄語叀上瓶，薄汲以爲寶。

幽蘭

幽蘭生空谷，含香守陳荄。幸免采折緣，媚此三春暉。繁霜變秋節，孤芳爲之摧。枯根結緜邈，陽春不復回。卷葹爾何物，無心得芬菲。

避塵

買得靈犀好避塵，懷情滅見自沉淪。八區那盡蠅蚊格，一醉何勞螟蜾瞋。過影動泡泡動影，即身非觸觸非身。覆窠自檝伊仙詎，口業些些是率真。

看山

落盡黃梅暑不生，支窗清晝點蒼橫。青峰自幻奇雲出，白雨俄添遠瀑明。大地炎涼山界別，落花茵溷世緣輕。江鱗朔雁勞相訊，猶向塵埃憶尚平。

聽泉

虛寂懨長日，山泉汩汩聞。倚欄花盡雨，洗屐草連雲。却顧於人遠，無何飲自醺。鳥聲深樹托，倦影息忻忻。

青薜香

湘波窣地掩清涼，擾擾飛蟲透隙光。一點青熒金博火，笑看醜扇避烟忙。

佛界

石佛出青城，遠自閻浮提。多寳鏤隸字，往代誰能稽。邈茲雪山陽，地傾水流西。空寂明鬼道，伊古優婆夷。福德較布施，輪迴懾瞋痴。能使蚩蚩衆，傾化淪心脾。平等易爲好，柔弱安恬熙。其始得慈忍，其究蔑是非。婾然至放侈，流極難可知。出没群波間〔一〕，混混相磷淄。政刑有弗逮，覺悟將何施。點蒼與西洱，佛道之魯齊。非法在必舍，勿爲佛耶悲。

【校記】

〔一〕『間』，道光二年增刻本作『旬』。

曉望

點蒼看慣欲渾閑，夜雨浪浪漲碧潺。曉日亂雲鋪地起，迴峰飛出絳霄間。

聽雨

白袷凉風失夏炎，紅蕉翠篠響廉纖。離離薄霧疏燈濕〔一〕，細細清宵密雨懨。枯硯有情魚夢續，石芝無信鳥啣淹。蕭蕭却憶吴娘曲，雲暗巫山不捲簾。

【校記】

〔一〕『燈』，原作『鐙』，據道光二年增刻本改。

洱濱尋友

滃蕩迴波聲滿林，白沙幽草翠蕭森。山昏微雨斜陽薄，水瀹晴空綠霧陰。漁釣舊遊成白首，行藏往事感秋心。四洲風月花三島，輪與幽人直至今。

洱水泛舟，同趙紫笈、許晉齋步前人海樓，題壁原韻六首〔一〕

卅年湖海逐萍浮，却愛鄉關玉洱流。罷谷南來三百里，點蒼全載一扁舟。倚樓好句趙承祐，懸溜高情許遠遊。紫翠雲嵐紛打槳，人間新入廣寒秋。

牽牛河渚客槎浮，不及觥船自在流。星宿一天都貼水，月輪四面敞停舟。魚蒲有會悠然樂，蝸壁猶題逝者遊。簫鼓華燈良日興〔二〕，羨他魚父醉橫秋。

青城石佛現沉浮，西洱宗風萬古流。窣堵坡光經像寺，閻浮提骨海神舟。鷲頭垂影披雲出，迦葉褰衣振錫遊。人世茫茫天地遠，鐘聲搖曳雨花秋。

蒙宫段壘幾漚浮，好在青山枕碧流。蠻觸只知蝸有角，金湯屢負壑藏舟。沉書驃信存明誓，分器天王憶舊遊。今日昇平嬉盛世，村村簫鼓幔亭秋。

赤文斑駮島如浮，羅刹巖前水伏流。僰國古通迷往代，仙人大願濟同舟。滔滔一概江河下，渺渺孤懷汗漫遊。素芷芳蘭無限思，良晨珍重好涼秋。

人生聚散比雲浮，華髮俄驚歲月流。快意翠濤開倩榼，退身滄海任虚舟。霞綃染水霏霏動，鷗鳥隨人得得遊。好句當前難續和，自攄心跡淡如秋。

【校記】

〔一〕『六首』，原詩無此二字，據内容補。

〔二〕『燈』，原作『鐙』，據道光二年增刻本改。

步月

閬風南下點蒼連，碧洱浮光欲度闐。峰頂湫晴雲似雪，月華霜皎樹如烟。跂身欲翳閶扶影，曳履行歌溟涬天。誰向寂寥同此意，廣寒清極不知眠。

山雪感興八首〔一〕

點蒼雪羃巔，一年一回老。山人晞短髮，一白長皓皓。陽春回山容，雪液滋翠草。我有絳雪丹，服食苦不早。飲冰却内熱，明霞劇强飽。神仙獨何爲，千年長姣好。

渺渺耆闍崖，佛域周秦先。南詔此會盟，蒙古此開滇。廢興雖萬變，古雪常皓然。炎方凛冰玉，奇構標南天〔二〕。山水得真趣，浮榮何足賢。煮雪飽松苓，俯仰長嵗年。

西山雪亘冬，東山冬不雪。風吹西南雲，海底現飄撇〔三〕。雌龍望其夫，萬古冰霰結。四大合幻成，誠至金石裂。冥心鍊形神，一仙諒可必。

皚皚山上雪，焰焰雪中花。銀展錦步帳，重重結飛霞。綿亘一百里，爛漫洱之涯。土人不知異，籬落隨欹斜。妖嬈蜀海棠，紅暈淺深加。紫綿半開落，蓬勃赤玉芽。俚名號小春，殷兹十月嘉。香花四時供，佛界禮毗迦。寒燠適中氣，靈奇標異葩。山城遠寂寞，自然足豪華。賞花高宴雪，陶陶處士家。

霽雪净林莽，野徑飄風香。燦燦早梅花，北枝亦已芳。藟藟雪中藟，含笑宛清揚。連山皎如玉，雪漲聲浪浪。蟠根濯泉洌，奇英菀春長。感此歲寒知，幽貞詢所臧。

枝窗梅影下〔四〕，簡編適我情。古趣自跂仰，驚眼雪山明。群峰聚如柎，朗列披太清。皎皎白芙蓉，倒影含光晶。晚烟映虛白，天然不夜城。金銀爲宮闕，蓬萊但聞名。栖遲點蒼間，塵污何由攖。

春雪涣點蒼，瀰漫洱河水。魚龍活新流，跳躍不解已。灼灼夭桃花，隨風落芳沚。泛舟雪鏡湖，照我鬚鬢改。不惜鬚鬢改，惜此春日駛。感舊各天涯，無由致相思。把杯酌清影，徜徉心自知。

高崖尚留雪，城市已炎天。錯落珩瑀琚，萃影松篁間。鏟劚隨山樵，無勞伐冰堅。酒豪宿醒困，丹客金石煎。那得竟此嚼，滌彼飢火咽。點蒼富崖蜜，楊梅首時鮮。調和入雪液，甘香溢饞涎。盛夏例鬻賤，涼風生市廛。嗛州亦何别，王母列仙筵。江淮六月時，懷此鄉思牽。一呷醒塵夢，忽忽成廿年。寄語諸寮舊，熱中今已蠲。

【校記】

〔一〕『八首』，原詩無此二字，據内容補。

〔二〕『奇』，《〔民國〕大理縣志稿》作『沙』。

〔三〕『海』，《〔民國〕大理縣志稿》作『望』。

〔四〕『枝』，道光二年增刻本作『支』。

緑萼梅三首〔一〕

石瘦林枯駁蘚岑，孤芳獨自意愔愔。却嫌紫蒂猶多色，欲儷幽蘭有素心。藟藟繁枝香繞暈，晶瑩殘雪翠籠陰。東風萬緑濃如染，早辨春含素點深。

素豔幽香絶點瑕，爲梅真是費咨嗟。雪膚遥見藐姑射，翠黛天然萼緑華。靚影乍移春水色，疏篁欲亂五分花。芳時可奈情無限，把盞悽迷碧玉家。

盡道梅花似美人，廣平詞賦巧傳神。最憐金谷珠投地，恰稱湘妃淚染筠。曉鏡碧池清自照，緑衣翠羽夢如真。私心願在眉爲黛，莫遣風吹向玉津。

【校記】

〔一〕『三首』，原詩無此二字，據内容補。

上元節日憶王休寧黃鶴樓話别辛未㊀

東風同趁楚江船，黄鶴樓頭雪滿天。一下危欄相背發，杳無消息又經年。

【注釋】

㊀『辛未』，即嘉慶十六年（一八一一年）。

花朝出遊，憶杜詩《江畔獨步尋花》諸絶

飛紅片片點綈袍，宛轉楊枝社燕高。可惜有情寬歲月，自教俯首向風騷。梨花好趁浮蛆甕，碧草初匀射雉皋。欲答春光竟何事，情知詩酒不恢豪。

觀音石會日，沿山麓看花到寺

桃李繽紛拂路塵，遲迴款段愛溪濱。喧喧混俗優婆社，得得看花羊茝春。池面泡漚遮影異，人間混沌鑿痕新。斜陽最好紅千樹，不厭青山古黛皴。

有懷傅嘯山

長淮歧路柳依依，同是桓山忍淚飛。此日金雞聞有赦，已無人寄蜀當歸。

城東園看李花尋趙紫笈，效韓昌黎體步原韻二章

南方異花木，先春熳爛驕。相夸梅花靜，窈窕下與噲。伍心暗嗟妖，桃豔杏鬬紅。紫落英紛紛，春風斜李花。硜硜獨也正，潛幽守寂堅。寒芽城東老，園二月半瑶。林琪樹開晴，葩雲房高積。玉塵斛銀濤，亂擁天孫車。龍目之國夜如晝，若木焰焰紅不遮。恍然直悟昌黎語，不見桃花見李花。

昌黎古豔高咀華，盤空硬語蛟龍拏。醒肝瑩骨蕩邪慮，眷眷寫此連天花。張徹盧同共花夕，花前風景十倍加。自我閑居得花癖，每到花下忘歸家。城東老友外世事，丹經火符候不差。結習猶然好佳句，清如雪風冷齒牙。更與踏月盡花意，勿令穰穰填汚邪。

樓成四首

攬取諸峰宴坐邊，樓成不費買山錢。清含太古重巖雪，綠遍春城萬木烟。短策好停尋窈窕，紅塵深與謝周旋。繽紛一枕梨花夢，飛起攀雲鶴背仙。

白雲蓬勃捲還舒，倦鳥高林意自如。退土不須謀谷隱，愚公合是面山居。多渠宛轉初弦月，老我伊吾百種書。莫問元龍床下客，本來湖海氣難除。

支窗曉日湧霞堆，碧落澄澄玉洱迴。錯繡千村纔雨後，輕帆三島馭風來。求仙舊說樓居好，學道還資眼界開。種得琅玕初百個，籜龍觟觟走春雷。

清虛纔得勃蹊消，插架縱橫萬軸標。自笑酸寒成作用，强將湫隘變寬饒。撫琴真聽衆山響，覆斗時從壘塊澆。一室埽除吾事了，莫須起念又情遥。

夜坐

淲淲泉聲繞砌長，坐來虛白是天光。行藏有素思何與，懶慢於今得不妨。積雨雲開星宿濕，高花風定月朧香。澄將一念無由起，却笑躭吟習未忘。

蕨

春山烟雨翠芊緜，蔬筍厨中得味鮮。南國懷人薇共采，首陽甘節葛同搴。兒拳快意撩詩興，鼈脚天然肖雅箋。堪笑東坡飢海外，欲將丈食補當前。

微雨

雙峰一片雨濛濛，飛繞簾櫳澹浥風。草色青回殘雪裏，泉聲高在亂雲中。百年精力成衰始，萬里交遊少信通。已慣虀鹽能健飯，莫將窮達問天公。

木香花

雪蕊玲瓏簇素霞，濃香漠漠繞籬斜。長安好事珍投贈，林野誰知是禁花。

素馨

花田一片雪晶瑩，翠葉紅跗絡玉瓔。慣向朱絲穿宛轉，却簪雲髻鬢分明。瑶鈿斂苒朝含露，香汗氤氳夜有情。好是滇南開四季，珠娘莫漫詡羊城。

和紫笈山人獨歌

歌云：我不讀書如何窮，我不讀書如何通？如子桑氏歌哭鼓琴，有不任其聲而趣舉其詩焉。至云得來，一息造化，融習射鼓琴無比工，道趣溘然，抑何樂也。

豹雨不食文炳彪，轅駒跼促芻秣優。黄塵汐汨幾千載，倏然獨與古人遊。小夫聲利霸蚓穴，從他大笑訖不休。班固漢書亦晚古，下酒猶能逾珍羞。鐵脚之仙人，琅琅誦秋水。赤足和雪嚼梅花，要沁南華入肌髓。人生何蒙蒙，河漢污瀦疏瀹通。禮明樂和聖所公，華胥洋洋人仙同。窮達訖無損吾宗。朝弄點蒼雲，暮浥曩葱雨。雨飛雲捲山悠然，此意欲言難竟語。紫笈山人飛瓊章，獨弦哀歌聲無方。要予和之縱又狂，芒乎芴寞攄未央。

再和趙紫笈

虛堂細雨一事無，恍惚遨遊萬物初。歌鐘羅綺浮雲徂，紛紛蠻觸何爲乎。天耶栽培吾豈檮，有待而食誰饜驢。千金養寶臨化俱，閱世優哉天徐徐。閉關不駕阮生車，落花洋洋春風噓。

三和趙紫笈

敝人澤車云時宜，笙歌圍幙當妓衣。神仙鬻炭逃耘芝，誰其迫者胥飾之。駒隙富貴慕泉石，勢力無奈緑拗兒。盤餐待客雞養老，冒雨殷勤韭亦好。斗酒何必到公榮，入社淵明時醉倒。我我周旋無否臧，腰適足適履綦忘。

擬唐人遊仙詩十二首〔一〕

翠岫紅雲駐紫軒，瓊臺玉醴酌仙源。儵魚縱壑麋依藪，不是中天化默存。
融融春氣匝天長，澹淹飛花碧齏香。赤脚科頭行坦率，到來仙界不炎凉。
閬風四面敞花樓，千隊紅妝進舞謳。忽憶髯秦晴雨句，真將霓彩作纏頭。
形骸脱略了無嫌，揮麈清談戲語兼。只説風塵諸混跡，許多劣相笑掀髯〔二〕。
瀛洲一徑靆雲嵐，橘叟相邀共手談。往復玉塵嬴不定，人間瑞雪已沉酣。

混沌何人閲化工，中條山上問鴻濛。嫌他果老誇官樣，哆説陶唐大侍中。
金薤琳瑯古洞中，人間疑義了圓通。泊然未兆嬰兒似，授講新從河上公。
鴻寶輝輝得異篇，劉安丹藥偶乘緣。八公習氣驕相妒，雞犬髿髿吠獨仙。
花豔驚人曼睩光，天然眉意遠山長。雲鬟霧鬢隨心攏，道是麻姑狡獪妝。
朗月溶溶玉宇凉，素娥花宴會霓裳。綵鸞畢竟爲情擾，一下瓊山寫韻忙。
仙侶相要謁上清，霞旌雲馭指層城。爲憐風月耽疏散，猶向花間擁翠旄。
鶴舞鸞喈海曙生，小鬟傳語未分明。含情欲問愁顛倒，底事荷花寄遠生。

【校記】

〔一〕『十二首』，原詩無此三字，據内容補。

〔二〕『許』，原作『詐』，據道光二年增刻本改。

聞荔扉師三化及

大雷江口送登臨，却問歸期闇欲喑。三載寓公知骯髒，半生薄宦自浮沉。飛揚竟爲誰雄者，著述猶餘未了心。屈大夫傍增一塚，楓林烟雨最蕭森。

聽兩孫效蓼兒誦書

小兒琅琅朝誦書，兩孫孩語學伊吾。警嘈錯雜焉哉乎，我昔兒時亦如此。攬聒大父哦書史，一詩成誦大父喜。而今班白竟何成，得禄不逮遺甘旨。人生賢達詎可期，詩書畢竟是謨貽。重重繞案孫曾樂，仰慰高堂杖履嬉。

讀蘇詩《月華寺》七古有感，用原韻

坤維富媼私自憐，懷金腋寶藏深山。山民采鑿易衣食，由來厚利歸豪奸。地脈斷續應喘息，天道盈虚成往還。偶然探采值其空，遑遑星散依榛菅。工商販負坐交困，農夫粟滯女紅艱。那得金剛一杵衆，山碎碎杵鑛山青。斕斑平地蕩蕩種，黍稻不用孳孳求。舉鍰銀銅豐歉地，難測農田雨暘天。不慳可憐吾鄉舊，樂土嗷嗷此日哀。愕鰥誰知渡嶺東，坡老早慨涔場廢寺間。

山雲

白雲霏霏細雨來，雨來濕地雲飛去。妙𩯭披離欲翁山，虹霓却挂曩蕊樹。瀑布山頭細不分，如花如絮弄斜曛。山公自愛閑雲好，可念中田待澤殷。

七夕

曝衣樓上花娟娟，積雨河頭聲滿天。嫋嫋秋風思徑渡，盈盈一水默依然。壁車好在西陵樹，沉火孤飛金博烟。自倚結軨供夕張，浮雲泛濫夜綿綿。

理泉

苔花漠漠漸斑然，蠟屐沿緣理碧潺。細響亂摐蕉葉雨，青山半褪竹梢烟。懸巖冰雪移池沼，到海波濤劃溜涓。永日清凉深院静，不須人境結廬偏。

魚潭巖

巉巖千萬穴，嚙此海門波。鱍鱍巖邊鱗，窟宅盤幽遐。揚鬐陣馬來，翕尾潮蜂譁。噞喁動海日，跳躍捎崖花。潛深黛色重，掠淺銀刀斜。纖悉粲可數，弄影嬉雲霞。翠荇積如界，護此潾潾沙。水性詎有異，在山清無瑕。風濤肆簸蕩，終難汗染加。遊魚適所性，寧復慕江河。盤石坐忘起，空鈎意釣多。

高仲先携遊舊州温泉

古城蕩無址，沙石平市廛。喧寂異時代，一泓猶煥然。熒熒象山麓，暖氣蒸雲烟。珠璣噴觱沸，肪玉折方旋。咫尺冽蒙氿，調濟衷凉暄。瑶池舊瓊館，金碧餘頽垣。佳搆始天女，曾此濯珮環。僻壤寡好事，無復歌吹喧。浣濯便樵牧，膏乳澤墝田。利汲詎井渫，何乃荒榛菅。緊兹一池碧，大造深雕鐫。丹砂異礜石，甘香溢高原。環以玲瓏巖，磊砢雲根連。逵以永春潮〔一〕，萬緑涵漪漣。并將山水勝，卑子地主賢。共有躭遊癖，趁兹免官閑。凉風浄天宇，秋林豔渥丹。移具蘋花渚，聯騎青巒巔。解衣浴磅礴，頃刻塵垢蠲。人生適自適，身外復何論。章江萬黔首，待子恤飢寒。明年此相憶，雲烟浩淼間。

【校記】

〔一〕『潮』，道光二年增刻本作『湖』。

病起

密雨落深簷，浪浪入清夢。紙窗耿虚白，過眼雲烟弄。灑然一事無，頓失前宵痛。平生薄寒燠，習氣餘頽縱。拘拘造化爐，大肆陰陽閧。我法無生忍，愛憎了無用。病抛藥亦抛，借慰維摩衆。困卧已逾旬，起視天宇空。燦燦日精花，披離破昏霧。秋色佳有餘，良時自珍重。

和陶九日閑居

連雨逅澄霽，寥廓秋凉生。偃仰適棲遁，此意難爲名。黄花被幽徑，瀼瀼白露明。佳節感舊遊，無復歌吹聲。繁華有時替，矧兹壯盛齡。人情愛重九，誰挽歲月傾。舉觴挹清景，疇能薄世榮〔一〕。寂寞望同志，千載留深情。存生愜幽契，何必還丹成。

【校記】

〔一〕『薄』，道光二年增刻本作『博』。

聞雁

高飛鴻雁避峰巒，嘹唳餘音入渺漫。悭底故人書信杳，千山萬水寄應難。

鬻田慨

鬻田須羅貴，羅貴却鬻田。莫以錢神論，更論荒年錢。涸魚自呴濕，黠蟻豪據羶。不堪呰窳積，切須駔儈賢。夷陋貧非窶，金饑事偶然。擾擾刀錐利，囿盡世無邊。

朝眠

歷歷瑶臺玉珮摐，夢回雲氣翕床杠。雨聲一夜在黄葉，雪影半山侵曉窗。髀肉病餘消自覺，睡魔狎處懶難降。詩成斷續迷離裏，張藉淙淙出嶺瀧。

雪山歌，贈馬生景龍

崑崙之墟名無熱，點蒼六月猶積雪。離披鷲羽半青青，不似玉龍終歲白。原是西域大雪山，奇踪異閟非人間。晴明直現點蒼北，欲往遊之阻且艱。雪山馬生今奇士，忽來過我談經史，示我雪山詩，十有三峰亘頂趾，金沙百折從中來。南條萬里濫觴始，手君詩帙倩君談。江聲雪瀑當前起，我聞阿耨達，環出六大水，雪澤之所潤，流行布佛理。麗江迤北達懶東，半達鉢愁森重重。奔騰到江入江底，矯矯逸出江南峰。豐巒狹墮鋭圭角，雄奇奥窈蟠虚空。壚即老人各異態，斗牛危壁標星宫。番名漢語雜稱引，當頭亘古無人踪。春融雪涣洪濤下，岷山百丈盈奔潨。信知天地妙偉造，江河大本非淙淙。馬生邃學佛，能譯西僧語。貝多得真諦，進取資净土。飄然來去十由旬，事業名山物外身。别後應知翹望遠，雲烟不障玉嶙峋。

巡梅曲

晴山漠漠嵐翠濃，樓頭雪影清浮空。山城異卉無寒色，重重野豔含霜紅。龍尾闗河八千里，寂寞烟霞照寒水。難忘何遜舊揚州，人倚司花笛聲裏。年少須臾兩鬢絲，尋花嘗是惱春遲。小梅含情如相語〔一〕，無限芳情對影知。

【校記】

〔一〕『情』，道光二年增刻本作『倩』。

得左杏莊刺史書，備及師荔扉身後諸况

萬里蒼崖雪，梅花對寂寥。故人心尚爾，書札到山樵。世味浮沉共，良朋生死遥。纏綿百行字，衹是黯魂消。

題白貞女厝誌閩縣令白公女，左聘室。

貞女于歸日，縗麻换吉妝。從容慰生死，哀感動肥粱。今日雙埋玉，層霄共引凰。我曾觀盛事，人豔説尊嫜。積善徵餘慶，緣源發異香。渺茫惟禍福，應驗在倫常。宦海波方惡，詩庭子遽殤。人情移盛替，士氣爲悲凉。淑女心何摯，千鈞諾竟償。題書貽返馬，拒浴就含床。禮則嫻嘉訓，幽閑制烈腸。代夫供子職，忽淚悦高堂。喜起興家婦，祥臻卜世昌。所嗟人瘁甚，那更病相妨。七載流光速，三生結願長。思親驚遠訃，延命恨無方。侍膳資賢娌，修文佐玉郎。等知冰雪洌，惜此蕙蘭芳。傳誌成翁手，旌揚待典章。志承清白吏，孝感泗虹鄉。彼美真豪傑，人生足慨慷。古來存節義，道并著柔剛。畢世須臾事，芳名日月光。嗟余叨父執，感舊憶循良。異地悲歡共，開緘曲折詳。臨風跂望杳，歌詠起彷徨。

書左太冲《詠史》詩後

十年成一賦，太冲真傖父。於時未之重，黽俛造皇甫。果雪覆甕譏，價貴洛陽楮。沾沾辭翰名，用心亦良苦。男兒當世間，良圖懷騁步。途路有通塞，驚心慨前古。琅琅詠史篇，抑鬱誰能吐。浩氣陵天虹，繁音雜風雨。倔强貴賤間，浮雲眇珪組。屈伸各有宜，齷齪何足數。等知作賦心，耻爲溝壑腐。辭督縱遠懷，一枝聊栩栩。

書阮嗣宗《詠懷》詩後

嗣宗外形骸，跡已逃於痴。見迫時貴辟，復深猜主知。潔身將何措，凝霜沾人衣。北望首陽岑，良辰懷采薇。一醉六十日，大哉天恢恢。登高見城邑，慨然獨心悲。才色委時命，惜彼婉孌資。薄俗慕放曠，衷曲何由窺。悽惻詠懷篇，千載使人思。

消夜

炯炯梅花夜，踟躕静掩扉。竹風如雨驟，窗月閃雲飛。犀首閑無事，漢陰深息機。三餘隨意酌，未覺愒時非。

梅花即事十一首〔一〕

怡人冬令不風霜，消受西窗日影長。午醉半醒人不覺，梅花陡作十分香。

繞屋梅花近水濱，朱朱白白萃玢璘。不緣雪候爲分别，衹當尋常桃李春。

滿路飛花拂水流，玉鱗如雪蜿潛虬。無人著意城西角，磥砢梅槎大蔽牛。
宮妝穠麗醉紅添，縞素湘妃俯翠湉。争似山梅明媚意，麻姑垂鬘爪纖纖。
爲愛宗炎鮑謝詩，涉旬不見費尋思。小樓岑寂風帘掩，寄我幽梅緑一枝。酬胡品南寄花。
疊葉重英玉婉揚，槎枒困蠹盡芬芳。我今半老成衰懶，那似梅花老更强。
花裏梅花世外仙，山鄉氣候不嫌偏。海紅俗豔無多態，開向梅邊亦嫣然。
東白先生雅興長，西園常得醉芬芳。過門一徑霏霏雪，又索梅花花下觴。張書有西園連飲。
短笛長簫舊譜聲，玉臺金砌怨分明。繞林細看梅花落，摇蕩春風也耐情。
野寺冬春送臘時，西溪小約趁晴曦。夭桃紅杏争春早，石畔梅花好是遲。
半放梢頭半委苔，慰人寂寞好徘徊。乍寒乍暖春無定，天與安排細細開。

【校記】

〔一〕『十一首』，原詩無此三字，據内容補。

辛未除夕四首〔一〕㊀

雲烟過眼雜新陳，送臘忻承七日春。年復一年催老態，我仍故我是鄉人。林泉已幸堪潛世，菽水終難慊養親。手把屠蘇愁喜集，兒童歡笑説明晨。

草木春從暗裏回，良宵歡感倚心哀。倚閭有夢泉臺隔，斷雁無聲雨雪漼。人事百年胥此視，星纏一例只奔催。漸思漸遠成終古，愁對蘇耽舊日梅。

笑口頻時遇幾場，閏餘長歲又拋颺。無多田業逢荒歲，難渾人情在窶鄉。顧影已蹉石學士，摭衣猶認李冬郎。薪盆熖熱閒前火，好是從來古道良。

飛揚壯志耿猶存，學道無成坐意根。出處兩難諧世故，優閑終是負君恩。春風鼓蕩催花柳，積雪迷離沍芷蓀。已委此心惟任運，不嫌沉湎向金樽。

【校記】

〔一〕『四首』，原詩無此二字，據内容補。

【注釋】

㈠『辛未』，即嘉慶十六年（一八一一年）。

曼衍歌

言者不知，多知敗道，案感容與，聊以窮年，得曼衍之歌七章。壬申。㈠

螻蟻一臠堪衆飽，終日如飢營擾擾。神龜不食長千年，高遊荷葉深藏淵。蚑翹啄息蠕蠕并，各使於形云其正。人生百歲資識神，願言葆之三尸瞋。

彼者之趨此之棄，熊魚痂腐各有嗜。昨日之是今日非，水輿舟陸紛從違。雞鳴一例孳孳起，是非彼此易地耳。西方老釋挈其終，抽釘拔楔還空空。

太璞萬鎰琢乃光，敗素而紫十倍償。天人相資實相戕，善名善利生爭攘。九九之牧覬一羊，嗜欲已開何由防。伯龍憂貧鬼笑傍，人笑鬼笑誰低昂。

落花洋洋飄春風，茵席照耀溷攘壅。兩兩無心成定踪，何不轉移標風功。天地大仁物芻狗，爽鳩之樂爲君有。蟠桃待實飢拊手，井李螬餘延命久。

洞洞灟灟天地清，子光孫水生無形。至人寶之百不營，掞挺挺挏百家出。滄波遞勺無終畢，井飲何勞捽相擊。曼言窮年言無言，蟲鳴合喙翛翛天。

雨暘在天無鈍置，橐籥虛含動愈出。連年歉薄農呼天，秋霆夏旱如相沿。并毗一變成豐年，錦瑟繁音雜風雨。誰能膠柱調宮羽，静言調之今猶古。

鳳凰一見天下昌，飲啄丹穴生遐荒。耦耕荷蕢士者常，蓬車歷聘易其方。聖人憫世心遑遑，六經垂訓恐人忘。杜陵餓叟千秋下，哆談稷契人云狂。

【注釋】

㊀『壬申』，即嘉慶十七年（一八一二年）。

杏花

春風爛爛滿林泉，絳雪緋霞擁杏仙。已拋杜曲探花願，却憶江南度雨天。錦宴香籠雲髻影，山程紅漾酒罏烟。而今耕播希輕土，翹首芬芳思亹然。

春柳

褭褭池亭緑幔絲，斜風細雨落花時。黄金散盡無歌舞，振觸春愁向柳枝。

遊蕩山

長憶丹霞境，精藍半嶺開。塵踪俄卅載，今日得重來。木有牛山慨，花尋龍樹摧。舊有龍女花最爲名勝，今摧折無存。尚留開士跡，光相滿層臺。寺肇於西僧，成眉著靈異於趙波羅。明初爲僧無極勅建，賜名感通。

寫韻樓謁楊升庵侍御畫像

翽翽超宗鳳，摧殘冒逆鱗。可憐宗國義，伉直不謀身。棘爨占雲紫，蟲魚入註新。僧樓搔白首，作麽了同塵。

題擔當像

青山挂黄葉，坯土是英雄。七字饒奇語，千秋有擔公。《擔公詩》：『青山有影不過海，挂在人間黄葉村。』又『英雄祇是一坯土，天地空留數點鴉』。詩僧中能奇語者。畫圖開古貌，湛寂見宗風。像清頎奇古，湛然寂浄，邃於禪者也。慧業原無染，休參文字中。

再遊蕩山

月丹千萬朵，一餍看花心。客醉春雲暖，鶯啼綠樹深。木芝供囷蠢，崖茗瀹清森。自解隨緣適，無勞遲向禽。

海印樓宿

層樓花杪出，罨藹翠巒間。密葉低澄海，春嵐淡遠山。巖深孤磬窈，井冽一池閑。惜取今宵月，朣朧碧洱灣。

龍伏山

落花風磴轉，塔影故依然。感舊成遐古，題詩憶往緣。閱人僧臘健，彈指佛機傳。翹首波羅窟，長空響瀑泉。懷趙所園、何得天諸故友同遊波羅巖信宿於此，今三十年矣。

藥師寺看薔薇

喬木纏宫錦，遥看未覺非。靈山深雨露，古樹老薔薇。風舞一林雪，霞披初日暉。無人修水貢，惜此異香飛。

落月

小樓烔烔月低垂，彷彿湖亭艤艓遲。金管玉簫殘醉裏，人生幾個少年時。

風夜

穀雨不濡地，塵昏山翠銷。風聲驅石走，雲帚拂星摇。薄俗移荒熟，冥心耐寂寥。艱虞嫌袖手，吾分屬漁樵。

檳榔

却曲何能不染埃，蚊𧎥鐘釜藐悠哉。金盤滿貯檳榔贈，還起人情一念來。

朱子《豆腐》詩：『種豆豆苗稀，力竭心已腐。早知淮王術，安坐獲泉布。』憫農困也。旱後幾於無菽，賦豆腐歌

神仙黄白變幻出，黄金豆腐同一術。點金雖秘點腐傳，淮王利濟闊無邊。去年夏旱豆苗槁，

腐儒食腐腐不飽。晦翁小詩寄慨深，而今腐到賣腐心。

瘴烟行

形殘直夢紛如草，凄哀向天成白道。木綿花開瘴烟紅，雕題祀人醢骨飽。往來倏忽九首鶩，謂言不信楚些傳。鯛鱅鬼域叢勾連，由來佛法一按指，羅刹伏地毗闍靡。炎火南荒一千里，焚香嗷嗷禱佛子。

立夏日

緑陰漠漠水平池，爲餞青陽一引巵。好雨怒生新竹筍，頻迦穠浸野花枝。倚樓盡日山嵐變，杜足於今世態宜。最好卧遊圖畫裏，巖嵌自看老鬚眉。

田間

夜雨依旬洽，山光發曉新。豆孚青入饌，麥薌努爲仁。剥復娱觀化，蕭閑得遠塵。浪浪高澗水，分蔓下畦畛。

點蒼山花詩

滇地無大寒暑，花木多異。點蒼冬夏積雪，花又以寒毓者極清奇穠麗之致。近日，山民搜巖剔穴，悉入花市，并可移植焉。但皆俚語呼名，不知珍異。兹擇其尤者爲之名，繫以詩得八首。

紫霞堆

蟠根移瘦嶺，翠葉菀枯槎〔一〕。冒雪披紅蕊，凌炎簇冷花〔二〕。晶瑩堆火齊，雲霧養丹砂。落落寒暄外，相娱野士家。

舊名馬鼻纓栜，俗以綵結纓飾馬鼻間，今猶然。花團欒似之，樹高者丈餘。花攢十數房爲一朵，大逾尺，深紅瑩澈，葉藉之如堆阜。然易今名，狀其光曜也。

【校記】

〔一〕『菀』，《〔民國〕大理縣志稿》作『莞』。

〔二〕『簇』，《西南稀見方志文獻》作『挨』，詳見林超民等編《西南稀見方志文獻》第三十四卷，蘭州大學出版社二〇〇三年版，第八十五頁。

碧霤香

花菜供新饌，花枝浸碧漪。雅堪餐秀色，端與詠凝脂。翠葉分巖雪，幽香滃密脾〔一〕。靈均高寄意，蘭菊那充饑。

舊名白花，葉如桂而圓厚，花純白，心蕊皆緑，土人采漬蔬鬻之。芼之如雞臛，然秀色濃香，實異卉也，因名之以此。

【校記】

〔一〕『滃密』，《〔民國〕大理縣志稿》作『沁蜜』。

淺絳雪

匝歲含苞久，花當杪葉中。芳菲春自媚，峭蒨雪初融。紫豔偏宜淺，清妍欲洗紅。妙香開佛界，占斷好光風〔一〕。

俗名紅白花，産深崖間。花亦聚開而蕭疏襹褷，葉淺緑，花嫣紅，濃淡如玫瑰。名以此，庶盡其色之異耳。

【校記】

〔一〕『光』，《〔民國〕大理縣志稿》作『東』。

雪牡丹

買爨花柴好，農夫語漫猜。誰知深谷底，花似牡丹開。馥郁披雲鬘，晶瑩湧雪堆。詩成題韌葉，惜此部闍材。

原名萃花〔一〕，花萃聚柔薄，多瓣白色，中有暈紅者，茄色者〔二〕。花頭大逾盤，葉長厚。光潤可書〔三〕。産雪中密林無際。爲名牡丹，始足肖其穠郁也，樵人以爲薪材〔四〕，亦昆吾之玉抵鵲乎，惜哉！

【校記】

〔一〕『萃』，《〔民國〕大理縣志稿》作『翠』。

〔二〕『暈紅者，茄色者』，《西南稀見方志文獻》作『暈紅茄色者』，詳見林超民等編《西南稀見方志文獻》第三十四卷，蘭州大學出版社二〇〇三年，第八十五頁。

〔三〕『書』，《〔民國〕大理縣志稿》作『人』。

〔四〕『人』，《〔民國〕大理縣志稿》作『山』。

萃金鍾

莫倚枇杷似，花名亦强從。如盤鋪翠葉，承露萃金鍾。璀璨黄中徹，團欒玉蕋重。挹房深注酒，試飲色香濃。

俗名山枇杷，葉長大，紫背，花純黄，房平闊可注酒，因以名之。

玉翹翹

静婉餘姿態〔一〕，芳心露碧房。皚如花是雪〔二〕，莞爾玉生香。翠葉微雲綴，交枝細影長。塵寰如一現，仙子下唐昌。

俗名山龍花，殊無味。或以虬枝蜿蜒狀耶，花如玉簪，舒放者瑩白緑心，參差桂葉間，香極清遠。爲狀其風致以名之。

【校記】

〔一〕『静婉』，《〔民國〕大理縣志稿》作『浥人』。

〔二〕『是』，《〔民國〕大理縣志稿》作『似』。

金鳳翎

巖徑半消雪，虬枝生倔强。翹翹纖葉大，蟄蟄蠟珠黄。金鳳覽翔集，翠翎垂短長。紅緋滿花市，光耀竦群芳。

舊名蜜蠟花，花韌厚圓鋭，纍纍如聚珠，大葉纖長，瑩净可愛，易兹名兼狀其葉也。

波羅花

貝葉原多種，多羅花更奇。拆拊蓮六出，含蕙筆尖垂。皎潔光輪實，琤琮落玉匙。效靈供佛子，雲鬘擁迷離。

原名波羅，或曰優曇，則内典已言其開難值矣。花六出，大逾尺，心圓鋭如筆，葉如貝多一種〔一〕。花開香聞數里。按波利質多羅花，一日熏衣薝卜，諸花香皆不能及，正與此相符。波羅與多羅無異耳。

【校記】

〔一〕《〔民國〕大理縣志稿》「多」字後有「羅」字。

諸花詩後一首

放士閑無事，雲山狎點蒼。濡毫弄花草，不是學齊梁。眇莽稽含狀，凄迷楚客芳。融融花世界，聊與托徜徉。

新路尖在麗江府西北鹿滄界。

西睇蘭滄嶺，東望老君岑。巉巉萬岡巒，徑此危峰尖。俯視但烟靄，積雨霾蒼林。遥天嵌晴雪，條分表江潯。西南實坤位，博厚包重陰。灼知洪荒始，一氣結浮沉。地水互流峙，滔下成高深。莽然重障山，世趣難可探。夷猓蹋洞穴，嶮瘠各自諳。勞塵鬱山河，狂花顛倒尋。佛有平等法，分别由妄心。不平平等住，斯義大宏含。虚空本無礙，了此去來嫌。

新山寓樓

山椒并兩巒，金鰲聳其角。宗子好結搆，岑樓起中曲。寓我霞霄間，萬厦見林麓。有時雲濛濛，蓊起南崖松。油油布東壑，銀海遊群龍。樓頭過疏雨，雪影明西窗。嵘嵘陀羅嶺，磊砢千萬峰。猺猓所窟宅，由乾夜叉宮。岌峘窅深壘，頹崊阸奔江。寮刺氣沸鬱，盤旋崦嵫空。若非兹遠遊，誰見此崆峴。我來秋正半，月輪近如咫。月夕與霜晨，看山不解已。舊好遇涂欽，吟詩馥蘭芷。魏叔名相孫，寧越東南美。過從風雨中，劇談星漢裏。若非遠遊兹，何知數君子。人生足慷慨，踪跡難可知。鴻雁逐稻粱，渡影流清池。雁無駐影跡，池無流影思。風日劇清美，惜此徘徊時。

富隆銀場

江流下鑠地，連山高稽天。莽莽大林藪，不聞鳥雀喧。自非寶藏因，何由通人烟。板屋架崖壑，危峰開市廛。驟綱遠如蟻，擾擾凌巑岏。萬竈雜千冶，列火蒼雲端。夜氣湧聯鰲，金鱗何燦然。潮蜂奔曉衙，得蜜聲呼讙。兹山早霜雪，旅人忘苦寒。糧蔬千里致，百錢始一餐。以彼膏粱費，攻此山石堅。妄覬足可笑，爲富無乃艱。世界大廣莫，山民資食山。一旦巨鑛出，意氣雄腰纏。人情重阿堵，何乃蹋田園。我聞佛遊戲，擁童恆十千。聚沙而聚人，多此流轉緣。安得自在童，一問團沙間。

松杉箐

茫茫山世界，漫漫樹林海。人谷陰蒙蘢，陟岫青旖旎。亭亭寒松標，勁直幾千咫。迴枝盤蒼穹，積根狀磷礌。摇蕩懸泉落，孤峭斷崖倚。春秋邁古椿，蕃滋密叢葦。髿髿四無竟，漸遠望若薺。天風散淞花，濤聲殷地底。萬象互變幻，出没雲波靡。有時腹火燔，龍顛虎豹死。臃腫荒徑塞，輪囷芝菌紫。僻遠罕人烟，無復匠石指。妙用得南華，材不材等耳。徬徨廣莫間，庶免無用悔。

石鍾山

往還石鍾嶺，行人云畏途。礌硠大河水，沿緣上嶔嶇。臨風眩欲墮，出石棧棱隅。稍慰前椒及，復驚岡岑紆。盤磴促轉折，寒冰結沮洳。巉巉巨巖闢，云誰鑿其初。仰視層峰頂，金鏞懸太虛。蟠螭蹙交鈕，輪郭周形模。丹黄雲雷紋，斑駁蟲鳥書。物理有相肖，寧復造作殊。機祥出聲響，灼知傅會誣。遐荒富奇構，林莽藏模糊。兹勝獨表表，高標萬丈餘。隱顯異地勢，名實難虚拘。路險心亦平，自慰行旅孤。

老君山

崑崙衺南下，金滄夾西東。隆然起中阜，區劃勿相蒙。盤礴四萬里，兹實南條宗。日昨羊山道〔一〕，冰雪表夐峰。棱棱竦天柱〔二〕，疊崿紛巃嵸。邐迤三日程，西水鳴潨潨。九十九龍潭，匯彼神靈踪。東下下陽岑，朗列青芙蓉。晴雲澹容與，積氣含冲融。須彌蟠地海，根菀無近功。嘗聞春雁歸，卵育依蘢蔥。南北萬餘里，於此朔漠同。人生跼方隅，遊覽何能窮。夕春照長坡，茅店環深松。汲澗煮山毛，即事非忽忽。

【校記】

〔一〕『山道』，《〔光緒〕麗江府志》作『道山』。

〔二〕『竦』，《〔光緒〕麗江府志》作『竦』。

玉龍山㊀

東下汲州嶺，明光炫烟靄。雪山直北來，挂影青天外。前峰如卓珪，信桓翼其背。陂陀遞迴峰，三英復西萃。聯嶺側東出，漸遠勢如墜。屹崒百千重，集鋭叢旌旆。晶瑩四無薄，玲瓏錯蒼翠。隱隱金沙峽，盤折鬱深邃。雪水湧長江，布潤孰斯大。固宜天地搆，有此巨瓌麗。河伯駭望洋，夏蟲語冰怪。彷徨汗漫期，奇絶兹遊最。

【注釋】

㈠此詩亦收於《晚晴簃詩匯》，詳見（民國）徐世昌輯《晚晴簃詩匯》卷六十三，民國十八年退耕堂刻本。

西域雪山

玉龍西曳尾，連山不復見。蒼茫積氣中，縹緲吳門練。注視漸分明，層疊遞隱現。巨阜側西南，峨峨狀星弁。無乃阿耨達，四水出噴淀。輿夫詳告余，全藏夙所遍。兹實梅里西，巨嶺出東面。曾歷虎跳江，又歷擲弓岸。不聞牛象口，河沙金銀判。行行盡白山，一一插霄漢。佛跡渺茫間，圖經難可按。有邱皆無熱，崑崙竟誰辨。余生好遠遊，山水恣奇觀。有涯隨無涯，於道實云患。聊以自適適，放眼青天半。

四十里箐

密樹寒猶緑，連山東不開。溪行四十里，水足百千迴。失路遨遊僻，歸心雨雪催。荒村曾宿處，尚隔幾雲隈。

高暹井

險遠絶輸運，井鹽生澗隈。只供蠻洞食，未許利源開。板屋晴堆雪，山蕎澀釀醅。塵塵推世界，業力巧安排。

同春河

河水迎歸客，行行溯碧波。斷崖争路出，紆谷迸雲過。格是東西逝，何煩曲折多。淒淒三日響，應得鬢毛皤。

得勝溝

稗溝干蔓水，密箐鬱嵾嵯。得勝今名地，同春舊擣師。誰防蜂有蕆，翻致獮逾期。夾道喬松櫟，猶殘火礟枝。

通甸

坦步青霜畈，逾程尚未殫。亂山聊此豁，邊雪有長寒。稊稗充常稼，松菇得美餐。浪遊殊自詫，西逝水漫漫。

白石江

嶺氣涵蘭野，山名記雪邦。懸巖交翠壑，疊石轉銀瀧。亭迥遊人獨，天清白鳥雙。詩成延佇裏，一笑問淙淙。

水茨坪

數家依澗曲，宿客有層樓。白粲翻匙滑，蒼藷糝玉柔。寒暄分有界，山水漸瀕州。回首林稍路，雲烟萬嶺浮。

松溪橋

出程迢遞慰冬晴，蔟蔟峰巒朗太清。細篠踠溪冰葉翠，平林映日凇花明。羊裘敝後能回暖，籃筍疲時好耐酲。博塞讀書臧獲異，等閑得失已忘情。

甸尾

海虹橋下碧潺湲，泥潦冬收異舊灣。十日羈留秋雨惡，一樓吟眺客踪閑。青山對酒寒暄裏，浪跡如雲卷放閒。珍重居停濃款意，東湖蝦鯉出斑斕。

應山道中感楊瀚池同年楊召棠諸友

三浪川原路舊諳，怡人風景蔟雲嵐。玲瓏卷石環深洞，瀲灩温泉蓊翠潭。乳酪瓊酥如塞上，山村紅樹宛江南。故人家在湖西渚，猶記當年兩繫驂。

迂道瀛橋訪高仲涵不遇，留題齋壁

河頭小艇摇霜蒲，險嶺千重雲影徂。落木依微鄧賧詔，翔鷗宛轉東西湖。到門何必見安道，呼酒依然款灌夫。留語故人及早出，五年匏繫嗟余枯。

沙坪

龍首荒城落照懸，關前歸客思悠然。等知騄駬窮方外，不盡蚍蜉逆磨旋。南嶺渺茫繚暝靄，澄波映發拖藍天。巡簷却愛江村好，紅樹蕭蕭擁賣鱻。

理行笥稿

晴日梅花照碧疏，詩囊重揀自踟躕。披然玼纇莊生鹹，率意行踪阮籍車〔一〕。雪巘江聲猶聽瑩，雲飄霧撇趁紓餘。鬖鬖歲月閑消遣，不是窮愁抵著書。

【校記】

〔一〕『籍』，原作『藉』，據詩意改。

又二首

掃地焚香息妄緣，還宜我我細周旋。落梅墮影有餘態，好鳥感春啼自然。鴻烈説山山是道，張騫鑿空空無邊。難除綺語根塵習，那欲驚人事巧鐫。

鎮日無何染麝煤，端知敝帚擲汗萊。故人好在春江渚，佳句清怡畫閣梅。杳杳音書雙鯉斷，寥寥山水獨弦哀。人生最是閑居適，可奈繁霜滿鬢來。

卷五終

《點蒼山人詩鈔》卷六

太和沙琛獻如　著

段鳴齋知將出遊，至飛來寺送别未值却寄甲戌㈠

泛駕茫茫祇漫遊，重勞相憶遲山樓。離情却寄橋邊柳，宛轉河梢到洱洲。

【注釋】

㈠『甲戌』，即嘉慶十九年（一八一四年）。

山路木香盛開

夾路瓊瑶簇露華，濃香引惹向天涯。芳因欲共香嚴證，屋裏沉熏底似花。

白巖感舊

人事如雲促變遷，彩雲橋畔畫樓前。故人携手惜遠別，生死悠悠三十年。

倚江鋪納忠憲王墓下

茫茫人代疾難憑，邊徼勳勞蠹簡徵。夾路青松蔭行客，無人知是憲王陵。

青華鋪，寄袁蘇亭廣文

擬向髯仙醉一餐，山城咫尺先生盤。脚夫趲程不聽客，盡是人間行路難。

姚楚道中七首〔一〕

白石清泉碧樹圍，溪行款款度斜暉。落花撩亂魚鯈影，翠羽一雙來去飛。

勉學戎朱自僂身，舍人争席道方真。相逢不在寒暄裏，最好人間陌路人。

陣陣飛花冒草青，暗香霏拂上溪亭。深山春意不珍惜，的皪亂榛開素馨。

隱几山樓萬緑春，荆葵薄釀亦清新。山家給客無鮭菜，采采紅芽古大椿。
年少難忘舊此行，刺桐花裏踏歌聲。淋漓一石留髡酒，紅袖週遭唱月明。
緑柳紅橋漱玉汀，神仙離合綵雲停。五樓等是鴻泥爪，遠水平山未了青。
回磴關前破賊回，平章從此被嫌猜。妒心一點妨賢急，昆海茫茫有刼灰。

【校記】

〔一〕『七首』，原作『九首』，據内容改。

雲曲道中十首

有意無意雲合離，雲頽樹偃泉奔垂。奇觀最愛師林石，恨不雲林見此奇。石雲莽。
一死酬歡釋兩危，青樓俠骨豔當時。而今姓字無人識，欲訪桃根那更知。棟樣街。
湖上雲開翠島浮，泥塗車馬自啾啾。詩情誰似蘭徵士，盡日憑欄對水鷗。蘭徵君芷莽祠憑欄句，先生詩也。

嶺路縈紆閟古祠，枯杉鐵立菀新枝。披雲漬雨閲人代，漫滅武侯盟爨碑。關嶺古杉。

野漲迷津渡，沿緣月挂村。即今迂路改，猶自影廛根。霑益新橋塘。

野曠人烟少，天低霧雨冥。老樹豬都古，連山燕麥青。宜威。

石墨深藏土，窟山民逐利。星星奇哉創用誰，始得火瓷花泛青。

松韶關上石崔巍，來遠鋪前行客稀。一路松韶聽不徹，離離風氣濕征衣。

蘚石斑筠夾路叢，杜鵑啼血淺深紅。山行始盡花情態，豔蒨濛濛烟雨中。杜鵑花。

燈光雲氣疊波瀠〔一〕，颯颯山窗響亂筠。茅店不愁眠聽雨，而今行路是閑人。

【校記】

〔一〕『燈』，原作『鐙』，據道光二年增刻本改。

可渡河和吴梅村先生原韻

翠屏巖上款禪關，倚檻驚眴兩岸山。金馬千秋傳僰道，銅山一線轉烏蠻。蓬蓬雱雨雲搏上，撲撲深林鳥猝還。舊是相如馳檄路，鑿痕重疊蘇花斑。

歸路又和

彩雲西湧碧雞關，歸路岧嶢可渡山。隨意逍遥忘鸞鶴，澄懷得失等蝸蠻。金丹自古仙靈秘，歲月何由逝水還。繞壁自尋前日句〔一〕，墨花經雨翠斑斑。

【校記】

〔一〕『自』，原作『目』，據道光二年增刻本改。

盤江

可渡橋邊問水，盤江從此洋洋。力能排山到海，可惜閑曠蠻方。可渡河。

翠屏崖僧寺題〔一〕

絶壁梯雲上碧空，思量此事亦神通。若教名利心除盡，便是三關透徹功。

【校記】

〔一〕道光二年增刻本『題』字後有『壁』字。

馮登瀛鎮府雨中小飲

總戎坐嘯日舒長，蒿目窮黎歲洊荒。剪燭雨窗談海嶠，艱難猶不屬山鄉。

烏撒喜晴，和楊升菴先生《難逢烏撒晴》原韻

容易黄河清，竟逢烏撒晴。昔人悲遠謫，今我適閑行。雲帚例回岫，龍菹青到城。遐荒詩自遣，等是可憐情。

威寧八首

幽谷雲蘿碎翦霞，清新適我興無涯。籃輿好注軍持水，滿浸園林未見花。

島石嶙峋草蕩長，雲腥雨膩暗蠻鄉。權奇不少龍坑馬，一例銅山老運綱。烏蒙海。

石磧如沙磧，蕎農雜稗農。金寒蕃健馬，海闊恣淫龍。

山半雲横樹杪平，上山微雨下山晴。沿溪石磴嵯嵯起，又向白雲行處行。新塘。

跫聲空谷聽寥寥，路轉林開野霧消。啼鳥遠呼沽酒酒，花邊不見挂帘飄。

當頭路轉俄逢坦，擁鼻詩成喜不禁。習苦蓼蟲甘嚙葉，弄晴山鳥自憐音。

出雲降雨晌爾，萬穴千峰窈然。不辨珍逢牛相，直堪拜殺米顛。

茸茸萬畛擴田園，絶壁玲瓏瀉碧潺。第少苛求來狹口，更從何處覓桃源。隔遮河。

水城至安順道中十一首

突姑東下水奔流，橫嶺千重悍不收。到眼茫茫山似海，驚潮過後亂漚浮。

競將金碧畫崔巍，老米灰堆妙染煤。何似水西西浦上，拂人濃翠一堆堆。

峰如聚米連高囷，巖似揚帆峭碧氛。兀兀籃輿消永夏，茫茫身世屬迷雲。

薜石玲瓏細竹斑，青崖繞屋翠孱顏。村翁不解開窗牖，却疥銀墻畫墨山。

元兵囊渡定滇疆，下水高瓴勢已張。鬼國有人憂宋社，惹他朝士笑荒唐。

空堂塊獨思無何，撰譔高翔重障多。遮莫壯心人似鐵，青山如礪與銷磨。

急雨中宵迅轉雷，烟嵐洗浄曉山開。懸崖百道銀瀧下，併起長河殷地來。大崖脚。

跨壑穿巖盡職方，奇標異構只尋常。濫觴晉宋譚山水，到此因知失望洋。

著相見聞同是漏，集緣世界習成歧。纏還牆壁還無纏，好看黔山變幻奇。

男把芟鋤婦壅禾，山花焰焰簇香螺。那知人世姬姜美，笑語依依嫵媚多。

籔易河沙晃夕曛，垂空篠簜石繽紛。東巖凄唤西崖應，聽徹清猿和白雲。

貴陽五首

曉氣澄澄日上團，千山東輕楚天寬。蘭沅源上思香草，烟水雲山更淼漫。黔寧山曉望。

城郭深嚴嶺阜通，苗蠻四面領華風。須彌一葉青蓮上，世界含苞萬蕊中。遊南橋。

倚檻千峰出女埤，虹橋雲樹舞淪漪。憑誰墮却巖端廈，放眼穿天雲洞奇。雪崖洞。

孤雲靈靄欲何馳，垂老方知學道遲。遥蕩恣睢途轉徙，乘成天地大爐錘。

古有遠求勾漏，今無人乞貴州。瑩瑩丹砂滿市，渺渺葛令風流。

貴山陽明書院感懷二首〔一〕

山川有險易，及境乃得窺。人心有險易，未境已潛滋。平地陷阱納，斗室車馬馳。誰使復誰覺，所妙自知之。憧憧百年内，恍惚不自持。有時發惺寤，聞見逐外移。湼湼塵埃鏡，失此照用姿。奇哉陽明子，一唱致良知。

四時運用行，不待何以行。百昌日夜生，不謀何以生。人心唯虚靈，格致此虚靈。静無禪縛苦，動無外蔽縈。學問既核實，功業非剽營。知行理無二，厥義實泓澄。紛紛排擊者，無乃失心平。斯人已千古，不聞來者聲。窅窅貴陽山，浩浩雲烟横。

【校記】

〔一〕『二首』，原詩無此二字，據原内容補。

題松門池館四首

巖城萬厦蹙鱗筌，勝地清深敞洞天。簾幕重重隨意捲，好山都到畫樓前。

平開甓徑遠林巔，碧水長橋鏡影懸。蘺地荷香廊檻轉，田田風葉翠無邊。

竹郎山水擅幽奇，錦石銀泉嶰谷猗。盡日雲嵐晴又雨，層層蒼翠上玻璃。

樓閣參差畫不如，木蘭艓子見花初。山鄉确犖難消暑，慰我荷纕舊日裾。

札座駔，見林念杭司馬題壁

雪泥指爪認飛鴻，舊館人猶惜寓公。百丈帆檣航大海，也憑人力也憑風。

播州寓六首

才人遠摘古來愁，急難交情見柳州。自笑平生輕萬里，六年兩度播州游。

夜郎盤曲五溪遥，雨後峰巒暮靄消。明月一池清似水，無端惆悵憶龍標。

長橋百坎連，錦石漱平川。小立披雲海，渢渢五十弦。東門橋。

櫟林被山坂，處處鳴絲機。焦守舊遺化，樹中出妙衣。《華嚴經》語題焦太守祠：守，山東人，教民以櫟林放蠶織繭，郡以富庶。

連連播州山，峭蒨來青閣。凉風生老槐，雲影高不落。閣在郡署東苑。

摇曳湘溪雲，漸揜桃山洞。白雨過城頭，篠簜懸崖弄。來青閣望桃山來雨。

飲任恒齋協府池館

方花鏤古楚，戎府何沉沉。老桂沃洗滌，炎天凉陰森。協府爲楊應龍故巢穴。

谷應清談響，花深密坐移。山園風味别，蓮子摘芳池。

游桃洞山太白樓，贈陳復廬少府

巖亭林樹簇雲岑，仙尉風流寓遠心。世界也須人料理，最難山水得知音。

陳復廬索題太白樓詩

巫山江上脱青蓮，生幸汾陽爲洗愆。當日酬恩曾不預，而今争借夜郎天。

雨後，福静圃太守招遊竹林諸寺，飲謫仙樓上二首〔一〕

白雲拂拂透絺袍，照眼奇峰湧近皋。洞入曲珠穿蟻徹，巖揞斷石駕鼉高。靈山欲倚謫仙重，異境何當康樂遭。亭榭重重隨處好，深篁雨滴響琅璈。

太守心怡雨滿川，相攜石磴上層巔。青森矗野千林櫟，合沓人聲萬井烟。遠岫嵾嵯雲海盪，危樓縹緲蕊珠懸。朝餔莫遣行觴急，水色山光正溘然。

【校記】

〔一〕『二首』，原詩無此二字，據内容補。

黔西道中三首

播山點點透雲天，南望牂牁嶺折旋。陸海萬波人一芥，不知何事此留連。

當橋賣酒龍鍾叟，倚石楮椽三五家。飛瀑隔林翻白雪，丹巖射日爛紅霞。

革駁溪西低夕曦，崎嶇登頓痛夫遲。摺疊層巖架蕳軸，咿嗄飢腹嬉書痴。革駁溪集，書崖戲題。

大定道中十二首

到來洞口見人烟，洞裏川原好稻田。眩眼游人穿洞出，又懸一洞達青天。路穿厓塘，舊路穿洞出入，塘東西無厓不洞，無洞不穿，奇極。

聽徹清溪九曲迴，萬山西豁攬風臺。印雲筰雨交參錯，天地悠悠鑿空才。大定東坡望滇蜀諸大山。

墾巖種包穀，蓬勃青巒巔。樂歲炊珠米，生涯仰石田。

警衆看蕎豆，鑼聲夜遠聞。寧知淮汝上，拾麥廣成群。

織錦飾苗衣，習尚頗華膴。流移日漸增，苗衣亦藍縷。

苗財盤可盡，苗土墾無遺。前人趍利至，適得後人飢。

眯眼塵寰局局行，空山雨過晚凉生。長溪雲氣平如砥，千仞岡頭看月明。望夜新屯嶺。

盤磴鱗鱗盪水聲，平心坎險不平平。身塵世界塵塵等，毗舍如來證記明。六歸河。

細草繁花蒨石苔，荒塗宛轉凈無埃。翩翩異蝶嬉晴景，飛向籃輿去又來。

古戍明師壘，荒祠漢禡山。瓴高三竹水，天近七星關。七星關。

蟠蟠嶺路逼青天〔一〕，名利艱辛客不停。恰似海人甘食蠣，重重堅殼一蠔腥。銀廠溝。

月出東崖底，斜輝生澗陰。蒙蘢上石角，知我延佇心。

【校記】

〔一〕『青天』，道光二年增刻本作『天青』。

自界河抵楊林十首

買酒滿酬輿力，回看苔磴雲班。勞渠重繭百舍，出我二鐵圍山。

理鍜終朝忘暑，撫琴得趣非聲。道人看經遮眼，閑客遊山當情。

喜見青松滿道，黔中久未相逢。一錢飽餐玉粒，五鬣響助金風。

溪聲喧白雨，雲氣裊青峰。驀地斜陽出，長虹落澗松。

大龍嶺上摩雲梢，疊巘遥巒劃澗坳。落日芊芊平等焰，倒垂荷葉萬千苞。

目極西南萬里天，藐身今古思悠然。青松遞遠晴雲白，無限平山疊眇綿。

烏龍箐底雲蒼茫，白墖鋪前風雨狂。傍道老松不蔽客，龍鍾石丈嗤郎當。

大壑松濤萬派潺，雲烟漠漠暗隆川。細雨暝鐘關索嶺，少年長路景依然。

燦爛虹霓起半空，海潮寺外夕陽紅。莫愁晴雨無憑准，秋在湖烟樹靄中。

山程到此總逡巡，泉性由來也具塵。毒水碑前閑討究，知何附入誤妨人。『毒水』和西林中堂

原韻，泉今可飲，知前有附入者，非水毒也。

海潮寺和鄂文端公題壁韻

走馬當年似轉丸，今來已覺路盤跚。半生遊宦一嘗指，險走驚心百尺竿。湖上亭臺披曉鏡，雨餘雲氣裊層巒。留題最愛西林句，塵土身名等自看。

又和

紅日奔跳疾彈丸，朝朝相逐奈蹣跚。不妨阮籍窮車趣，難舍任公舊釣竿。渺渺扁舟歸別島，離離尺篋記仙巒。蕭閑等負名山約，袖手看人惋自看。

板橋龍潭

巖洞晶瑩勺水，遊鱗紛還行空。憶曾投石深窅，頃刻雷雨冥濛。

郵亭有感故同年戴崧雲

酕醄歸塗共酒瓢〔一〕，棄繻心事耿難銷。凄迷廿五年前約，秋雨秋風舊板橋。

【校記】

〔一〕『毦毲』，原作『毤毤』，據道光二年增刻本及詩意改。

題店壁

樂府高情興采薇，隨流宛轉莫心違。忘憂信有馳驅樂，渺渺天涯安所歸。

碧雞祠村塾訪張懋齋不值

擬得長談款絳紗，故人歸棹渺昆涯。蒼苔小院香雲滿，山雨霏霏濕桂花。

迤西道中十四首㈠

蒙茸綠嶂饜人家，樹底長橋石塹斜。三十六灣蘭谷響，猩紅開遍刺桐花。

雨後秋光闢鏡奩，曉峰重疊黛痕添。閑雲也戀人寰好，山下渟瀅懶上尖。

樹影橋邊合，雲情雨後閑。小樓無限好，人倚夕陽山。

炎蒸鬱林莽，兀坐待遲月。炯炯入蓬窗，寂爾蚊雷歇。

露重秋光白，山深曉意寬。沿緑修竹下，幽鳥噪晴歡。

西風渲染雁來紅，籬豆繁花蔓紫茸。繞屋秋蕎霏絳雪，天然景色艷山翁。

雞聲人語馬蕭蕭，獨客閑遊未寂寥。野霧漸分層岫出，光光落月滿沙橋。

山橋雨過裊寒烟，蒨蒨幽光照水邊。空谷佳人修竹倚，淡妝婀娜出天然。木芙蓉。

千峰萬壑朗晴川，積翠澄澄海日鮮。雪影依微三百里，點蒼高出彩雲天。普淜道中望點蒼。

葉鏡湖邊熟萬疇，家家開栅放耕牛。炊烟翠抹平山轉，窈窕青林一壑秋。

詩情飲興較增無，青海雲平紫稻鋪。爲報先生多置酒，齋田今歲十分租。青海道中，擬示袁蘇亭一笑。

波羅江水百谷連，定西嶺上初涓涓。一路清音到西洱，歸雲迢遞琅璈仙。

花柳送客春濛濛〔一〕，龍尾關河路正東。一度人歸一度老，却憐秋柳踠秋風。

幔亭喧鼓樂，擁路看婆娑。自有還家樂，點蒼明月多。是日，中秋江津洞賽會。

【校記】

〔一〕『花柳』，道光二年增刻本作『柳花』。

【注釋】

㈠此詩第一首、第二首亦收於《晚晴簃詩匯》，詳見（民國）徐世昌輯《晚晴簃詩匯》卷六十三，民國十八年退耕堂刻本。

鄧川楊貞女詩

五星在天上，不專何宫垣。正氣在人間，不限何山川。鄧賧昔蠻邦，美色生禍端。鐵釧識燼骨，糜身甘重淵。夫婦而宗社，抗志慴雄姦。時節吊星回，千古留悽酸。婉婉楊氏女，禮聘寒素門。中道罹夭折，慷慨死投繯。舍生良不易，寧復矯激然。於心一諾竟，身也從可捐。豈以未成婦，躊躇使心遷。直木不曲生，白華非自湔。荒凉德源城，節義相後先。彌亘何悠悠，清風回漪瀾。人事萬不齊，昭此冥冥天。

思茆陳貞女詩

思茆隸職方，曾未及百年。草昧而詩書，渺茫嶮遠間。陳氏有貞女，赴義何軒軒。女德在三從，中正協經權。身從與心從，推析難究言。大智循其本，人事實補天。忠信結精誠，形性無拘牽。何必同衾裯，恩愛始纏綿。所慟夫死貧，旅櫬羈瘴山。寄身叔翁家，夫兄窶且孱。貞女幼讀書，自信金石堅。誓往負骨歸，阻兹物議煩。輾轉慰立嗣，忽忽逾二年。藐身無姑嫜，遺罹慈母憐。一死事則已，相見即黄泉。慷慨而從容，委宛百折全。明明皦日心，歷久道彌宣。儒有良知學，佛有頓悟禪。從來貞女義，常變皆自然。恢恢道之奇，揚搉無竟殫。

城西園野梅花歌

半冬晴暖梅花遲，荒城出遊無所之。斜暉滿山黛色重，流泉夾路翠草滋。城西籬落得花早，開遍野梅如棘枝。蒙籠竹篠壓冰雪，碨砢銕幹蟠蛟螭。素萼迸珠照點點，輕花散淞含飀飀。荒林寂寞不見賞，幽香漠漠烟雲披。東閣官梅助宦興，孤山妻梅縈誕思。梅花風格豔人口，畢竟真梅人罕知。宫妝緗綺近妖麗，九英檀暈繁葳蕤。畫家畫梅得三昧，施朱著粉無相宜。野梅淡淡八圖畫，疏枝瘦影神清奇。人生嗜好各殊面，唐突刻畫誰鹽施。已脱俗豔免攀折，却異散木來譏訾。古香古色自榮落，時有幽人同襟期。巡巡索花共大笑，誰其德者梅支離。

城東園老紅梅

荒榛斷莽凋繁霜，春光蕩蕩揚孤芳。落霞一片暈紅紫，雪膚仙人酣羽觴。杈枒蟠鬱大合抱，朱顏却詫梅花老。凄迷野霧飄豔香，繽紛彩蝀凌清昊。太息何人舊此家，園亭頽盡一株斜。變換百年長姣好，不是夭桃兒女花。

哭李春麓師四首〔二〕

一別不復見，百年徒有生。孤恩心自楚，跼地世無情。奎野星躔隔，魚山夢影横。傳聞終恍惚，萬里訊難明。

京師居不易，憐我困多場。黽勉曷無有，提撕日就將。行藏裓蔭遠，盤錯繫心長。寧識鹽車下，摧頽負樂良。

采藥踰淮水，江干訪故人。星光移末照，縣令最風塵。道境清癯異，詩評激賞真。只今如昨日，蹇蹇十番春。

海内傳封事，杭嘉在頌聲。自從歸養母，百不欠生平。傳火薪櫃續，乘雲海岱清。所悲人在遠，絮酒幾時傾。

【校記】

〔一〕『四首』，原詩無此二字，據内容補。

春陰 乙亥㊀

小樓濃暝色，細雨杏花明。迢遞寒烟渚，濛濛草又生。

【注釋】

㊀『乙亥』，即嘉慶二十年（一八一五年）。

辛夷

木筆濡春雨，江淹夢裏花。春風不拘檢，潑墨染飛霞。

聞傳嘯山放歸二首〔一〕

男兒志意耿難磨，得失心輕宦海波。介子已聞歸絶塞，譖人捫臆復如何。

難把恩怨計菀枯，斯人直道忍淪胥。乘風亂鼓翻雲手，捉得狂花住也無。

【校記】

〔一〕『二首』，原詩無此二字，據内容補。

述古

莊子貸監河，涸仰升斗需。惠施從百乘，煌煌過孟瀦。握手一歡笑，趨舍良殊途〔一〕。去去笱中鱗，何用此多魚。

【校記】

〔一〕『舍』，原作『合』，據道光二年增刻本改。

暮春連雨三首〔一〕

點蒼消雪翠斑璘，草樹濃烟八檻新。爛漫晚花深對酒，蕭森今雨耿懷人。殘春可愛情難措，漸老於閑味始親。幾日銜泥雙燕子，飛飛畫棟哺雛頻。

擬答春光奈怎酬，鶯聲宛轉雨絲稠。有時厭看山多態，盡日依違雲滿樓。紫粉離離迸籜笋，高花冉冉下林楸。小窗遠水青於染，寂寞寒烟野渡舟。

西溪雨脚渡斜暉，離合烟雲鷲嶺飛。香草繽紛連渚暗，落花迢遞餞春歸。蕭蕭却憶巫山曲，漠漠還飄玉女衣。可奈良時成白首，千山萬水滯驂騑。

【校記】

〔一〕『三首』，原詩無此二字，據内容補。

新荷

瀹水石池滿，卷卷折新荷。晴暉蕩珠露，宛轉濡庭莎。有美懷佳人，浩言澤之陂。含苞鬱朱夏，遲此紅婀娜。悠悠洱河水，日夕空澄波。

羽扇

山氣鬱雲水，晴雨時飛颺。閬風萬里界，磅礴森點蒼。黛色濕天宇，巖瀑垂淋浪。穡事竟盛夏，袷衣饒清凉。我有白羽扇，皎潔如秋霜。時復自珍愛，無用爲捧揚。棄置諒有宜，眷言匣笥藏。

夢左杏莊刺史

垌野故人遇，驚心噩夢殘。想因推獸守，機氣隱鯢桓。老境端居好，名途撒手難。迢迢無問訊，何自釋疑團。

偶成

沉烟雙縷碧氤氲，盡日簾攏叠水紋。解帶雨聲脩竹動，倚樓山翠半江分。窺臣未分甘鄰子，聒世端知笑尹文。一念油油時起倒，呼觴急爲掃迷雲。

馬漢才招遊沙村北渚

新晴揭山翠，映發洱波明。蒙蒙萬柳烟，渚溆劃縱横。藉草幃密葉，玲瓏沙水聲。故人妙清興，鱗荇芼薌鯹。夕陽鸛洲尾，島嶼豁峥嶸。東北巨山藪，雞足首傳燈〔一〕。斜光見頂相，閃爍古金庭。谽谺滃雲起，雨氣百千層。長虹挂餘景，變幻瞥仙瀛。流觀渺何極，怡此閑居情。

【校記】

〔一〕『燈』，原作『鐙』，據道光二年增刻本改。

夏日即事十一首〔一〕

長瓶滿浸乳膏融，山市山花下雪中。珍重碧幗新豔異，雲霞標格照燈紅〔二〕。

翠蔓金沙引徑斜，泉聲漉漉繞人家。仙人掌上金菡萏，亂石嵁墻骨董花。

雲山烟渚雨模糊，青草牛羊有塞酥。忽憶江南鰣正美，自刪新笋芼醍醐。

琉璃萬頃漲晴瀾，十九屏開碧玉巒。何處更容炎暑著，寥寥長日洞天寬。

上關花事愁供役，翠葉紅柎化遠埃。乍喜臺峰深寂闃，雲端一樹木蓮開。五台峰。

七二崇祠景地分，遺他張盛古斯文。茫茫往跡俱塵土，光怪寥天化彩雲。木馬邑懷張叔盛覽。

迷離蝶樹千蝴蝶，銜尾如纓拂翠湉。不到蝶泉誰肯信，幢幡鬘蓋蝶莊嚴。上關蝴蝶泉。

柳港重重浸漲潮，菰雲萍雪引鳴橈。老夫別有觀魚樂，踔厲金鱗透網跳。沙村柳港。

行街僰唱滚三弦，酩酊酬龍野廟烟。楊柳橋邊人賣雪，紫城六月好凉天。

星回萬火吊仙鬟，七月划舟競洱灣〔三〕。綵藥村村挨次舉，天教節義點湖山。吊臺會。

紫稻花香應木犀，春秧秋實入冬齊。民天滋味徐徐美，不遣三農病夏畦。

【校記】

〔一〕『十一首』，原詩無此三字，據内容補。

〔二〕『燈』，原作『鐙』，據道光二年增刻本改。

〔三〕『划』，道光二年增刻本作『華』。

雨中秋海棠各種盛開

沉酣竹醉與扶頭，今雨蕭森翠影酬。倚檻小山苔峭蒨，嬌紅滴滴海棠秋。

獨漉篇

獨獨漉漉，泥行却曲。欲出門無車，欲渡津無梁。拔劍捎雲雲不開，但聞霆雨塞空聲浪浪。

烹肥擊鮮，沉飲流連。濡首皤皤，回憶壯年。善哉相逢，來日大難。男兒快，獨平生，生不成名没何賢，汝獨何人學神仙。遨遊青天中，其樂不可言。用太白句。

秋霪雨

三伏度淫雨，庶及秋節晴。秋雨復綿綿，曉夜凄寒生。草木雜莽莽，穜兹秔稻榮。端居困泥潦，驚心時序更。頃聞鄧賧災，决河潰縱横。豐歲蹇瘠土，况乃蕩析嬰。山疆事格閡，苦樂各自情。亹亹彌亘雲，彌漫洱河并。

斜月

霧撤雲飄擾擾，泉奔竹偃漼漼。清風脱然至止，明月直入何猜。

喜晴出遊

曲折秋泉響，陂陀古石凴。晴霞分海色，雨氣畫山層。隨意行吟遠，看雲舒卷能。不須勞白眼，一碧是秋澄。

桂花

却也聞香未，曾無爾隱乎。月宮田地闊，遺落許多株。人爲淹留久，枝隨寵嵸紆。攀援聊自樂，花露滿身濡。

王友榆寄龍女花

盈盈玉鉢花，云是龍女施。夜半異香起，炯炯白雲氣。

牽牛花

點點疏花曉露深，竹籬秋意最蕭森。蔚藍剪取青天色，爽豁人間平旦心。

楊澤珊以洱海會日招同李鄴園諸人讌集，遍遊諸湖九首〔一〕

辟舉家瓊嬉見客，隱之借月暢開樽。揭天蒼翠峰垂海，趁集魚鱻船到門。

玉宇溶溶涣月華，烟低山遠四無涯。水禽咭咭鶩雙漿，一片翻飛蹴浪花。

閭邱亭子鏡塵揩，萬柳垂垂接斷厓。那不醉拚今夜月，古人寂寞空詩牌。
划舟弦管集秋晴〔二〕，踵事相忘爲放生。過影動泡泡動影，夕陽東下證分明。
曩葱遠樹緑層層，島窟玲瓏日氣蒸。無數嗚榔都過海，曬晴嘎嘎上魚鷹。
北湖柳巷翠縈紆，芋畛瓜籬隱釣艫。不爲蹲鴟如卓氏，也思老圃效樊須。
群峭飛藍挂遠林，這峰雲起那峰沉。浮萍摇蕩雲嵐影，離合峰巒向水心。
問客南村已到家，淄塵狼藉染京華。茫茫人事升沉裏，若個安心理釣艖。
自笑沙陽狂覆斗，却看李瑨醉扳鞍。歸鴉點點向山郭，老柳毵毵低月闌。

【校記】

〔一〕『九首』，原詩無此二字，據内容補。

〔二〕『划』，道光二年增刻本作『華』。

溪雲

朝光揭陵岑，溪谷渡雲蜿。即離小樓平，點蒼忽近遠。

一真院訪德昌上人

真理率自悟，衲子例謾人。隔林嗅木犀，何似即花聞。煦煦破襖師，虛冲無畦畛。癯骨耄彌矍，定亂邈不分。洪鐘寂聲響，一叩徹高旻。疑義發吾覆，了了析微塵。韜居側名藍，曲徑羅松筠。澄秋愜所慕，引領道斯存。倚徙坐泉石，悠然到夕曛。此生閑有餘，庶以歸迷因。

南泉精舍晚坐

人定梵鐘鳴，聽徹百八杵。餘響拂松雲，濤聲雜風雨。寂坐耿虛明，繁星爛秋宇。躭閑懶就眠，棲禽噤夢語。

朝步三門至净土山

朝日蕩霞彩，塔光流玉虹。垂影百尺樓，金碧輝玲瓏。林翠擁高廉，臺殿開層穹。踏踏長廊轉，却曲莓苔濃。晴暉狎山鳥，飛鳴塓宇空。秋草菀萋萋，零露下長松。異境發清曠，静理含虚冲。却憶塵囂裏，擾擾將何窮。緊余息機久，林泉痼心胸。童稚爾何得，栩栩亦歡悰。

過李董園書樓

石徑入深翠，寒泉鳴幽幽。返照挂黄葉，寂歷山氣秋。一宿復信信，愛此林下遊。李謐擁百城，遁迹中南樓。良談落松影，世事良悠悠。塵鞅幸我釋，禪縛亦焉求。陶然遂忘夕，白雲無去留。

輓袁蘇亭廣文

老髯從此寂音塵，尺牘詢詩墨尚新。千里睨然伏櫪驥，全滇失却有心人。論交氣誼京華日，訪舊流連洱水濱。攟古發潛千卷梓，降官閑冷是良因。

輓李文庭先生

文庭先生古俞和，千金慷慨揮逝波。大耋惸惸奈貧何，洱東要迎起人死。杖履飄飄一百里，彼人之生翁已矣。翁生疾惡苦罵人，罵人療人兩有神。奇窮奇技證所因，盈盈兩槳西斜飛，猶似翁遊盡興歸。

鳳山城訪袁葦塘

燕雲江樹雨懸情，一笑鄉關白髮生。仙藥有靈徵老健，風塵無分到公卿。躊躇善訣藏刀刃，慷慨詩懷託史評。滿地迷陽餘痛定，青山杯影較分明。

董韶九、楊舒彩招遊鳳山寺

談道絀三耳，詫茲三耳山。象形翥兩翼，威鳳何軒然。瞻望數往來，無由躡其巔。良友愜清談，行行忘步屧。古寺翳紅葉，晴霞爛渥丹。矯矯千喬松，騰拏諸龍天。遥峰遞離合，紫翠交濃烟。却顧所來徑，石磴高雲端。隆冬百昌斂，掌菓披迴川。勝境饜長日，山芳羅仙筵。談詩老衲子，異趣溢枯禪。殷勤勸竹根，松月留清眠。良常自茲始，百里非險艱。

蘇髻龍池

鴉寨元師壘，龍堂髻女靈。山頑猶混沌，竅鑿始娉婷。雙碧融晶鏡，千畦飽建瓴。風車雲馬馭，笙筑響泠泠。

烏龍嶺

曩葱東邐迤，西對點蒼平。人渡炎涼嶺，泉飛向背聲。土囊巉石骨，井谷俯山城。乍欲忘冬序，忻欣萬木榮。

靈澤園

伏地流西洱，滂洋透石垠。粼粼雙閘玉，溘溘一川雲。花竹穠烟島，樓臺上綺紋。融通山澤氣，巫祝濫醺醺。

塔山街訪黄錫久

蔟蔟陵岑背洱濱，蕭條村落雜新陳。震鄰奇疫成空刼，落月晨星見故人。抵掌功名纏藥裹，杜門風雨老松鱗。廿年往事雲烟撇，也似神仙話隔塵。

趙紫笈以對山自嘲絶句索和

酒聖開簾醉雪光，晶瑩萬仞發詩狂。山公傲我頭俱白，笑舉觀河老匿王。

乙亥除夕㊀

隨例桃符換歲闌，梅花滿浸剪燈看〔一〕。老如積羽徐徐重，年似磨塵汩汩殫。下吏何關談出處，棄材翻與避艱難。須臾日出成新歲，不覓來心等是安。

【校記】

〔一〕『燈』，原作『鐙』，據道光二年增刻本改。

【注釋】

㊀『乙亥』，即嘉慶二十年（一八一五年）。

細雨梅花有懷舊遊丙子㊀

浥浥江梅雨細絲，皋亭弦管趁春卮。倚欄岑寂山城晚，棖觸梅花舊雨時。

【注釋】

㊀『丙子』，即嘉慶二十一年（一八一六年）。

步晴

懶日輕雲半作妍，長河新柳翠翩翩。今年春在梅花裏，好乞東風莫放顛。

顛風頻日望夫雲起

繅車圜轉絲抽水，雌龍夢斷雲窩靡。俯身東望喔天雞，曈曈日射貝宮紫。吡藍噫氣雲亂呼，直撇濤山見海底。黃姑織女河東西，盈盈咫尺甘分携。嗔痴小婢情悽迷，望夫雲起青天低。一聲㸑應石龍子，揚沙走礫無端倪。點蒼濛濛春弄色，冰封雪沍藏花密。園林桃李滿空飛，星斗朱旛遮不得。喈喈危巢望歲氛，知風知雨不知雲。吹花擘柳曾何惜，懊惱停舟欲濟人。

遊三陽峰至竹林庵讀中溪侍御詩碣

琅峰揭天起，陡落三陽岑。壁立萬仞石，茀鬱敧長谽。古雪絡幽璺，晶晶日西含。峰嶺變橫側，盤礴亦何深。奇觀屬修阻，憩飲怡中林。廢寺古遺搆，詩碣鐫禪龕。諤諤李侍御，勇退甘龍潛。遊跡遍巖壑，歲月消雲嵐。於時諸貴顯，郤曲事姦憸。寂寞豈不念，寧此山水躭。題咏類荒誕，誰復究其心。悠悠天宇中，長此去來今。

立夏日

翠葉濃陰映舉觴，流鶯聲裏餞春陽。樓頭雨過玉山碧，雪裏花開溪水香。常日閉門容我懶，一年八夏愛天長。千金殫盡支離技，始得平心自斂藏。

李士元招遊龍華山、極樂林諸勝

溪流漱鳴玉，緑蘿渲塵襟。滃濛白雲起，遥空鈴鐸聲。拾級上崖閣，碧海光沉沉。南山萬虬松，北澗千石岑。參差各獻狀，無勞窈窕尋。短李眷清境，棄官歸園林。移具招我遊，共兹忻賞心。折瓊羅仙筵，家醖滿芳斟。咫尺塵凡隔，日馭舒驟駸。山水興日闌，感往慰斯今。

觀張景園同年畫山水

當杯磊隗澆不平，點蒼對我昂崢嶸。翻雲竦石泉飛聲，故人舍館城西陝。朝暮清談談不足，索詩丐畫蹬相續。毫端照眼開林巒，恍如從君遊汗漫。山平水遠紆天寬。

張景園以無妄被誣，羈牽榆城，半載昭雪，後得新興學任餞以詩

雲山相望各棲遲，旦夕良談水鏡披。杜跡那防來雀角，慰情翻勝屬駒維。點蒼雪月夏逾好，吾道踽凉誰與期。此去一官師鐸重，清風匝地是相思。

連雨

浪浪簷溜疊紛潾，簾捲簾垂拂翠筠。應璩屢書謀雨讌〔一〕，伯文清興述山貧。江源泛漲思湖海，花塢迷離洽隱淪。滿地塗泥深閉户，獨遊一頌最怡神。

【校記】

〔一〕『應璩』，道光二年增刻本作『休璉』。

題周孺人《雁沙集》

平生愛風雅，每厭閨閣詩。境界隘拘束，柔弱滋咿哇。花月累翦刻，雲烟婉黛脂。不病病呻吟，隱約名心馳。受才異士夫，文彩亦奚爲。道非男女相，我憶末山尼。真理妙難言，得者無弗宜。雁沙見遺稿，傾倒豁心脾。本分攄直語，風水自淪漪。緘情悟遊子，眷言三春暉。綿邈古媛契，婉約幼穉規。攤書坐寒雨，豎義抉精微〔一〕。想見荼苦中，大哉天恢恢。造適不及笑，寧須雕琢施。即今巨室寢，其樂誰能知。忖兹報老友，無徒嗷嗷悲。

【校記】

〔一〕『抉』，原作『快』，據道光二年增刻本改。

立秋日新晴，張西園約出遊二首〔一〕

一夕秋來積雨間，亂雲飛絮揭孱顔。出門一笑癯仙癖，得得携觴指看山。

雙鶴橋西落瀑明，雙鶴橋東烟林清。青山翠染龍關路，擾擾行人畫裏行。

【校記】

〔一〕『二首』，原詩無此二字，據内容補。

七夕登樓

支窗西洱水，新碧鏡奩中。急雨旋東浦，遥帆入彩虹。曝衣酬舊俗，架鵲仰澄空。巧拙紛人事，茫茫乞禱同。

雨中趙紫笈饋鶴釀

忽到青州從事佳，閉門十日雨湝湝。寥寥天地古人遠，裹飯與桑别調諧。

水涸

水積自生魚，魚魚相食生。聖人禁數罟，濟以不平平。水涸魚呴濕，小大若爲情。驚心竭澤漁，虬螭亦冥冥。

丙子秋，太和淫雨雪霰，禾不實，外郡縣災滂，滇民舊不備積，冬春大飢，睟感十二律〔一〕㊀

漸看墳首遍牂羊，北斗南箕自挹揚。夜静哀鴻悽斷續，月明幽蟀劇蒼凉。繁霜不解芰蕤蔄，秋雪端然害稻粱。銅硐銀坑人事拙，難將積貯問山鄉。

印度南開古百城，南詔童子記分明。佛魔錯處俱成俗，人我相忘是遂生。桀桀甫田孤未佃，悠悠廣厦萬間營。蹉跎白首成迂僻，吾道艱難未了情。

流年人事兩相從，爨桂炊珠驀此逢。陀崆涓流何太横，漏江百竅又成壅。夸娥掌劈遥難借，莊子魚呴驟怎容。萬里綿綿孤思遠，可堪雲嶺更千重。

彩雲常見爛晴空，野老嬉遊歲歲豐。往事難忘年少日，浮生同聽太虚中。雷聲迭送冬前雪，海氣寒吹七月風。莫道邊陬時節異，甘萌惡草報占同。

難將鄒管試吹枯，遠邇中邊盡版圖。仁覆有天周四海，顛連含淚向方隅。求芻不惜號羊牧，載魄寧甘化鳥都。徒手徬徨心轉惑，悽聲菜色見聞無。

遏糴猶然阻巨津，輸征何處覓紅陳。好音乍喜傳威鳳，江水應難洎涸鱗。草木充腸春信遠，流離遍野雪花頻。云何慈力同悲仰，欲問堂堂佞佛人。

王粲當年賦《七哀》，婦人抱子棄蒿萊。而今幸際承平樂，此事何堪猝見來。天道渺茫難委運，人心吃緊望彌災。願船努力齊篙櫓，莫道溝中異己推。

山藷溪蕨又黄精，博采窮搜漸不名。畢竟育人須粒食，難將辟穀教編氓。記名耕犢沿家剽，入市羸羊唾鬼成。可惜邊方風氣古，澆醇散樸陡然更。

杯水薪車救怎禁，傳聞異事總驚心。新魂恨飽觀音土，故鬼難藏校尉金。刼量不遺天未遠，愁雲猶沍雪山深。豆箪生死鴻毛重，人世悠悠自古今。

良駟高山興久墮，殷心人日强題詩。擎空使者瓶何餉，醞海脩羅味不移。晴雪芳梅凄瘦影，東風楊柳正攢眉。天公好運陶輪轉，蠶葉蜂花合并施。

羽檄如星曉夜馳，梨花江上嘯梟鴟。居民正苦枵無食，伏莽驚聞蔓欲滋。迢遞三災流疫饉，貧疲千里轉兵師。敝牢急爲亡羊補，翹首風雷雨露施。

遲遲春日覆重陰，急切嗷嗷待食心。靈殖有神催早豆，宅迦無藥贍賙金。人情自顧原非嗇，魚沫相濡促共任。菽價漸平牟麥續，可憐萬殍已冤沉。

【校記】

〔一〕『丙子秋，太和淫雨雪霰，禾不實，外郡縣災澇，滇民舊不備積，冬春大飢，睟感十二律』，《〔民國〕大理縣志稿》作『冬春大饑』。

【注釋】

㊀『丙子』，即嘉慶二十一年（一八一六年）。

送楊丹亭遊順寧二首〔一〕丁丑㊀

洱江西去鹿滄來，雙鶴橋邊客思催。眇莽舊遊今記取，春山一路木綿開。

古戍深林烟雨昏，行人珍重勉如飱。瘴鄉直是無楊柳，猶有長條到臘門。

【校記】

〔一〕『二首』，原詩無此二字，據原内容補。

【注釋】

㊀『丁丑』，即嘉慶二十二年（一八一七年）

宋芷灣先生《南行草》諸集書後

平生慕風雅，獨嗜古人真。厥道屬情性，千載長斯新。三百政以達，指示聖所諄。二事括遠邇，世宙此彌淪。風化歷正變，興觀義無泯。楚騷得精髓，漢魏抉津源。泛濫盛唐代，得失千萬端。帖括網似龍，龍虵奮重淵。昌黎格虬蜉，李杜光爛然。宋初襲晚唐，西昆沿晏錢。矯矯蘇長公，杜韓屹後先。汪洋大瀛海，今古同波瀾。四靈擅江湖，滔滔汨金元。蜩鷽各有適，鵬搏見遺山。勝國志復古，氣象殊前觀。渾潔或漢晉，閎鉅亦杜韓。就中潔精華，往往優孟冠。極盛如李何，不免椎鑿斑。真境要自得，天地不腐陳。國朝數鉅公，頗持玆義論。玆義在天授，養氣直浩然。窠臼避却曲，詞彩溢喧闐。人人探驪珠，始覺鱗爪殘。寧知我同時，嶺海來天仙。獅乳一滴迸，靡靡兕象孱。虚空碎可立，研精挈幽元。稱情自適適，清氣滿人間。閲世盱賢才，遇合今古難。落落見聞知，瀝膽披千春。

送别芷灣觀察巡部永緬，兼攝順郡

鐵橋天半躡飛霓，烟雨蠻荒慰遠黎。舊説相如孫水上，而今遠過浪滄西。
海内争傳題壁詩，岳陽黄鶴興淋漓。崐南奇絶瀾滄水，萬仞江岩稱筆麾。

勸高立方同年之官

支離技重産金輕，好看龍蛇傍海行。莫教淺人生議論，將無負氣測先生。

禄豐張耀南，五華同舍生也。老健遠遊，過榆城，遍訪諸故友，感喟殷然

四十年前上舍逢，白頭訪舊未龍鍾。藏錐布袋俱無用，却不出頭是善鋒。

秋感九首〔一〕

聞説彌沮水，新防築更開。比鄰俱破膽，鹽井又成災。騎月重陰積，秋陽失信回。市糧稍減價，淫雨復高擡。

雨聲跳瓦異，山雪曉皤如。蕞爾寒恆若，何來氣不舒。豆箪生死絀，任恤閭閻虚。不信黔婁子，康居得自如。

雲烟散復集，雨意其云何。只益江湖漲，何勞醖釀多。痛深飢饉疫，仰切豆蕎禾。牛女也須惜，翎橋迫架河。

也竟晴如洗，愁消雨夜心。遲回殘月上，凄切一蟲吟。天地常能幻，盈虚古至今。飲河思偃鼠，失笑計深沉。

疫氣消初定，天心憫覆長。暖回秋雪後，晴趁稻花芳。夢境叢歌哭，生涯費忖量。一隅三可復，世道兩難忘。

微雲過飛雨，日氣落朝霓。秋意歸平淡，人心賸積迷。艱難存我固，吟嘯出花低。酒價頻頻減，杖頭始欲携。

狂瀾驟雨工，龍氣拂腥風。祝爾重淵蟄，憐兹禾稼功。物情各自逞，時令難相蒙。餘響入深夜，茫茫想網中。

異事忘相習，田禾十月收。可憐酬一飽，擔得許多憂。沃瘠殊人事，高圓不箸籌。深心腐司馬，貨殖校諸州。

萬慮消趺坐，燈花落更生。水雲空際響，星漢隙中明。異此秋爲氣，勞耶耳作鳴。歐陽心獨感，托意樹間聲。

【校記】

〔一〕『九首』，原詩無此二字，據原内容補。

見雁

嘹唳漸分明，依微薄太清。雲鈎風半捲，斜次出山橫。

又

萬里隨陽意，南溟渚嶼長。江源西側度，不復阻衡陽。

曉意

疏櫺同入瑶環，自起開門月墮山。露菊著花都仰面，可無人共獨醒間。

宋芷灣觀察招集海樓，賦《洱海行》，次原韻

蓬萊始見封禪書，海山恍惚浮嶠壺。徐福童女風浪驅，少君一去不可呼。金銀宮闕雲影摹，誰見東海揚塵初。牧龍蔡誕誇仙符，仙不愚人人自愚。昌黎不肯神山巢，寧有倔强無含糊。眼前江山巨清美，鵾夷有酒江有魚。使君好客開行厨，高談洒洒道之腴。此水南蠻舊竊據，自言當兵十萬餘。海神封號僭四瀆，回首蝸國成郊墟。水德清浄不改趨，今今古古深涵濡。點蒼冰雪飛爆落，雞足雲嵐蕩影俱。古佛神通開隩隅，春花雪卉交萼敷。留與幽人搴瓊蘇，滔滔不捨千年徂。憑誰摹此元洲圖，使君大筆天霞舒。來省海民收海租，詩情飲興寫真樂。下與坐客攄豪粗，從來山水有真氣。與人投分分親疏，衡雲遮護神豈徒。昌黎一禱情難孤，東坡十月見海市。戾常奇理驚瞀儒，神仙詩人分不殊。我欲探龍公得珠，片鱗一爪我不無。云胡不醉醉且扶，手詩競作蛟龍吼。海神啞啞知音乎，明月過海連西晡。水禽浩蕩嗚呼娱〔一〕，詩耶醉耶力排奡，馬蹄踏踏盤空如。

【校記】

〔一〕『浩蕩』，道光二年增刻本作『嘎嘎』。

閑中仿李義山，得六首

迴雪流風作意飛，玉人消息睒清暉。遥情難向遐荒憩，錦瑟低含笑語微。烏爪正思當背癢，蟠桃可分洎臣飢。沉香一瓣雙烟起，金博山邊獨自依。

絳河倏忽又千年，渺渺銀濤溯曼延。螺女殷勤留殼米，牽牛凄寂貫天錢。元洲紫館遲明月，翠幰雲輧蕩曉烟。最是良時容易失，莫將疏逝解情愆。

擣盡元霜憶玉京，塵埃踪跡幾多更。迎車黄鵠頭班白，寫韻仙鸞腕瘦生。荷露弄珠圓蕩漾，梅枝出手凍晶瑩。輸他何物青年子，一染奇香却定情。

曖曖停雲一晌移，横波曼睩乍迴時。采蘭原上花如綺，解佩江頭柳踠枝。雌蝶雄蜂幽夢隔，瓊樓玉宇闇春知。遊絲三月縈空轉，駘蕩芳情未了縻。

月娥長好玉輪憑，青女凄迷夜漏增。梅下詠花人定有，夢中行雨賦難憑。承芳願在衣爲帶，顧影猶懸鏡有淩。至竟相思成底事，種來紅豆著花曾。

清溪白石兩相忘，蕙帶荷裳濕露瀼。曾是有媒逢鴆鳥，猶思先戒屬鸞凰。絲繁絮亂春迷嚮，佩短弦長意遠將。鵁鳩聲聲芳草晚，不堪情事托蒼茫。

看雲

冬晴雲氣閑，雲閑吐晴嶺。卷舒不遮礙，厚積浮嵐影。崖壘絡霽雪，峰棱翕斜景。涣涣欲消痕，縷縷茁新穎。過澗龍蜿蜒，綴林鶴振警。迴翔竟昕夕，變化適虚静。無情有情間，戀戀仙靈境。如何雲裏人，遠思動馳騁。

卷六終

《點蒼山人詩鈔》卷七

太和沙琛獻如　著

發龍關四首〔一〕

浩然發龍尾，憶切少時年。心有功名計，身爲父母憐。頭顱傖更老，奔走債猶纏。身世邊隅遠，勞生屬定緣。

小兒强解事，逐我伴舟輿。離别難爲母，平安囑報書。奚囊經籍負，洛誦路途徐。人事如陽鳥，時飛合自如。

老友老能健，江淮續舊遊。平生揮霍意，不作旅人愁。把酒雲山共，對床今古籌。饑驅與結駟，無往即風流。

無限關河柳，條條盡向東。梅花山石坂，迢遞好香風。慷慨誰驅我，綢繆舊惱公。古人莘渭老，作麽卜窮通。

【校記】

〔一〕『四首』，原詩無此二字，據原内容補。

青海鋪大雪

雲暗青華海，飛雪浩漫漫。茅店沽海酒，僮僕醉闌珊。杲杲曙霽日，萬山浮緲綿。層嶺陟冰淩，流潦鳴潺潺。玲瓏錯崖壑，峭蒨晶瑩天。林莽翠蒙密，刻玉森檀欒。矯矯千玉龍，騰拏松岑巔。寒鳥呺晴景，蹴羽花翩翩。夾路紅山茶，璀璨餘光妍。地氣不嚴寒，行旅殊坦然。異境擅僻遠，緬兹天地寬。極望匝千里，庶幾償豐年。挈壺屬老友，苦樂付一樽。

黑龍潭值老梅盛開，感懷舊遊，用壁間芷灣太守韻次之

黑龍潭上老梅樹，幾度看花四十年。年年花開燦紅玉，老幹虯屈龍雙眠。少年意氣遊上舍，五華春早花含烟。高山良驅周迴盤，花情藻思相愛憐。逡巡不竭酒家錢，酒徒詩侣何翩翩。一從薄宦各奔走，雲摇雨散塵漲天。花晨月夕憶往事，難忘勝概花蕃鮮。崧雲不歸笏山死，同研同

年戴聖哲、朱奕簪皆詩家好手。使我愁思纏肺肝。我歸點蒼又十載，滿鏡白髮黯消魂。閑居鬱鬱發遠想，等閑重山疊水間〔一〕。磨牛步步踏陳跡，名山勝友心相關。老梅作花如笑我，我老何似花不言。低回酌花別花去，天涯萬里誰驅奔。人生執著虱處褌，水行習坎天行雲。鴻飛東西那復計，花前一醉緣分存。亭臺簫鼓日增盛，老梅落落高輪囷。繞廊拂壁醉乂手，詩成啞啞梅耶聞。

【校記】

〔一〕『間』，道光二年增刻本作『來』。

東大路中二首〔一〕

山田處處趁春耕，垂老年華萬里行。遠水平山饒轉折，斜風細雨半陰晴。長林夾路花如海，野店挑帘酒當情。盡日催春幽谷鳥，干卿何事一聲聲。

飛拂楊絲路正東，春光可奈祇溟濛。熒熒穠李寒烟裏，蒨蒨夭桃細雨中。鎮日攝心長寂寂，良晨予我不匆匆。看花又到交河渚，難憶鴻泥舊爪踪。

【校記】

〔一〕『二首』，原詩無此二字，據原内容補。

勝境塘題壁

回首西南萬遠岑，幾人把定故園心。罡風陡揭籃輿起，霧雨平分界嶺陰。苒苒入天春草碧，悠悠出岫晚雲深。石虬亭下鱗皴石，閱遍征人自古今。

松歸寺

擾擾逐蹄涔，到來生静心。竹陰初徑轉，松翠一樓深。風定碧旛影，山空春鳥音。頓忘前路遠，返照入嶔崟。

茆口渡

蕩蕩盤江渡，峆岈萬壑聲。水痕摧壁斷，崖塹出天横。想見洪荒始，由來大地平。滔滔趨日下，世界若爲情。

繁花塘道傍石

簇簇小湖山，玲瓏百疊連。一峰一窩竹，半水半平田。蒼翠猶含雨，迷離欲化烟。平泉多少石，不似此安然。

霧晴

林巒漸遠披，曉霧閃迷離。得霽已多日，逢仙應可期。泉飛深竹響，山作夏雲奇。恰好茆亭子，花邊酒一巵。

石板房

浮嵐艷晚霞，點點落村鴉。石屋千家雪，油臺一塢花。店門嘉樹老，宿客鬢霜加。呼酒支窗起，叢巒聳髻丫〔一〕。

【校記】

〔一〕『丫』，原作『了』，據道光二年增刻本改。

貴陽桃李盛開

桃李滇山路，芳菲日溯洄。東來屬春晚，迢遞看花開〔一〕。金縷誰家曲，關山客子杯。南橋千樹柳，占斷好亭臺。

【校記】

〔一〕『迢遞』，道光二年增刻本作『遞迢』。

飛雲洞

每到飛雲洞，飄飄思欲仙。洞雲飛不墮，客路我依然。古木穠新翠，遥空響瀑泉。陽明一片石，也似我流連。

黔中謂嶺爲坡，無日無之，而四處爲最。肩輿歷碌中爲四大坡詩四首〔一〕

離離山上松，送客松歸塘〔二〕。青松漸不見，巖石鬱蒼蒼。蒼蒼下無底，須洞洪河水。石磴紐迴盤，古壘側磷礧。此實南車坡，南車自兹止。回身仰來路，上去青天咫。青天路可通，也有行人踪。我行復何爲，非商復非戎。少年馳驛騎，一抹千山快。今日籃輿行，山勢吁可畏。等知所見非，志意移衰憊。叱馭與回車，古人各制義。吾道屬艱難，踟躇欲焉置。南車坡。

數數黔中行，憚此陰巖路。陰巖如老鷹，側首青天覷。垂路儼韝絛，行人拂其嗉。上出雲背寒，下聽溪聲怒。步步折盤旋，不離老鷹處。慄慄駟騎危，惴惴征夫懼。茫茫大造心，阻兹亦安作。我聞道路言，此路曾非故。古路出其西，中經黄厰駐。坦夷復便捷，直達茅口渡。黄厰有溪橋，夏秋山洪注。兩岸摧林木，往往掣橋去。橋廢路亦廢，資力難取足。從此鑿鷹巖，慘淡費籌箸。於今近百年，彼處猶嗟語。地運有流遷，生齒日繁庶。老林開作田，無復沿溪樹。何當更作橋，安流静沿泝。人情膠柱多，因循坐塗附。誰爲有心人，大力副舉措。變通與時隨，疾苦爲人慮。利濟兹百里，福德無算數。老鷹巖。

西下老鷹崖，東上拉幫坡。崖耶此較險，坡也其云何。夾河三陡轉，變眩百折多。橋頭仰磴道，鱗鱗踔奔蛇。出没晝烏亭，上與青天摩。得半半坡塘，飽食中火家。俯案視面山，面山青盤陀。轉面視背山，背山烟雲窠。路出背山陽，石壁蕩無遮。醜惡如敗墻，丹黄墨粉塗。直上十里强，得間開微窊。岌岌打鐵關，彌望紛雲霞。鷹崖兩對面，負勢相驕誇。下覽四山隙，盤江百支沱。遠近可生情，何必徑此過。始或苗寨通，繼且力役加。相襲用爲路，誰復計其他。世界勞塵結，結習人自罝。茫茫四遠愁，於路云何嗟。拉幫坡。

山前大石高盤陀，百歲老人拂衣過。以衣拂石有銷磨，重重刼量人奔波。佛言石盡刼乃盡，微塵妙析塵塵多。人不拂石石奈何，芥子須彌法平等。虚空一視誰礙他，行行大笑相見坡。相見坡。

【校記】

〔一〕『四首』，原詩無此二字，據内容補。

〔二〕『松鼂塘』，道光二年增刻本作『陽松塘』。

思州張壺山太守話别

一夕杯觴惜解携，匆匆心事話雲泥。春風送客思州水，不斷青山下五溪。

枉渚二首〔一〕

斷續青山緑樹頭，嘈嘈雪浪五溪舟。武陵一片桃花水，烟渚濛濛溯不休。

雲烟漠漠遠山痕，岸草芊綿渚樹昏。賈傅祠前春漲雨，等閑行客也消魂。

【校記】

〔一〕『二首』，原詩無此二字，據内容補。

野泊

渺渺孤篷泊翠巖，中流烟暝日西銜。青山摺疊瀟湘水，錯認來帆是去帆。

蘆溪口别楊允叔二首〔一〕

水驛山程四千里，一聲柔櫓各分馳。春風處處吹楊柳，那得人生無别離。

計日南風到皖津，白頭健飯莫須顰。煩將野鶴閑雲意，答我江淮見訊人。

【校記】

〔一〕『二首』，原詩無此二字，據内容補。

湘雨

點點峰巒翠不皴，水禽山鳥共啼春。幾家茅屋新篁裹，細雨冥冥不見人。

岸花

眈眈虚碧渺無涯，傾盡湘醽味漸差。兩岸紅緋多不識，春風開到忍冬花。

望衡

湘行計五日，細雨春濛濛。東風吹晚晴，南天開巃嵸。曈曈曙霽日，黛影百千重。溯流移橫側，蒨蒨青芙蓉。楚山萬培塿，拱揖儼兒童。小縣古蠻服，光耀臨重瞳。夏后刻巖石，邈兹承帝功。上公秩朱陵，玉帛虔深崇。靈境穆幽邃，涵孕浩無窮。邂逅合仙緣，遠懷啖芋風。跂望近咫尺，客程苦匆匆。小泊雷溪口，了了見諸峰。斷續西南迴，摇曳行雁同。圖經證恍惚，心知口難從。昌黎昔所禱，慶快難屢逢。低回立帆影，慰我浮萍踪。

郴江口

衡雲馳送客，蒼翠極天深。楚樹蓬蓬緑，山禽㬥㬥音。人逾飛雁遠，心拙羨魚臨。未盡湘流溯，斜帆又轉潯。

樂昌夜對月

沙明峭岸陰，璧月碾平林。客子悽無寐，天邊意共深。汗漫期海嶠，山水鬱韶郴。混跡陽居子，虚舟樂自任。

講樹堂老榕樹歌，呈高青書太守

晴烟繞榕青，濕霧浮榕白。海雨浹旬日，潮音在榕葉。榕陰起堂敞且閑，青書太守移養痊。

我來寓我西榕間，紅蕉丹茘花木綿。葱蘢百畝風軒軒，鳥聲百雜殷綿蠻。朝行榕根曲，緑雲垂地盤。嶔巇暮憑榕下欄，冰輪軋露凝輝寒。太守爲言兹堂始，前年修廢空遺址。那能當劇事遊觀，爲惜雙榕蕩無倚。寧知此日炎海頭，與君談笑清陰裏。人事從來詎可期，火雲處處總攢眉。彷徨廣莫莊生樹，盡日榕間妙用知。

簡仲柘庵明府

齠年習讀孔氏書〔一〕，七十諸賢日咿唔。鵕冠豭佩見勇士，凛凛浩氣雄萬夫。折節門墻大道趨，直肩世任無趦趄。蓬車歷聘在在俱，千乘兵農誰借手。骯髒小邑綜賦租，春風桃李垂東蒲。髣髴於變鎬京初，勇聞服過想風概。頑廉懦立長心摹，誰知二千有餘歲。鬑鬑裔胄逢海隅，番禺大縣重借冦。東莞萬衆扳轅呼，兼人智勇類先子。一洗世論輕儒迂，舊篇新詠見整暇。民風治譜垂道腴，前日邂逅乍傾倒。油油疑義生嘻吁，孔門諸賢例作宰。豈真有例常拘拘，古宰臣侯今臣帝。海隅重寄逾前模，即今方面跨千乘。猶階牧令爲之途，愧我迂疏茶一蹶。眷眷爲我情踟躇，冠纓羅縠共當暑。裘馬舊願今不殊，我詩鹵莽翻見賞。有似齊宣耽衆竽，萍水茫茫心膽矗。交遊萬里道不孤，識韓荆州寧此如。

【校記】

〔一〕『韶』，原作『齡』，據道光二年增刻本及詩意改。

環翠亭曉步

榕葉下餘雨，晴聲啼曉鳩。清涼濃海潤，延佇有天遊。著述吴虞遠，功名漢陸收。由來皆際會，各自力沉浮。

七夕

紞紞重城鼓，聲沉海氣幪。秋生摐葉雨，香冽過花風。天地水輪際，人仙想網中。雙星今夕會，作麼話幽衷。

廣州雜詠二十首〔一〕

絳顆醲香湛玉晶，親嘗遥擬各殊情。曲江一首離枝賦，合儷梅花宋廣平。荔枝。

浮涼颯颯海風來，萬緑梢頭月正偎。一片紅塵飛欲定，蟲聲凄咽越王臺。晚步。

提戈二百里徒步，橐筆十九年著書。骯髒英雄閑種樹，緲綿桑海舊遺居。虞苑懷〔二〕。

説食何能便飽人，語言文字枉勞神。行師不説開泉話，一窖黄金利用真。達摩井。

風旛堂上好凉颸，藥智菩提古翠垂。衣鉢得來才剃度，誰堪寒夜力春時。風旛堂。

珠海烟波塔影重，招提寥落不聞鐘。清陰散入滄桑裹，猶在東坡誌六榕。六榕寺。

一泓泉水鮑姑遺，本與貪泉事兩歧。南漢不容人汲飲，可憐據得幾多時。鮑姑井。

琉璃珠貝藥香材，耀眼繁華鬧不開。可道五仙明白意，羊頭只帶稻禾來。五仙廟。

花田簇簇玉鈎斜，花媚人香人媚花。何似百花孤塚在，興亡不咎美人家。花田。

蕩蕩冰輪碾玉波，海珠亭子壓星河。珠娘翠艇玲瓏影，楊柳犛排夜唱歌。海珠亭。

荔枝灣上舊宫基，當日波斯女共嬉。應笑太真風味減，猩紅露滴一枝枝。荔枝灣。

風馳霧捲海潮聲，舞竹掀蕉脆響并。萬井藴隆甦一雨，墨雲中斷月東生。風雨。

敢好今朝風路凉，五層樓上闊蒼蒼。船如亂葉人如蟻，點點青山是外洋。鎮海樓。
隆隆焰藏鬱南荒，飲雪山城憶點蒼。日似兒童饞索菓，多羅橄欖借甘凉。雜菓。
炎天最是杏花好，花到羊城百用能。蛋女笑擎茉莉扇，珠兒巧競素馨燈。市花。
滴滴嬌紅紅豆枝，知他何事號相思。青蟲媚蝶裝釵朵，直恁難消愛戀私。紅豆。
安期鴻遁已冥冥，海上青山處處青。采得菖蒲沿澗洗，仙人雲影過前汀。蒲澗寺。
甘始由由三百春，炎荒疵厲息凝神。作金萬萬都抛海，詑絶慳婪不饜人。神仙軼事。
入桂林東象郡西，何來桂父躡雲霓。應悲世態常如幻，黑白青黄是滑稽。桂父。
廣慶樓臺爛錦溪，和光有洞緑陰迷。仙人未了嬉遊興，却道青雲别有梯。峽山寺。

【校記】

〔一〕『二十首』，原詩無此三字，據原内容補。

〔二〕『懷』，道光二年增刻本無此字。

喜遇前皖尉姚念初主簿

聽語驚相似，披衣是故人。相看俱老健，莫話舊艱辛。過嶺笑奇想，集緣知定因。海天好渡夏，寓覿無涯新。

簡戴東塘司馬

老榕庭館翠籠陰，數數談詩暑不侵。才力到君猶細律，頹唐如我是噍音。每當説士情甘肉，怪底宜民矩在心。汝水滇池人萬里，衣香濃鬱海南沉。

送別羅月川司馬入覲

洱水西流滙鹿滄，點蒼蒙樂兩相望。未曾識面聞詩好，恰到談心別路長。嶺海幾經廉卓魯，功名畢竟説龔黄。旱霖遠慰閑雲想，莫爲鄉人憶故鄉。

鐫詩有憶姚武功句

自算少人看，姚句入聲用。昔人兹意同。異同同一慨，老纏筆頭中。風月無凡聖，窮愁有變通。虛空飛鳥跡，廓落點虛空。

佛山鎮

風潮颯颯漲沙灣，喔喔雞聲唱佛山。賄海人山殘夢裏，扁舟飛過月明間。

江野

竹杪平山緑一痕，江風吹暑雲渾渾。水牛拂拂弄江水，幾個兒童榕樹根。

月夜

漸漸星河睒閃空，一樽雲散月朣朧。玉輪銀海無栖泊，認取山烟片影中。

端溪

佳毫良墨硯須精，百事牽纏識字生。何物大德報渾沌，離離翠峽遭鐫坑。

緑荔枝

迴合山藍浸碧漪，閲江亭下挂帆遲。人生饞口無殫境，心醉端州緑荔枝。

楊安園太守餞飲

四百羅峰熄燹烟，鹿轓華實嶺人傳。同袍舊誼徵難弟，青眼高歌惜暮年。畫閣凉生山似玉，端溪東下水如天。交遊落落萍踪遠，難把離杯擲玳筵。

感韓春峰子人伸見訪

我昔見韓子，婉婉頭玉隆。今日見韓子，犖犖似而翁。我悼而翁奇，厥治少人爲。能使鳳陽民，道路不拾遺。天志澤童士，寧計爾輩饑。前月先爾來，符離傅牧子。老傅出玉門，小傅侍萬里。涕泣言乃翁，歸蜀兩年死。知己二三人，一一囑小子。廣守瑞階翁，急難可依倚。昨始資之歸，爾來幸及此。且復免倉皇，與爾策短長。爾兄死微禄，母櫬重慘傷。投故覓搬資，迢遞越閩疆。閩浙指青齊，積腋謀舟航。此事惻人心，此志足爾償。所悲廉吏子，流離走炎荒。優孟抵掌歌，千秋同慨慷。炎荒亦何恤，慎兹風雨櫛。莫言一樽酒，與子抵鬱結。故人不可見，見子心感悦。茫茫世界思，廣厦竟何日。

羅卧雲山水歌，爲題竹隱小照

老莊告退山水起，此事豈真風氣使。崇深幽茂樂性靈，詩篇妙奪清談壘。一時變調寫丹青，畫人置向巖窟裹。是中那復形跡拘，山林廊廟通神理。我生强半走天涯，野人面目塵埃加。名山大川適遠興，舟車馬足酣雲霞。雲霞日變幻，渺渺難竟言。何如卧雲子，迢遥得我先〔一〕。橐筆江湖幾千里，王宰真跡留人間。金碧照耀堆二李，老筆礌砢披荆關。有時墨汁揮老米，時復雲林静瀟洒。寫出高深注目時，一一江山聽喝采。奇字門前送酒多，神仙遊戲君無乃。日前遺我海山圖，波濤萬狀羅蓬壺。今日示我篔簹谷，奇情自寫人如玉。鬚眉映發菁菁竹，竹中張豸古高風，快意兹遊萬里逢。

【校記】

〔一〕『迢』，道光二年增刻本作『超』。

琢研歌，戲呈青書太守

陰陰榕葉垂當庭，凉風澌澌琢研聲。廣州老守情經營，長圭圓璧方觚棱。見鑛於山神其形，蘇坑麻坑老宮坑。東洞中洞大西洞，次第品詮西洞重。旁開側入老坑底，上聽江濤愁地縫。地脉全收萬里山，精靈閟惜難窺鐫。前年守瑞值封洞，畸零遮拾生雲烟。個是底坑蕉葉白，蚰光火納消紫赤。個是魚腦個青花，五綵花釘金絡繹。人間競辨鸜鵒眼，眼成亦有雜坑石。老守説石興淋漓，兒僮竊語笑守痴。廣守人人巨萬貲，舍金不取取頑石。珠珊犀貝無銖錙，即今卸病病何病。病在嗜好與人歧，老髯詼諧謬設詞。呼觴太噱石纍纍，乞我一石酬以詩，唐李長吉非真知。

別筵簡左杏莊觀察〔一〕

島霞蹴日炙胭脂，使者乘風到海湄。十載雲泥頭并白，一杯離合酒重持。繡衣蠻嶠功名晚，野鶴寥天寂寞知。老境倍增朋舊感，開帆明日是相思。

【校記】

〔一〕『莊』，原漫漶不清，據道光二年增刻本補。

瀕行，尹莊之自澄海來，得一夕談

二十餘年彈指頃，九千餘里共車塵。長悲大戴遲歸骨，切憶南荒遠宦人。大海那期萍水聚，好風吹到蓋雲新。茫茫無限交遊感，可奈秋宵漏點頻。

曉月

烔烔疏蓬白，推窗月出山。羊城珠貝地，蟻夢渺茫間。聒世曾何與，觀生好是閑。一聲凄桀格，飛向緑雲灣。

白沙望七星岩

榕葉陰陰蓊峽灣，小峰重疊水雲環。擬將十斛青螺黛，畫取星岩七個山。

封川曉發

蓬蓬篠簜籠平蕪，林外炊烟宛轉鋪。水複雲重千嶂窈，青山何處古蒼梧。

夜雨

孤蓬秋雨夜蕭蕭，夢裏功名上碧霄。三十餘年情境在，蕭蕭篷底夢漁樵〔一〕。

【校記】

〔一〕『篷』，道光二年增刻本作『蓬』。

見雁

山隔衡陽有雁來，蒹葭露白水雲開。天涯未了懷人意，日日青山與溯洄。

過歐陽伯庚師墓林

一叨知遇擬登仙，僕僕塵埃四十年。白髮門生雞絮酒，秋風初繫柳江船。

潯州

萬嶺鬱難平，雙江强滙并。石棱高絶巘，洞古隱灘聲〔一〕。路古南交宅，疆開下瀨兵。乘成途轉徙，忘却險中行。

【校記】

〔一〕『洞』，道光二年增刻本作『銅』。

曉行

落月半江明，殘烟籠樹輕。遥山深似墨，是我過來程。群動知天曙，勞生共此情。扁舟娱曼衍，軋軋早櫛聲。

勒馬墟

秋水初消漲，人烟寂寞濱。危岑懸岸落，出石亂雲皴。世事知聞隔，山鄉素樸真。垂垂篁竹異，敢好係舟頻。

柳州

勝遊窮險坦，心醉此行舟。天地饒花樣，清奇構柳州。翦雲分石巘，疊篆寫江流。欲覓神仙問，瀛壺似此不。

蜒舟

荒山滿江瀠，墾種儘堪籌。蜒艇饑寒色，全家風雨浮。廣生無量界，結習自迷頭。白鷺窺清水，空林何所求。

懷遠東津

人家深竹裏，谷響應朝春。巖壘層層石，江穿嵲嵲峰。秋蕎晴雪豔，沙蔗曉烟濃。漸漸逢苗艇，來源山萬重。

老浦

錚鏦擊榜聲，瀰瀰霧裏行。朗日東峰轉，迴雲一塢明。嶮夷馳過景，瘴癘息忘情。紅樹重重色，秋妍入遠晴。

丙昧對月自嘲

繫纜粼粼月，船頭兩度圓。乾坤何處水，歷涉就衰年。隨分漁樵樂，忘形道術偏。壯心何所用，蔡誕自詒仙。

理稿

飽食無些事，揸帘看上灘。詩成記里鼓，月進累丸竿。郊島搜枯澀，風雲拙羽翰。等知時運使，不覺入酸寒。

古州

車書荒服遠，城市古州新。榕木深巖壘，源泉洞石垠。苗駒蹄踣銕，夷女項垂銀。換却長帆艇，嘈嘈弄小艑。

三角屯

三角屯邊水，舍舟登路歧。掉頭思海嶠，納芥互須彌。細菊沿行徑，霜柑摘薦卮。適然成興趣，雲起過山遲。

客路感興七首〔一〕

黔山霧如積，細雨時濛濛。岩谷飽蒙氿，涓滴盡流東。發蓄起南條，輸轉九域同。入黔不百里，沸鬱行舟窮。勞逸異源委，財力殊匱充。萬物齊不齊，稷稷出化工。天道屬運行，地道屬涵容。人道屬有爲，我我成自壅。聖人戒驕吝，一浚大源通。

男行擔家具，女行負小兒。老人拄短杖，童兒薄携隨。晴煖日一舍，雨雲奔村扉。問言何處來，沅湘及五溪。問言去何所，南籠泗城西。連連包穀山，山深雜崗坡。老林大荒藪，開墾無盡期。豈不懷故鄉，庶得飽粥糜。情殊黄鳥怨，亦非碩鼠悲。天地大無量，皇仁洽重熙。萬里如逕庭，民心安鎡基。我昔見此事，四十年於兹。日計百口逢，歲計萬家移。年年迄如此，算數已難稽。想見包穀山，烟火遍蕃滋。有心世道人，此事須周知。

日日逢鄉人，舉舉公車子。裘馬耀荒途，雨雪不遑止。行當噉綾餅，翹足公卿擬。少年盛意氣，躍躍興如此。我昔亦如此，歷歷同榜人。貴顯曾幾何，碌碌半風塵。彈指四十年，寥落星向晨。人事百不齊，感往徒酸辛。來者日以新，既來日以陳。悠悠古今宙，名利驅沉淪。

果蓏有紋理，卷石亦皴璘。大地列山河，高下成相因。相因各異鄉，各自適徜徉。誰使遠遨遊，跋涉情所當。神仙世出世，飛騰或不妨。水食不易淵，草食不易藪。輿夫爾何辜，與爾一杯酒。

繞座看店壁，稷稷題壁詩。狼藉恣譫囈，往往堪笑嗤。行人屬有懷，巧拙皆情詞。所厭無情子，有韻轍和之。疥壁豈不惜，主客難相非。歲終例粉飾，贈之一拌泥。拌泥與籠紗，俗情同一揆。此事屬雅則，流極不可維。聖人存國風，不遺婦孺卑。人才萬不齊，於此肺肝披。唐人試帖括，亦徒春華滋。於時重行卷，得人實賴茲。撚鬚拽海枯，又復可憐痴。

晴景市城嬉，雨雪荒山走。豈不念苦寒，即事因循久。因循何重輕，牽掣聊復情。時節預可知，倍道猝難行。由來神仙者，所仗慧劍成。

每過嵩明道，愛遊徵君祠。松翠豔湖山，槃阿清鬱猗。先生徵不起，偃仰吟新詩。新詩如春風，春波澹溶溶。忽發軍中謀[二]，與人成大功。軒冕照閭里，高義媲隆中。伊昔麓川役，連年徵調亟。統軍誠可人，搜訪到山澤。祠宇舊煌煌，罔非茲事力。茲事在徵君，曾不加寸分。鄉人謬流傳，迂怪雜以神。向非新都楊，數詩已無存。緲緲碧山雲，聲利兩微塵。

【校記】

〔一〕『七首』，原詩無此二字，據内容補。

〔二〕『謀』，道光二年增刻本作『謏』。

杜允亭招飲浙僧初衸寓庵，皆滯黔久矣

快意杯觴怎放空，浮萍離合長短同。雲山不竟青天外，霜雁低迴朗月中。五嶽尋仙難了妄，千鈞射鼠莫論工。衸師也厭葫蘆繞，一舸何時下浙東。

抵昆明呈寄庵前輩

出山不無心，中道自回翔。白雲隨天風，東西適飛揚。行行抵南海，嶺嶠披炎荒。故人髯太守，卸病歸夜郎。杪秋酷暑徂，同溯粵江航。蒼梧吊古帝，柳柳酬心香。山水奧離奇，興會逾平慶。更期夏首月，共道遊華陽。出隴望京華，驅車下太行。閑雲與霖雨，各自籌所長。却顧無定操，垂老猶倡狂。黔中今便道，駕言省故鄉。故鄉何所樂，在遠不能忘。所樂見夫子，證鄉開迷方。爲我正聲詩，爲我畫行藏。前日大雨雪，連山堆琳瑯。逶遲界嶺行，及茲元正良。去來恰一載，得詩近百章。再拜壇坫陳，槁草晞春光。

即園看梅花贈李占亭〔一〕

梅花百本詩一樓，客來哦詩花滿頭。去年詩篇我遍讀，今來滿壁新唱酬。我行萬里塵埃涅，

濤海天風吹不澈。君詩句句噴寒香，人與梅花瑩冰雪。偉哉蘭鮑居氣移，人生何似此栖遲。楊州官閣蜀江苑，輸與即園無別離。

【校記】

〔一〕『占』，原作『古』，據道光二年增刻本改。

安寧宿温泉館

松竹蓊澄波，擊楫蕩山影。勃鬱温泉氣，夕月晃雲頂。磅礴入暖雲，村醪厚酩酊。溶溶碧玉池，誰爇丹砂鼎。凉熱得中和，石床狎清迥。月華散軒櫺，晶宫浩炯炯〔一〕。塵垢本無實，體性默自省。漠漠大虚圓，太初見溟涬〔二〕。

【校記】

〔一〕『浩』，原作『沿』，據道光二年增刻本及詩意改。

〔二〕『溟』，原作『渣』，據道光二年增刻本及詩意改。

雲濤寺七穿岩

平沙浄如拭，聯巖疊不已。岩穴互出入，青天落石底。誰日一竅鑿，渾沌不能止。嵌空偃峰棱，餘鍊補天阯。雲濤古蘭若〔一〕，奇構雷音擬。一舸蝗川遊，水因得謬解。谷暖曉氣和，岩花泫紅紫。層苔漫題壁，茫茫迷往載。到來移人心，此意山不改。幸無塵鞅羈，遊樂復奚待。

【校記】

〔一〕『若』，道光二年增刻本作『惹』。

靈官橋廟

鼓鐘匉訇燭花紫，前稽後拜交頂趾。達官獻額金煌煌，野人割牲血灑灑。長橋阸路神威靈，雞場蜀蜀驅煎烹。重廊像設古創者，峨冠博帶塵昏凝。治民無術假神鬼，誑習謟習交煽增。神業鬱湮詎得解，物命暴殄無消停。爾祝何人禿者僧，爾僧揚揚據香火，無人爲舉破竈墮。

早燕

長河一曲柳烟開，金縷條條緑暗催。却愛繞堤新燕子，是他處處帶春來。

過袁葦塘大令，暨殉節王孺人墓田

哦詩老態尚翩翩，一令沉淪四十年。雅調自翻琶阮筑，奇緣疊證鬼靈仙。素能以俗樂彈古曲，前妻稽氏死，發靈，異與談論死生鬼神事，甚悉，并慰以致政期遥。月餘始逝。調繁豐潤，衰病欲告遇仙，授藥刀圭，復壯健。猶思郭路重攜手，可道青山遽偃然。更異彼妹甘殉死，從容題壁斷腸篇。孺人，貴陽人，年二十四，麗服豔妝，死之題壁詩十絶，極哀婉。

過一真院德昌上人影堂

了得無生死亦無，不須大耊嘆師徂。争他慧命人天續，示我微言藥病俱。窣堵葱蘢松徑窅，影堂風雨穗燈孤〔一〕。作家一個重難遇，却惜名藍是濫竽。

【校記】

〔一〕『燈』，原作『鐙』，據道光二年增刻本改。

散疾

積疢難銷過去程，閉門花落草青生。喃喃燕語簾垂暝，的的蛛絲雨判晴。意緒無聊牽藥轉，神仙可信要金成。遠遊未分催人老，猶滯湘帆吊古情。

歌觴

披離芍藥滿雕欄，惜取春光及末闌。白髮味回金縷唱，蛾眉紅豔霧花看。絲弦雜出銅琴脆，酩酊清消月鏡寒。漫道色聲俱是幻，當歌對酒更歡歡。

雪柳

樹僅見於山麓，諸寺皆甚古，花時以蘸瓶極有致。因憶前輩詩社詠之，惟楊先師『輕籠翠幔一痕月，碎剪冰絲萬縷烟』之句最工，余忘之，蓋四十餘年矣。

清蔭古蘭若〔一〕，離離雲影垂。柳枝縈雪絮，花樣剪冰絲。僻壤異材老，幽香明月知。搴芳酬好句，憶我栗亭師。

【校記】

〔一〕『若』，道光二年增刻本作『惹』。

擬古

捧土塞隤河，一簣亦輸懷。鍮錛不在手，拮据空徘徊。却循人事本，衣食貴賤皆。錢神利流轉，盈絀亦需才。自從銀幣興，事變日益開，生齒浩繁增。刑政相徇滋，公私迫區用。油油成漏巵，老子倡清净。嗇事以爲基，遏流在澄源。變化無常蹊，深心平準書〔一〕，貨殖同悽悽。

【校記】

〔一〕『準』，道光二年增刻本作『隹』。

感懷舊友于素行

往事不可憶，破楫支洶洶。遠人不可思，患難爲駏蛩。慷慨合餘燼，四禦剽者攻。義分界必争，號呼懾聾蟲。意氣感當路，直道回昭融。從兹萬里道，脱身荆棘叢。我家若水西，君家江水東。何日更携手，浩浩長江風。君門駟馬千，祖德忠勤公。幕食理錢穀，身世亦云窮。何來值衰落，主客適相從。故笈墨千紙，牛毛細茸茸。一一故人心，拂披淚瞢蒙。君耄復何如，無由消息通。迢迢海門江，金焦咽我胸。

得青書太守書示不復出意

迢迢故人書，一别數月駛。報言出山期，浩蕩不能擬。綢繆巢雨鳩，晼晚鷇雛喜。鄉居人事生，蟬聯劇葛藟。却顧霜鬑鬑〔一〕，行行復止止。緬懷國士恩，進退感知已。君進始無感，我進感亦難。一令庶僚底，悻悻成痏瘢。孟魚有時羡，貢冠難自彈。平生讀書懷，决絶非所安。遥遥欲濟舟，迴風拂波瀾。卬須懷遠人，日暮浩長嘆。

【校記】

〔一〕『却』，道光年增刻本作『刦』。

慨農

斗米不百錢，貧兒闊舉步。農夫走遑遑，負貸籌征賦。貴賤有循環，喜極還成慮。銅穴滿鄰山，銀坑舊多處。人人競刀錐，何時見充裕。賈生論殘賊，寧徒侈俗喻。硜硜愁一隅，誰能抉其故。百川漲夏洪，盈虛順時布。泉涸仰天雨，財竭詎天付。窮邊百事需，悠悠何所據。

漫興

天公逸我老何辭，出處無多坎壈知。懶慢漸深稀蠟屐，詩書相貺味含飴。和陶蘇子龍馴性，憶孟昌黎鳥誤期。萬里交遊幾人在，大車塵土祇迷離。

漾濞山中雜興十九首〔一〕

洱河西下漾江迴，磦砢天橋石隙開。鰲柱拄天凌跨絶，渢渢大壑轉雲雷。天生橋。

條條飛瀑噴烟雲，誰鑿雙門透石垠。松籟亂喧吹白雨，葱蘢金碧滃斜曛。石門。

神龍窟宅萬嶔崟，一簇雲晴一簇陰。了了畫屏峰十九，不知盤鬱此中深。金牛屯。

丹青妙筆寫嶙峋，摹得靈奇氣未真。萬壑水聲千丈石，真龍下界不能馴。

島石珍禽掠逝溪，嚶嚶林鳥緑陰迷。往來跫響無驚擾，倚足山深自在啼。

梯田摺疊上層崗，雲裏飛泉插稻秧。一幅秧旗人一簇，山歌幽咽水山長。

湖海豪遊夢杳然，山公睨我好林泉。瀰瀰雲氣江樓雨，五月清凉擁絮眠。

溪雲漠漠漲江水，野寺蓬蓬峭竹亭。一線銅山來處路，蟬聲馬鐸鬧青山〔二〕。

雲瀑巖嵐拂畫簷，忘情信宿正炎炎。味山堂上看雲起，正是中峰那面尖。密場。

雲需水蹇兩傍徨，小用寧知大用臧。人事萬金求象臧，普雲音界只尋常。聞蒙趙諸邑祈雨，此間早晚稻插已遍。

盤盤孔道夾通闤，沸鬱江濤雪一灣。鐵索橋頭好明月，千家燈火架鰲山〔三〕。雲龍橋。

藤橋梯逕趁夷墟，棗柿胡桃菌笋薯。戴箬衣麻裘卷領，猶然古意燧羲初。

山隱雲韜趙次芝，我來暑雨漲江時。蒼蒼樓上籠紗碧，重見袁宏醉後詩。次芝書樓東面點蒼袁蘇亭有題壁詩，蒼蒼樓亦所題也。

詩朋索句病難酬，長曰揞頣陋壤搜。駭目河山都是翳，思量天地祇悠悠。

遐荒蠻觸遠誰懲，倒水風雷救鹿崩。渺邈天心開示早，哀牢山佃一層層。《水經》載永平此事甚異。

博南淒惻渡蘭詞，七縱心勞五月師。誰辨當年擒虜處，青山高揭武鄉祠。路多武侯舊壘，江橋有廟。

擣脅奇兵用險能，土蕃焰滅洱河澄。功名不枉唐銅柱，無復遺踪吊九徵。銅柱今無存，金牛屯是其處。

萬畝平田浸一巔，萮峰寺古鳳伽年。憑欄西北山如海，披豁仇池別洞天。寺爲南詔舊建，踞境最勝。

山池一浴思悠然，髣髴横江惠濟泉。注玉涵雲秦觀賦，味回一跋有蘇篇。塘子鋪湯池感舊遊。

【校記】

〔一〕『十九首』，原詩無此三字，據内容補。

〔二〕『青山』，道光二年增刻本作『山青』。

〔三〕『燈』，原作『鐙』，據道光二年增刻本改。

霽月

久雨不見月，見月月幾望。月盈不爲人，爲人促炎凉。凉月坐忘寐，千古入幽腸。人月兩悠悠，竹影垂低昂。

遲月

山氣淡如水，漸漸月出光。桂魄天上花，微聞風露香。我有幽巖樹，樛如月樹長。今年秋信遲，粟粟始欲芳。攀援契情素，與月相徜徉。

張西園招看桂花

君家老桂百年物，銀黄金紫雙連蜷。年年花開宴朋友，濃香清謐酣凉天。我昨南粤度秋暑，番禺八斡空懷古。勞君花下苦相思，詩成字字愁肺腑。嶔岑碕礒對輪枝，小山翻惜淹留時。一笑兩翁猶健飲，傾盡花前幾大巵。

銅琴曲

風月巴渝舞，蠻雲鬧掃妝。銅弦凝響綷，山調斂眉長。燈閃梨雲影〔一〕，杯傳箬露香。奚囊籌警句，玉碎叫山凰。

【校記】

〔一〕『燈』，原作『鐙』，據道光二年增刻本改。

近日，俚曲競唱七字高調，猶是巴歈竹枝遺意，但有豔冶而無情思，則非國風好色之謂矣。因仿其致得五曲

儂歡相隔一條河，得過河來山又多。便是深山也相赴，不防雲霧起前坡。

今夜南橋月地晴，與郎密約可憐生。等到月斜郎不見，看看蹉過好月明。

你若無心我便休，用古小曲，句見語録。儂歡可是不心投。年年燕子泥窩壘，春好端知要綢繆。

花落花開采芍時，把來紅豆種相思。相思種在胡麻地，實意虛情那不知。

竹枝幽豔隔山林，不辨歌詞衹辨音。儂亦愛歌儂自唱，山長水遠是儂心。

張壺山太守寄《無所住齋隨筆》印本

一帙微言寄紫城，别來功行見專精。著書今日難非贅，如理於人易發情。山郡政成饒樂事，吾儕道在不虛聲。猶思一櫂思江水，踞勝臺邊話月明。

奉和芷灣先生《六姝詠》原韻〔一〕

西施

麋鹿蘇臺失翠眉，恩怨不任兩鴟夷。連江珠帳埋香窅，曠代詩人入夢痴。嘗膽君臣甘下策，捧心形影自愁思。苧蘿村畔漪漪水，猶似春風舊浣時。

虞姬

坯土千年楚水濱，戚姬何處有芳塵。重圍帳下數巡酒，一曲虞兮絶代人。失勢英雄難局了，到頭女子係情真。香魂不逐烟雲散，舞草離離豔影春。

昭君

白草黃沙向碧昏，漢宫花月正紛緼。畫圖那得無真贋，思意徒然費選掄。比到知名成陌路，可憐直道誤宫媛。春風底是多情物，青塚年年拂翠痕。

緑珠

滔滔狂水共浮沉，才色牽連亂運深。縱舍美人猶有患，却教豪士死甘心。層樓曲沼犁雲夢，玉管金徽谷鳥音。聞説白州多好女，爲渠炎面到而今。

木蘭

歡笑爺娘唤女聲，當窗花髩貼分明。功名却讓庸男子，戰守全收脱兔兵。氣質判然區秉賦，柔嘉無借是精誠。春風東閣床前竹，夢斷濺濺黑水聲。

紅拂

骯髒英雄識面真，權門闑咽正昏塵。記曾龍母雙貽婢，可道蛾眉此得人。逆旅有髯呼一妹，當窗理髮等長身。世途無限沉淪感，自合雄雌劍有神。

【校記】

〔一〕『姝』，原作『妹』，據詞意改。

東湖别高仲光

倶向鄉園老，相望百里間。頻年憶携手，羡子深鍵關。懶慢予逾甚，奔馳意得閑。雙湖好秋柳，前路又雲山。

普陀崆

羆谷奔流下，魚龍一壑愁。路依仙掌峽，石涌水犀頭。習坎渝常性，摧堤惡下流。行人心目眩，别徑好誰籌。

瓜喇坡

重巒登頓極，一頓一重添。但恣山靈意，將無行者嫌。崑崙支幹蹙，坤兑蹇蒙兼。太占餘林箐，皤皤樹有髯。古苔垂絲白色，皆長尋丈，俗名樹鬍子。

黑泥哨

水聲嗚咽下，憶切隴頭歌。亂石巉冰蘚[一]，閑雲泥竹窠。杉皮鱗鼮屋，蕎壟燒連坡。古戍堪停客，宵寒火具多。

【校記】

〔一〕『巉』，原作『饞』，據道光二年增刻本及詩意改。

己卯生日自感九首〔一〕

太歲東方卯，神仙會合佳。百年强半過，大藥幾時諧。眩眼紛雲狗，驚波艤海簰。回頭思再壯，白髮有陳荄。

忽忽又七載，撫辰難自堪。生同親物慶，酒憶壽觥耽。誕甚顯揚思，凄迷衰老甘。悠悠泡影異，歷歷一漚含。

二萬餘千六，稷稷計尺尋。窮通消去日，枉直已酸心。甲子旋今數，雄雌守自任。青燈看細字〔二〕，娱老得謳吟。

逸少分廿日〔三〕，淵明責子時。憶來愁喜并，一笑老夫痴。去歲蒼梧野，今朝若水湄。周旋從我我，雲樹鬱離離。

別離素日惡，老境倍情加。絲竹賴陶寫，寂寥殊自嗟。遊山同寄興，懷古意無涯。畢竟俗腸繞，依依夢小茶。

大道難言説，雲飛水在瓶。青蓮尠濟世，坡老學存庭。豪氣馴初伏，冥心得自寧。黄花隨地好，壽我一枝馨。

猶記慈親語，難酬王母恩。彌留問湯餅，含笑視雛孫。續世人移代，當春草忘根。刹那知究竟，難了自心捫。

天地悠悠爾，勞人最有詩。古來千萬首，作者幾人垂。聊此祛愁寂，云何恤笑嗤。喙鳴鳴喙合，此義漆園知。

鶴釀頽然醉，忘形飲量非。舊遊江水上，綵樂曉雲飛。節序新紅葉，山光照雪輝。頽心從委運，陽雁入天微。

【校記】

〔一〕『九首』，原詩無此二字，據内容補。

〔二〕『燈』，原作『鐙』，據道光二年增刻本改。

〔三〕『廿』，道光二年增刻本作『甘』。

曉望

殘月出樹鴉亂鳴，寒鷄呃喔啼不停。鴻雁低飛喚儔侶，雝雝曳曳山南征。開門仰天風露清，晴鳩乾鵲呼林坰。山城不聞人語聲，人事簡淡人氣寧。衙鼓隆盡日東出〔一〕，對面一峰飛嵐青。

【校記】

〔一〕『盡』，道光二年增刻本作『隆』。

奉和王幼海太守《麗江雜詠》七首〔一〕

千山奔驟悍難降，亞畫雙分萬仞江。猓怒賓番交洞窟，氈裘牧獵雜耕稯。窮夷薄賦蒙天鑑，久道繁滋等内邦。郡壤沙漠多山，雍正年間改設流官，蒙恩旨賦役從輕。曾説壽星頻此降，難將僻陋鄙敦龐。明嘉靖間，壽星兩降民間，出青麥擲地，跨鶴去。

九月寒風落水聲，青天飛挂玉龍明。雪威春夏雲烟蔽，歲事禾牟秀實成。仁慨浩天真大巧，中邊異氣盡蕃生。篤時蟲豸冰難語，證道莊生妙得情。

河山大地總勞塵，掩抑重重鬱漸伸。若水灣環循若木，江源離合匯江津。桑經遠討旄牛徼，番國今馴花馬人。眼界放開天尺五，閬風緤馬坦無畛。

倚檻平疇緑萬家，龍湫葑翠染晴霞。雲烟過雨鮮紅葉，峭蒨凝霜茁冷花。俺跋盧香濃爇篆，雪山河水泌煎茶。寥天雁字回環出，奇絶一峰珊碧斜。

雌聲哺集趁墟塵，鹽酪醍醐雜水鱻。野路插香遊女袚，環壜咂酒主人先。白狼有樂朝東漢，旄尾遺風舞葛天。百載承平聲教樂，青林白水繡神川。

千千世界一婆娑，此地終嫌雍閼多。佛旨已昭東震旦，番僧猶踵舊婆羅。阿明毛索行占卜，賞扁刀巴事鬼魔。阿明番僧別派結索，以卜云緣佛結巾，遺法刀巴僧巫也。不識空王空法意，竺乾流轉更傳訛。

結習悠悠縛繭絲，較情風雅味差池。離披自享千金帚，寂闃新增五俗詩。地古邪龍荒誕意，爪深鴻雁雪泥時。使君高唱凰池調，截竹低迷野老吹。

【校記】

〔一〕『七首』，原詩無此二字，據内容補。

懷古四首〔一〕

迢遥師旅漢唐年，竺國蕃邦萬里巔。負險常羗遮節使，瘁心李相駐籌邊。宋家玉斧疆淪醋，太弟革囊軍下天。麗江北宋時爲醋醋蠻所據，元世祖首以此平大理。冥運壅通人事應，難將得失判釐然。

雄兒不枉異牟尋，韋帥功名振遠音。笮道萬靈殘獸吻，鐵橋一戰快人心。空江鼓角波濤壯，廢壘雲嵐草木深。往事艱辛争險處，寧知坦蕩似而今。

角獸仁言現石門，西天天意異常敦。福城童子南詢切，鷄足飲光衣授尊。阿育有孫來白飯，麥宗遺字悚諸番。由來佛界分華樸，平等真慈是道根。

草昧徐徐到曉冷，悠悠天地直酉冥。雪山示象新峰現，關路占兵石鼓靈。沿革難憑繙繹究，嶮夷不盡古今經。輪迴却異佛雛出，秘默無由叩寧馨。

【校記】

〔一〕『四首』，原詩無此二字，據内容補。

龍泉庵懷馬子雲

平沙徧穬麥，青青無畦畛。曲折玉河水，坦步臨東源。稠林互崖趾，臺殿迴波潾。渾沸爛錦石，涵蓄滋津津。清音漱鳴玉，倚徙瑩心神。故人事方外，樓居結僧鄰。遠遊近已歸，近出復何因。人事重婚宦，何乃如浼塵。我有一樽酒，念欲致殷勤。躊躇憶子歸，恍惚難可詢。格格水禽飛，天寒林影曛。

東河龍池觀魚

蕩蕩西源池，涵浸雪山麓。泡突上青鱗，洞窟互起伏。遊人擲餌香，攢蔟鋭騰踔。石白水空明，日景冒泄涿。鱗鬣見纖毫，巨細凌翠駮。得食坦無驚，跫然喜人足。牲醴報龍宫，瀵兹秔稻熟。人龍兩相資，魚亦沾蔭沃。茫茫天宇恢，靈奇蹋荒服。龍兮不余覿，是中可研摧。

解脱林

常日欲上雪山遊，雪山路絶難攀尋。王子招遊説勝概，十三峰首一搆解脱林。木君先世龍象力，垂創唐宋元明今。紅衣喇嘛僧祇律，漢番龍藏古泥金。厥林地氣不嚴冷，厥卉波利質優曇。木仲同導遊，勝跡處處諳。平沙十里沿西崖，升陵溯谷雲滃滃。雪峰出没在人頂，群峭疊崿花柎銜。漸高漸展勢迴側，歧峰角立撐天尖。山天蔽虧兩無竟，若木焰焰熛西崦。問言石門路，石門右出江之潯，十二欄干渡連棧。天橋飛挂接兩巖，郡疆西盡閻浮拓。七十二嶺標瑶籤，靈奇恍惚富佛蹟。龍乂迦樓諸天兼，人生嗜奇哆遠覽。有似萬卷中，一蟶佛説世界海，驚心向若難窺覘。旋身東北望羌蜀，番横賓錯袤延斷。隔江深，深雪山。過江陡一崒，抱江三面抽東南。南巖萬仞落，雪盡松槮槮，松間臺殿深潭潭。雪光金碧濃莊嚴，幢旛圖幔飄髟髟。石蓮皺翠千巖龕，帝釋法樂聲宏含。最奇諸佛尊者像，西天舊摹神眲眲。紅衣五百衆，分燈簇伽藍[一]。呼圖克圖今十齡，終日默坐誰能堪。此生有情竟何措，入世出世疇酸鹹。殷勤問佛子，含笑不肯談。看山飲酒且一醉，下視城市紛烟嵐。不見元家世祖開滇始葆祠，雪石威靈何炎炎。鬼神盛衰有運會，雪山一白無凋劖。風晴日暖山靈喜，訝我兹遊良不凡。番僧漢語索題詠，語言文字習氣沾苦云[二]。雲邁大夫雪山唱和後，林泉寂寞誰見探。我行遍天下，觸處成染黰，詩成一笑黰之黰。王碧泉，木友琴，輿馬治具何慇心。我友諧顧况，我徒從王恬。此是崑都侖陽江源萬里最高處，人間幾能得此玉虚霞景敻絶之登臨？日之月之。

嘉慶己卯子月半題壁[一]，點蒼山人琛

【校記】

〔一〕『燈』，原作『鐙』，據道光二年增刻本改。

〔二〕『沾』，道光二年增刻本作『沽』。

【注釋】

㊀『己卯』，即嘉慶二十四年（一八一九年）。

月下

渾在層霄裏，亭臺夜色融。烟紆平野闊，月白四山空。巢影酣眠鳥，禪心蟄候蟲。參他人境偈，倒蔗啖衰翁。

賦得四良山吐月

炯炯照幽夢，紙窗明夜深。月朧如眷客，側仄與沿尋。天地無終極，盈虧遞古今。偶然杜陵老，異境落孤吟。

夜坐㊀

松風吹斷續，摇蕩吼蒲牢。熠熠星辰大，隆隆地軫高。晴山分遠雪，漏海隱奔濤。泡影含遮異，聲聞等是勞。

【注釋】

㊀此詩亦收於《晚晴簃詩匯》，詳見（民國）徐世昌輯《晚晴簃詩匯》卷六十三，民國十八年退耕堂刻本。

與馬子雲、顧惺齋，野寺看梅

大雪山前老野梅，泉聲瀌瀌花亂開。溪亭客醉不知晚，花底摩抄月上來。

郡學署有四家村之目，戲呈孫芥庵廣文

衙牌高揭四家村，一樹梅花静掩門。四十年前同上舍，功名猶記伯騫論。

涅鬚

奚牧姜漁嘆老無，詩人衹是撚吟鬚。白來也爲頻頻染，可惜蹉跎舊壯夫。

卷七終

《點蒼山人詩鈔》卷八

太和沙琛獻如　著

人日漫興

燦燦頻伽簇杏花，沉烟雙縷度簾斜。詩書老我情千古，寂寞懷人天一涯。春雨應時清似露，雪山斂霧爛生霞。根深寧極山林分，江汲洿通不損加。

曉霽

曉氣清如水，春聲鳥自慇。林恬中夜籟，雪閃四山雲。長景增平旦，澄懷寂見聞。偎爐攤古卷，適我性情欣。

新柳

一雪一番晴，楊絲褭褭輕。光風吹宛轉，春意漸分明。作客動經歲，攀條良此情。芳菲豔桃李，衹是惹愁縈。

白沙

牛羊散原野，市肆雜浮圖。雪水壅沙麥，茶粑膩塞酥。界通天界白，山到雪山無。却異春光好，梅花擁路隅。

雪山神廟南詔僞稱北嶽，元封北嶽雪石之神，石今存神座下。

風馬雲旗影，却敵靖紛拏。靈光留片石，古木噪昏鴉。閲世沉蝸角，崇禋竦翠華。可憐屬荒遠，遺廟墮篬斜。

玉峰寺遇雪

林影翻雲浪，風鈴發海漚。寧知今夜雪，不謬雪山遊。天女維摩室，修龍若木洲。凛然奇絶處，兀坐倚危樓。

曉霽遊玉湖湖在第二峰麓，浸漬雪水，湖外皆沙漠，無瀦蓄矣。峰頂嵌崿萬狀，洞谷林木、冰雀、雪鼠諸動植纖微，乘曉日照雪，悉現湖影中，如咫尺也。逾時即風動湖波，玉鱗閃灼矣。

飛雪曉猶落，玉湖俄已晴。峰雲揭呑吐，天鏡落晶瑩。空磧人烟絶，跫音雁隊驚。忍寒頻照影，失笑此何情。

元夕，黄山寺訪妙明上人

孤岑突平野，覽盡雪千峰。龎老西江水，當機個裏逢。何時師返錫，一笑我行踪。相對不知晚，冰輪上碧峰。

大西寺看桃花

舊樹新條事等閑，春風惱亂蒨紅間。疑情打破靈雲偈，一片桃花映雪山。

共江厓

宛轉溪流漲緑波，沙禽山鳥啈聲和。畸田高下山爲畒，刳木縱横水過河。桃李雜花村巷僻，氊裘趁集酒壚多。一般春色夷情樂，時聽嚶獰隔崖歌。

輿疾自遣六首〔一〕

風氣驟能欺老骨，山靈不解庇吟人。蒙頭障面雲旋轎，撼石掀林水下津。

慰我今宵病欲忘，鈺仙相送重徬徨。老頑未分匆匆死，臨水登山别意長。孚泥别馬子雲。

狐裘氊絮幾曾温，瓜喇山下古寒門。紅爐好與戰冰炭，勝負明朝帶孔捫。

季梁歌病不須診，龍叔空衷遽擬痊。一汗始知身屬我，百年真與幻爲緣。

兀兀驅程睡夢間，故人咫尺介湖灣。香雲澹浥梨花路，開過彌苴那岸山。

杜陵有藥夜闌句，符仲攜圖輞口莊。何似大山排大水，豁然龍首是家鄉。

【校記】

〔一〕『六首』，原詩無此二字，據内容補。

雜感九首

昨日南海嶠，今日若水江。峰巒遞變幻，落落普雲幢。倚徙入桂林，翱翔玉山宫。讀書忽有憶，淵明此寄悰。山海詠披圖，何似我行踪。神仙不可學，學之以神通。

雨餘月晶晶，天漢浄如玼。天豈洗滌須，塵昏進退耳。大風揚沙埃，噫氣自起止。道人遠城市，制外頗得理。所希見本性，性分無渣滓。

食蕨不爲肥，愛是古人餘。豈惟古人餘，甘香亦自殊。春雨萬物母，於兹特敷腴。珍食耻素餐，草茹無虚拘。濛濛山上雲，爲我深涵濡。

采采阿揭陀，山深雨雪重。玉葉茁春雲，磥砢金根紅。百疢云可療〔一〕，歷試標奇功。我欲竟此藥，濟彼葠桂窮。僻遠罕人識，無由資遠通。洗擷深澗泉，浥浥色香濃。

明月照海水，海水揚其波。海波不貯月，潾潾抛金梭。美人側明月，層城碧嵯峨。舉杯月窈窕，舞影月婆娑。相思共明月，迢迢奈遠何。

成連東入海，老子西渡沙。寂寞何所樂，閱世厭紛拏。點蒼在人寰，洱水深周遮。上有千里雲，下有五色花。焰焰足青霞，霞仙以爲家。

遊宦罹憂患，餘患去猶纏。閱歷見了義，風花成妄緣。粗糲與珍烹，一飽知何賢。楚楚耀華衮，榮辱非一端。達士小萬物，洴浪塞深源。死生爲一條，鬼伯亦無權。有無爲一貫，功分歸自然。瑣瑣楊朱子，涕泣素絲閒。

故人入我夢，幨車拂皋蘭。握手快言笑，叱彼笳吹喧。探懷示藥枝，苦云功用難。白鬚亦已黑，詑我高霜顛。

素不解憂貧，貧乃適至斯。運會屬有窶，匹夫云何辭。獨鼈徐無鬼，得意適在兹。兹意亦何常，菀枯各有宜。時節嘆空罍，慰我奇字巵。

【校記】

〔一〕『百』，原作『首』，據道光二年增刻本與詩意改。

紅杏山房近詩屬，和徐州守王子卿爲東坡、穎濱兩先生黄樓中作生日詩，原詩惜未得，見感且和之

觀生别我廿餘載，升沉人事各不侔。遺我墨山寫江皖，有時挂置生我愁。已聞出守憶往概，盛事又見今黄樓。黄樓往蹟六百載，生日更爲東坡酬。生日置酒赤壁遊，李委一笛江悠悠。儋州拄杖壽子由，慰情雷海消幽憂。那知此日彭城守，神弦歌管羅珍饈。穎濱百日爲坡留，兄弟像設酣杯籌。長篇短詠鏘琳球，當年賓客盡豪士。今人古人相似不，可惜山鄉七千里。無從徧讀澄雙眸，人生聚散波浮漚。人今人古心相勾，芷灣太守坡也儔。連篇示我新詩鎪，海深舟大風颼颼。篇中一和王子獻，酒落直到坡心頭。我亦爲坡浮一甌，老坡一生罹譖毁。生日正坐磨蝎讐，焚玉不灰精氣遒。我言福命公奇優，大道四素樂以周。仙元佛奥通幽幽，文章焰焰光九州。隻詞瑣事争傳流，下度有情無時休。君不見嶺海最奇詩八卷，不緣竄謫也無由。

晚步有懷高立方同年

合沓槐影重，細草緑如罽。洒洒雪花黄，凉風脱然至。偃仰山水涯，清和順時麗。及物良有懷，一出拙機事。强欲逐人熱，無乃類褦襶。思我同心人，孑孑鸛州澨。

雨夜

萬蕊千花宴玉清，是仙是幻不分明。綿綿曉夢追逋裹，聽徹閑階夜雨聲。

樓上

放倒車輪自舞傞，免將白日費蹉跎。蒼茫山海無今古，跌蕩雲烟擁嘯歌。犗餌鋊魚千里計，華冠置飯五升多。未明心地炎蒸酷，颯颯浮凉一雨過。

晚凉

嗒焉坐忘入無涯，六月清凉透碧紗。志業無當風齅食，夢情猶眩瞖生花。昌黎駑驥歌徒激，曼倩龍虵道并嘉。材不材中謀一似，林泉烟月最清華。

月下示生徒

桂影篩明月，玲瓏葉露明。庭階嘉樹植，穠郁古人情。篝火連分舍，儲書擁百城。白頭人患屬，那不共硜硜。

感遠近訃者

遊魚忘水躍沉波，道到忘情屬至和。皋壞不停哀樂繼，白頭更覺死生多。古今神理歸芒芴，鍾釜蚊蝱費搂抄。人哭人歌吾亦爾，畏途取戒是無何。

大雨獨飲

捲海風濤瀉九垠，百川氣勢漭沄沄。墨雲亂擁之而挂，林籟高張廣樂聞。臧紇解嘲初穩飲，淵明獨坐又連醺。豪情猶愛樊川杜，槌鼓奔毹召客慇。

趙次芝索余舊寫《艤舟圖》小照，索題一首與之

曩昔爲此圖，諒言我似渠。渠今不似我，稜稜白髭須。我舟不了艤，印否復印須。我圖屬有懷，空言無補苴。棄置竟何惜，敝篦塵埃俱。有時一披拂，醜怪何盱盱。厥壯不如人，莽莽真狂夫。吾子異嗜好，瓦礫珍珊璩。乞言且鑄島，勢將篋以袪。在子與在我，棄取無乃殊。且幸渠今我，飄花值茵毹。前詩大坦率，藎藎追奔踊。聊復識梗概，失笑詅痴符。

書《孟襄陽傳》

一杯故人酒，不顧采訪期。不才明主棄，誦詩須此詩。羨漁良有情，豈不失機宜。冷暖自天性，時運誰與司。幣聘屬古則，扣角歌已悲。功名利奔競，唐風嗟何衰。踽踽孟亭人，直道無回蹊。

七夕三首〔一〕

牛郎悽切貰天錢，天上人間一可憐。一歲機襄歡一夕，忙他烏鵲萬千填。

竊藥嫦娥獨舉觴，寄情歌曲慰凄涼。良宵正是如圭月，作底霓裳舞袖長。

銀漢風恬静碧漪，悲歡歷歷夢回時。長春雙婢塵情累，猶爲天孫惱合離。

【校記】

〔一〕『三首』，原詩無此二字，據内容補。

久雨，憶月效李長吉

花邊一壺酒，悽迷黄昏雨。不得舉杯人，邀月共影舞。銀燭淚幽夜，漂騷紅桂香。兩脚挂波簾，濕雲貼天長。月姊在雲背，白道殢秋睞。未持照寸心，颯颯下林籟。

永平少府史淡初于趙次芝處，題余《艤舟圖》，示稿奉答

自渡何如還渡人，名言錫我味津津。蒼涼野水須卬否，縹緲虚船托意真。薄宦君猶存正學，衰年儂已悟迷因。慙他孟浩觀魚句，多寫湖邊一小綸。

楊蔗園、趙紫笈、張西園并過看桂花

粟粟桂花滿，秋深新霽間。海平三島樹，雲褪一樓山。逾月良朋闊，長談百感删。芳情宜楚醑，杯影落斑斕。

望南山寄懷景園同年

秋色敞南山，山南蒼翠間。懷君各寂寞，久雨信音慳。吾道無枯菀，天遊屬宴閑。一杯思

遠共，爲我畫孱顔。

奉和張蘿山司馬洱海樓詩，寄懷壺山觀察

訪舊情深舊皖遊，新傳好句洱河秋。馳驅勞宦得山水，今古前塵判去留。潑翠接天開鏡匣，晴暉摇影上波樓。此情好爲難兄寄，一片凉風到古州。

晚菊

晚菊恒佳色，昌黎感少年。我今亦衰老，能飲且猶然。望古情何及，悲秋等自憐。一杯聯與醉，花下小遊仙。

短檠

長宵宜短檠，光耀得清恬。菊影雲千疊，雨聲秋一簾。古人池雁香，青史蠹魚厭。富貴與閑適，由來不可兼。

望郡學占銀杏樹

磥砢烏巢露遠枝，漫空蝴蝶趁風吹。秋深大木出夭矯，天半黄雲森陸離。孤獨園金鋪燦燦，塗山禹樹鬱垂垂。俗呼禹拜樹。非關材大難爲用，得得年深始見奇。

小春花

水竹霜松花共清，小春真個屬花名。三分紅白一分紫，十月海棠二月櫻。鶴拓行雲滃峭蒨，點蒼冰雪醮晶瑩。菊衰蘭瘁芙蓉萎，豔我園林闇淡情。

哀楊大令固堂

楚鄉盼到舊雲霓，鬼檄官符兩尅期。忍渴盜泉真暍死，苦心家累共饑驅。微名枉棄漁樵樂，經術須憑福命施。人益受難天損易，鼓琴編曲更心悲。

大雪四首〔一〕

鄉諺占雲海蓋屯，是風是雪漸烟昏。霏微纔似塵吹息，竹裏鬖鬆白一痕。洱上雲屯名海蓋，非雪則大風矣。

崢嶸梅萼暖遲開，瓷斗茸茸點翠苔。磥砢苔岑初半尺，溟濛天地大恢恢。

牆角芭蕉素點明，清機一片凍晶瑩。琤琮不住琉璃卸，晝裏奇情不到聲。

頻年山雪不來城，疵癘秋災劇可驚。今夜霏霏應數尺，凝神姑射意分明。

【校記】

〔一〕『四首』，原詩無此二字，據内容補。

月下漫興

山雪溪雲夜不分，雪泥爪印落鴻群。天空不厭雲行月，人事無聊泥憶雲。守黑老聃過自計，出迷阿難拙多聞。了然心境俱無住，却笑詩成作麼云。

晚步

海月照雪不辨雪，中隔一城蒼林烟。山雪照海碎海月，萬千白毫光相圓。我家門前東流水，穿林亘月明濺濺。萬瓦波棱浩星漢，踏踏雲影梅花繁。塵埃百雜了無著，獨與静者情周旋。道人三印泥空水，賸義隱約難究宣。自有此月有此山，山雪常在有無間。適然會合值我閑，郊吟島詠不凄寒。因天之遊無有邊，閻浮一鏡初中天。

看梅花，遂至青石橋王徙庵書館，不值

梅花樹樹趁晴暄，迢遞東園更北園。繞郭雲岑塵氣杪，先春草色水邊痕。園人錯愕客迂徑，童子指纔師出門。我并看花來看友，君真萬城如寓村。囂煩不到讀書處，林壑聊專獨行尊。異地同情各蕭灑，雲恬風静自寒温。聲嘶蚓竅茶鐺火，日午峰潮石荔垣。歸路更尋楊子宅，林深花密轉城根。

水仙

獪狡天公孕玉團，幽香弱骨鬬嚴寒。仙人夢影弄雲水，落月曉烟留姍姍。

照水梅俗傳三丰真人所爲滇梅，遂有此種

移燈梅樹下，梅影高浮空。的的梅花心，爲我披款通。映水花面仰，舉杯花露融。花開劇

狡獪，云自邋遢翁。仙人苦無事，一寓化物功。仙來不我見，見仙梅花踪。問訊梅花踪〔一〕，遥遥今古重。

【校記】

〔一〕『訊』，原作『汛』，據句意改。

會飲三慧寺，遇風，宿楊卓庵書樓

期期一會費招邀，驀地風號萬葉飄。短策拄來雲駊騀，良談響壓樹調刁。海波蕩潏浮天閃，崖壘離奇帶雪消。惜取歡遊殘序裏，拚將鯨飲敵寒宵〔一〕。

【校記】

〔一〕『拚』，原作『拌』，據道光二年增刻本改。

落梅花寄楊濟宇

幾度看花尋舊友，梅花拂面飄紛紛。歸路又逐飛花去，東寺梅花纔珠攢。梅花春遲苔斑斑，老僧趨客步蹣跚。一生啞羊亦衰殘，喃喃却話今昔事。手種此梅今輪囷，門前左右南東園。年年梅花到桃李，遊人酒讌歌弦喧。即今寂寞非偶然，錢塲改廢園改觀。人家池館消雲烟，僧祇淡薄云何嘆。從來世局例如此，我輩看花此不干。一觴一詠惜風景，覓人不值心拳拳。豐年殘臘人事煩，人自鹿鹿花自閑。最好飛花蕩滟間，我與梅花情周旋。

庚辰除夕㈠

風雲物色釀春先，樺燭薪盆萬井烟。二十五年年盡夜，半三更夜夜元年。悲歡并入微吟裏，草莽低回萬里天。復旦光華垂老見，殷心益稷仰時賢。

【注釋】

㈠『庚辰』，即嘉慶二十五年（一八二〇年）。

人日

人日清無事，情增白髮人。燒痕深貯雪，霰雨冷融春。聞見古歡遠，恬虛斗室踆。高山良駟策，少壯已前塵。

獨遊

連宵足風雨，春色滿遥岑。獨興去人遠，友聲愍鳥吟。竹烟隨水漫，林日透花深。萬象供吾暇，豔陽舒驟駸。

漫成四首〔一〕

不定陰晴曉霧霏，敷曾蕙服不稍違。梅花滿地魂銷别，竹葉如鍼雨應機。眠食自諳蠶蠢蠢，夢醒猶戀蝶飛飛。蘭成凄豔擒春賦，極意歡遊也不非。

遮眼經書托意微，白頭丙燭當朝暉。取半尺棰聊自誑，畢羅萬物究非歸。竄生荒遠我綏我，踐道污隆機入機。得失茫茫臧獲異，空鈎意釣上漁磯。

看花連月未心違，穠李夭桃爛夕霏。猛士難翻日車轉，白頭欲破鐵山圍。蝸牛蠻觸人歌哭，蚊睫蟭螟地廣稀。調世尹文思强聒，不嫌弟子共師饑。

枯寂無聊句自揮，公家風月餉王微。袪衣難墮天花落，攬鏡纔知舊影非。雲裏好山紛琭珞，春深洲渚變烟霏。迴風隱地神仙術，妙用原來是息機。

【校記】

〔一〕『四首』，原詩無此二字，據内容補。

題王樂山《萬里還山圖》四首〔一〕

深山一念起蒼生，風雨塗泥曉夜情。一令賸銷情幾許，家山風月夢分明。

長亭烟柳渡頭船，千古英雄此著鞭。寫向歸人圖畫裏，成虧知落阿誰邊。

名山何處不青青，天地蘧廬水在瓶。亮眼一編新説緯，河汾弟子播傳經。

多年逐客等冥鴻，僕僕猶懷聒世風。今日兩頭權出處，輸君安意作山翁。

【校記】

〔一〕『四首』，原詩無此二字，據内容補。

聞永北軍營信五首〔一〕

人海重重闢，邊隅更有邊。筰西諸虜部，應痛没蕃年。耕鑿安王化，昆蟲適遠天。何來肆蠻觸，膠擾赤蝸涎。

軍門馳介馬，廉使赴籌師。示弱猶能狡，持堅亦有詞。山深巢穴幻，種雜莠良疑。撫勦多頭緒，還須理亂絲。此禍黔中劇，苗夷苦漢氓。田場盤剥盡，性命賭拚輕〔二〕。曲突誰相戒，頑山鬱不平。東鄰蛉水上，軼出已堪驚。永北交寧遠，袤延十日程。棚民黔蜀楚，萬衆火山耕。焚殪同時罹，奔逃疊嶺横。可憐横目類，虵豕太無情。世界山爲累，包藏厚毒氛。漢姦狼狽合，苗玀靨獹分。火炮移長技，江防倚制軍。春耕猶未擾，撲滅停音聞〔三〕。

【校記】

〔一〕『五首』，原詩無此二字，據内容補。

〔二〕『拚』，原作『拌』，據道光二年增刻本改。

〔三〕『停』，道光二年增刻本作『佇』。

夜坐

寂閴跏趺愜坐馳，青燈摇影動花枝〔一〕。百年人事成衰老，静夜鐘聲聽即離。雲勢輪囷風響掣，星芒炟睒月生遲。慰情春霽連旬日，遠近軍營赴集師。

【校記】

〔一〕『燈』，原作『鐙』，道光二年增刻本改。

立夏日

夢情等似落花緣，高樹禽聲遠近邊。往事過雲心不住，殘編白首信彌堅。青春半得微吟裹，美睡甘回欲曙天。節日課梨人望雨，一簾濃緑露芊芊。

夜風

無憑花信攪花天，廿四番過更放顛。篩影亂雲忙走月，撼林急雨散飛烟。等知萬竅誰爲籟，了當聲塵屬妄緣。却憶成連東島上，濤山砯湃海無邊。

燕雛

閑庭清晝思無何〔一〕，檢點黄梅摽澌多。雛燕試飛風雨怯，翎紛一陣搶簾波。

【校記】

〔一〕『晝』，原作『書』，據道光二年增刻本改。

杜鵑

過眼豪華總幻塵，莫須杜宇恨前因。聲聲悽婉啼紅血，豔染花枝別自春。

布穀

布穀催耕語字圓，山田含雨樹含烟。江南豔説鰣魚鳥，占斷清和買醉天。

月上

炎蒸兀兀坐低迷，海上濃雲壓岸齊。雲墜月升遲刻漏，水明木瑟碾玻瓈。吹燈窗影上松桂〔一〕，適意人間懷阮嵇。欲辨忘言言亦滓，小鮮原不費筌蹄。

【校記】

〔一〕『燈』，原作『鐙』，據道光二年增刻本改。

倚樓

尋壑經邱漸欲慵，樓頭一片翠丰茸。雲烟澹沲青山趾，天地氤氳細雨中。晦蹟自便聞見隔，冥心頓覺古今同。莫須幻視人間世，散木初知大用工。

中夜起步

鬱熱不成寐，跳履行中庭。缺月上屋角，冥濛烟霧輕。浩露濕蕉葉，弱竹含風清。微凉意自得，起念亦已平。晵衆日焚和，火月殊所膺。默默自凄緊，寂寞云何憎。

聽雨

萬葉淙淙合，燈殘夜不分〔一〕。雨音濃入睡，夢影誕於雲。濟旱傳崖遠，助歌桑户聞。了然忘醒醉，天籟自沄沄。

【校記】

〔一〕『燈』，原作『鐙』，據道光二年增刻本改。

樓月

海氣凝虛白，山嵐重積翳。俄延圓月上，層疊曩葱低。沉影浮宗壁，同懷惜謝梯。木犀聞也未，消息不吾睽。

曉山

日色上峰頂，翠駮皴鱗互。城郭旦景遲，樓邊動烟樹。

紀夢

雲頽波激撼巃嵸，叱叱浮沉噴碧驄。大海鱗鬐千萬狀，了無靈蠢浪淘中。

病中

卧疾聽淫雨，雨聲何瀸瀸。雲氣昏夜燭，銀溜沸朝簷。等是行路難，伏枕亦何嫌。天地於老物，寒燠爲苛嚴。生熟老而病，數一至二三。戰病恃藥餌，羸師何由戡。我有外身術，百惡爲避潛。儲此三年艾，小試隨所拈。家人詫吟呻，俯被疑我譫。脱然自起坐，雨意方沉酣。茫茫人間世，未來誰能諳。

卧起

老至無興力，行動厘步趨。頗覺黔婁子，累兹碩膚軀。卧疾二十日，形神苦拘拘。起來自恍惚，輕便得舒徐。披衣領扣寬，理帶綽有餘。急急自攬鏡，庶幾儒仙癯。扶扙入山水，飄我雲霞裙。蒼蒼逸我老，亦以適我娱。言尋紫笈翁，同病亦同痡。丹鼎竟何得，不如任運俱。

夜起

溪泉激清響，霜露炯寒菲。月午山烟白，流螢泥竹飛。

書樓夜眺

樹杪星宿低，山頭雪影深。夜色敞高樓，寥天窅沉沉。摇摇漁火出，熠熠波浪侵。風霜夜不息，謀生江海潯。生徒坐讀書，然膏恣討尋。勞逸洵所異，志業各自任。聖往理則存，致用無古今。此日足可惜，饜兹讀書心。來日足可惜，此心將何諳。已來未來間〔二〕，吾與更沉吟。

【校記】

〔一〕『間』，原作『問』，據道光二年增刻本改。

同趙紫笈、楊永叔遊鳳岡寺，宿董紹西書樓，張槐堂、楊雨蒼兩生招趙次芝諸友來會，泛兩湖復飲海亭上七首〔一〕

淺草平沙信短筇，出城秋色倍歡悰。千山層翠濃於染，一點金沙大雪峰。

和會寺前烟雨過，神仙石硯青盤陀。可誠此地憑書券，不道降魔是誑魔。《爽古通》載大士降魔事，寺側石硯宛然。

白頭三叟狎村觴，傾倒兩生賓從忙。微雨過林雲過海，溶溶夜色炯湖光。

極浦樓臺蕩影懸，漫空秋柳斂晴烟。重傾雪鏡湖心酒，畫艇風光是隔年。

層層黃葉錦流蘇，點點萍花漾碧瑜。惜取清光秋更好，人情誰此破功夫。

雞足點蒼中百里，展將天海碧油油。峭帆明滅斜陽裏，渺渺雲烟泊遠愁。

每來亭上諷誾邱，唐跡空餘古句留。日暮梵鍾清響徹，迴船猶自愛芳洲。

【校記】

〔一〕『七首』，原詩無此二字，據内容補。

出北郭迂路西橋

嘹唳長空雁轉行，連山新雪駐晴光。碧溪幽草蒨霜色，黄葉遠村留夕陽。看客每成遲答報，出城饒是且徜徉。應知老態多如此，適意南華帶履忘。

城東園林看小春花

林外屏山雪影篩，小春花色渲胭脂。化工巧畫移人入，落葉橋頭小竚時。

偶興

放脚荒江雪霽新，曠然清醉見天真。東坡書帖深懷舊，却把天遊領會人。

得公車楊丹亭書，并示在京諸友佳意

鐵圍重重山盤紆，學道無成成守株。讀書壯志今畫餅，蕭蕭白髮從佃漁。九重復旦新命初，九牧薦士通污瀦。鴻毛順風好運會，懸貆不獵寧云無。去日已去浮雲徂，攢眉舊輒是鹽車。感染萬里同心友，難報迴腸曲折書。

題馬蘭痴少尹《拜梅圖》

前年遇君昆海湄，我出遠遊君棲遲。龍潭花下一杯酒，後先值君拜梅時。前年我遊大雪山，看偏梅花冰雪間。我昨歸南君北去，匆匆一夕無盤桓。紫城風月點蒼烟，老圃梅花相對閑。大雪峰尖照洱水，思君政治邊城美。江淮萬里故交稀，喜君近在金沙沚。書來示我拜梅圖，圖中一一清堪指。黑龍潭水山盤紆，古觀重臺花兩株。山靈水聖千年扶，紅玉鱗鱗蛟龍躩。花奇格異梅中無，看花直堪人拜倒。況君失職情踟躕，別花一去難追摹。圖盡讀君詩，詩情凄以慨。詩前并寫畫圖由，茸茸細密遊絲字。七十三齡翁眼明，精神矍鑠仙人慧。仙尉風流混跡深，怪與梅花是真契。世事浮雲變幻輕，看花較是眼分明。宦情我亦思江皖，何似花間遂此生。相思叙語聊題句，抵共圖中一片情。

大風中望夫雲，極詭奇之致，復系以長句

一風彌日吹林昏，萬竅怒號人眴眴。匪風之眴雲之殉，此雲一縷探朝暾。蓬蓬挾風以自神，陸離光怪旋風輪。雌龍尋夫古所云，號呼激浪排海門。海門軒軒，石龍喧喧，何軒奴軒。海東亦有雲，海西亦有雲。茲雲一出諸雲泯，遐荒異氣蟠厚坤。山澤洞達氣吐吞，窮冬閉塞鬱以噴。如海六月颶母奔，厥常厥異理則均。點蒼之奇奇以雲，彌年無日不氤氳。歙闢變化何雌龍之因，寒空寂寞以繽紛，不厭開簾對一樽。

銀場慨

踐地恃無踝，相忘踐愽良。可憐空僻地，也變奪攘場。青山變銀坑，曾不給繁齒。採鑿禁嶺南，唐律尚如此。淺土得鑛微，大鑛入土深。屢見鑛埋人，奈茲得鑛心。豔色洋琴妓，狐裘麗麥醪。饑驅膻蟻子，火迫土財豪。然頭燈穴絚〔一〕，灼骨鑛爐煎。欲火纏生死，吹吹鴉片烟。寶鑛耀晴紅，馴然起争奪。争奪至殺掠，身命亦忘却。珍怪禍爾黎，東坡妙苦言。矧茲滇廠銀，遊三粤根源。以銀爲衣食，銀多侈用促。何由返農桑，狹鄉耕亦足。

【校記】

〔一〕『燈』，原作『鐙』，據道光二年增刻本改。

歲暮感懷四首〔一〕

草野惟憑化轉移，塵埃社跡也非痴。詩成日歷慆慆積，酒逐人情漸漸醨。風葉半瀦流水徑，雪山不斷起雲時。回頭却怨秋淫雨，又苦山鄉一歲饑。

温馨爐火撥灰殘，蘸水芳梅映壁看。遲暮增多兒女子，勃蹊難擬軸薖寬。落花貴賤憑風力，蠹簡精華泥古歡。壯志蹉跎今白首，儘他日月跳雙丸。

四素情知願外非，林泉雖好遯難肥。著書餘瀋古人盡，袖手窮鄉百具腓。島瘦郊寒攄句僻，鵬搏鳩控劃天飛。榮枯都付悠悠裏，往日交遊夢亦稀。

偶檢詩人陸劍南，説閑説老説荒酖。重煩萬首無聊極，消遣殘年借此堪。使盡英雄當路絀，拈來風月自情諳。可憐猶帶不平氣，放浪蕭騷巧泳涵。

【校記】

〔一〕『四首』，原詩無此二字，據内容補。

元夕步月

雨過凝陰駮，雲歸澹沲輕。人情趨此夜，月色放佳晴。歲儉張燈絀〔一〕，山空映雪明〔二〕。陽春曾不啬，風景自澄瑩。

【校記】

〔一〕『燈』，原作『鐙』，據道光二年增刻本改。

〔二〕『雪』，道光二年增刻本作『雲』。

春暖

雨雨風風半未闌，開晴斜日漾雲丹。桃花弄影低簾角，草色含滋動雪巒。攤卷蠹驚殘粉落，打窗蜂出一聲歡。韶華最好蕭閑裏，惟有亡何遣意難。

春陰

疏雨時有聲，春陰静兀兀。夜碧逗雲影，梨花浸微月。了知春已深，不覺坐悠忽。轣轆壯盛年，衰老復何恤。天臺坐忘論，吾以事休逸。

花樹

明月照春樹，楚楚花可憐。花飛月下弦，濃緑暗晴烟。風露有涵濡，坐久亦凄然。今夕一樽酒，昨夕酒一樽。去日不須惜，惜此花樹春。

遣興

慈氏開平等，情通展聖和。絲歧堪痛哭，人我一無何。惡竹嬌新笋，名花委逝波。酸風兼澀雨，春向此中過。

獨斟

岑寂一壺酒，新花侑舉觴。百年長此醉，不落嗣宗狂。豆角烹新翠，椿芽芼鬱香。熊魚分別處，野老亦胥忘。

久雨

子規啼罷鵓姑啼，門外泥深草没蹊。日日樓頭望烟雨，青山如夢著低迷。

偶以山花深房者注飲，遂至醉

冰肌婥約雪中春，花市山花選豔新。便摘花房斟露酒，却將獨醉學靈均。

城野迫仰小熟，雨勢已届黄梅

時節諳梅雨，人心注麥秋。都忙充腹計，并作補瘡謀。山界崎嶇萃，林皋哀樂稠。滑鳌珠粟願，及物一鍾優。

後序

士大夫出而問世，知有仁愛及民，不知所謂榮辱也。仁愛及之矣，而措諸事業有不當，君子不深譏焉。仁愛之不及，而求事業之偶合，渺乎小矣。事業之偶歧，而求有當於詞章，抑又小矣。故詞章者，古之君子偶一寓意，而無足輕重者也。昔者東坡氏未嘗不以詩名而不朽，盛名始於黄州之貶，知此老胸中别有大事業在，其蓄而未發者，殆百倍於詩也。世風日下，得意即以爲榮，失意即以爲辱，而於民間疾苦，如秦人視越人之肥瘠，漠然無所動於中，獨沾沾焉從事於詩者，不過爲弋取名譽計，與古人所謂詩以理性情者左矣。予外曾王父古榆沙獻如先生，温柔敦厚長者也，前清乾、嘉間作令於皖，歷任懷甯、建德、霍邱等縣，皆有仁愛及民。嗣將去霍邱，爲後任以承審逆案不實，舉發其罪，例戍邊，而一時懷甯、建德、霍邱士民咸具公呈代贖罪，大吏以聞於朝，遂得免。凡以見甘棠遺愛，黍雨留恩，不是過也。予自吾滇光復後，從戎於榆，其裔孫以公之詩集、行述見贈，受而讀之，知公之惠及窮黎，故能深入人心如此。

間以其餘發爲詩章，又能抒寫性情，得古人風雅之旨，因兵燹火其原板，今特爲重刊，以廣流傳。俾世之忝然，民上僅以詩人自命，而不知仁愛及民者，讀先生詩而有以自警也。是爲序。

歲在民國乙卯秋九月㊀，外曾孫王廷治謹識。

【注釋】

㊀『民國乙卯』，即民國四年（一九一五年）。

卷八終

附録一　沙琛詩文補遺

風箏曲㊀

漠漠青蘋風，悠悠起碧空。清音何瀝列，遥箏掛西東。東郊治游童，南陌踏春女。歌吹厭管絃，巧思裁羅綺。調絲冰而清，採竹香山紫。剪作野鳶輕，放逐飛烟起。飛烟何暝暝，繚繞入蒼冥。孤縵漸不見，錦色摇空青。空高風轉急，響激韻愈清。錯落一串珠，歷亂九子鈴。玲瓏復宛轉，冷冷浮空蒲。按節儼摻撾，隨聲變修短。寧須黍谷吹，何處廣陵散。廣陵明月高，仙衣動碧宵。孤簧亂舞鶴，翔鳳蕩雙簫。簫簫聽欲遥，裊裊嬌不已。隱約宫墻高，恍惚霓裳美。此時有愁人，驚心殘夢裡。倡樓怨離鸞，别館悲雙鯉。飄飄長夜過，搔首空素娥。扶風長笛賦，開府擣衣歌。何如寒食夜，哀怨此聲多。

【注釋】

㈠自《風箏曲》至《送孫華字謫戍伊犁》收於（清）檀萃撰《滇南草堂詩話》卷八，清嘉慶年間刻本。

燕歌行

北風吹馬霜鬣飛，蹀躞横行驕不歸。落葉粉紅墮我衣，不覺堂堂春華非。燕姬十五揚雙眉，朱顔笑倩桃花徘。入坐爲我傾金巵，一彈再鼓鳴清徽。繁音激楚中徘徊，醉不成舞歌且悲。丈夫慷慨從爾爲，起望故鄉西南陲。銀河斜落明清暉。

易水歌

秦王怒莫攖，奴視諸侯王。荆卿西入關，地圖愜所望。突兀匕首出，叱吒風雷張。繞柱遁愴怳，天地黯精光。一號虎狼氣，嫚罵何揚揚。怨毒在必報，成敗竟何常。傷哉祖道時，易水鳴湯湯。曠閲幾人代，悲歌摧中腸。落日寒風生，蕭蕭吹白楊。

五公山

西山浩無際，曲徑渺千尋。溪流鳴淙淙，不聞車馬音。王子何矯矯，避亂山之陰。五候群嬉然，泉石娱翁心。芝花豔灼灼，白雲迷青林。當時草元者，蜀山寧不深。

南皮九河懷古

大陸北下滄湞開，平沙複峰争縈迴。烟樹茫茫遞高下，龍菹雁渚森蒿萊。昔聞屯氏古覆鬴，胡蘇大史分可數。漕流猶借漢金隄，銀鈎未易槃河土。瓠子南去申變遷，人間長策争防川。碣石入海不可識，河患終古愁呼天。儒者放眼苦不達，群疑古道今無傳。君不聞，霸國雄圖務膳阸，草城又見秦人舶。袁氏矑臺侈壯遊，嗚笳忽宴曹公客。悠悠陵谷幾堪思，海中揚塵信有之。人生窮達愁何爲，不見九河秋草白。晴沙浩浩天風吹。

馬家橋

繚繞關河野渡間，往來愁聽水潺潺。暗雲一雁秋聲外，黄葉孤村細雨間。祇事風塵悲馬足，可堪壯士老青山。寒蛩唧唧殘燈裡，鄉夢初驚萬里還。

送孫華字謫戍伊犁

丈夫底事祝懸弧，謫宦真成萬里孤。不信驊騮防折坂，從來薏苡是明珠。天闈葱嶺春蕭瑟，雨過流沙路有無。絶域戈鋋國事重，莫疑身計墮泥塗。王門自古望生還，少婦魂消織錦箋。路出張騫停節處，經求老子渡沙年。一星戍火駝依障，淺酌葡萄雪滿天。好厲丹心邀沛澤，幹才還是顯窮邊。

太和沙雪湖琛題擔當像㈠

青山掛黄葉，抔土是英雄。七字饒奇語，千秋有擔公。擔公詩：青山有影不過海，掛在人間黄葉村。又：英雄衹是一抔土，天地空留數點鴉。詩僧中能奇字者。畫圖開古貌，湛寂見宗風。像清頎奇古湛然寂淨邃於禪者也。慧業原無染，休參文字中。

【注釋】

㈠收於（明）通荷《擔當遺詩》卷八，民國三至五年雲南叢書處刻雲南叢書本。

送馮艾圃謝病歸潤州寄懷王柳村㈠

文學清無事，微病欲就座。羨君能自得，解組意翛然。花色穠歸路，江春漲遠天。戴公山下宅，相望有人賢。

【注釋】

㈠自《送馮艾圃謝病歸潤州寄懷王柳村》至《蒿老歲華兩槳掉》皆收録於《沙雪湖先生詩稿》。

龍桂

長虹起日衢，紫翠滿青暉。雲脚旋飛雨，斜光睒桂龍。風雷嘘氣滿，淮灌挾波從。大地煩炎暑，泠然冰雪重。重離苦熱行，澤火鎔金天，懦懦者人中相煎。

明星詞

明星睒睒東方生，芒芒昧昧天地清。晝勞夜熱一息寧，金盤露下銀河曲。人天夢幻同一覺，明星滿滿月西沉，紅塵烈日焦人心。

對州署題壁

名州茗産遍通津，牧秩聲華艷俗塵。不信膏腴胥自潤，却嫌冷熱向人因。雲邊樹色浮城郭，雨後山光到水濱。那得寬閑徐桉野，雪峰皤礶踏嶙峋。

蜣螂

稜稜抵頭角，轟轟騰黴蘪。轉九臭腐中，自爾厚神□。

蟋蟀

鼓翼赴強敵，堅持亦巧攻。倠潦概距角，勝負歸兒童。

白翎雀

啁啁啾啾花白翎，似撥琵琶聲不停。花月春風腸欲斷，那堪更向塞垣聽。

石門嶺

松蕊藤花石路微，縠水影水渡斜暉。春山處處佳相識，瀲灧青芬蒨客衣。

百舌

百舌語花叢，落花共淒斷。木道春已闌，啼聲嬌欲懶。

榆莢

榆莢隨風雨，繁花競嫣〔一〕。春光須是買，不斷擲如錢。

【校記】

〔一〕『嫣』下當缺一字。

紫藤

濃艷復繽紛，濃香染夕曛。藤龍自天矯，光怪峰紫雲。

聽歌調不飲者

繞樹游絲百尺多，礙人芳州翠婆娑。黄雞欲問玲瓏唱，絲布難逢懊惱歌。陽是落花都漫爛，何來酒態不巍峨。春雲亂入垂楊絮，不辨芳洲扈女寵。

四月八日清水坤池上飲

山上游人浴佛來，樓頭清宴撰爾開。溪雲蓊雨青浮閣，柳浪頽雲緑浸醅。歸興正濃咪苴吁，風光猶眷小蓬萊。蕭閒撰取林泉樂，睡眼塵泥脱手纔。

梅雨

梅雨遲行路，閒庭飲興多。官階沉石火，業識定人波。步沼萍生斷，搴花蝶颺莎。小園日成趣，不辨已春過。

野色

野色青無際，逢龍欲暝烟。羈人始行路，籠鳥疾飛天。松徑蒼蒼石，山橋汩汩泉。不嫌城郭裡，闞望幾周旋。

客舍

秋風擬待泝歸船，夏暑猶煩駐馬停。落手青山千萬朶，到頭彼岸短長亭。紅橋壚畔蛾眉老，丹竈崖前羽客扃。十載始成陽子學，舍人争席了無形。

微雨

河聲喧静夜，萬壑下瀠溪。細雨渡螢濕，濃雲呼鷲出。寓公難屢適，彈鋏異幽棲。寂坐涼亭恰，歸心禱碧雞。

□□㈠

作吏萬句傲，一傲不可容。作詩慎莫工，求工須致窮。我吏不敢傲，詩亦不能工。隨例得其效，名實何無既。窮有何可却，既傲何須恭。句詩未必達，窮達委天公。不吏亦無傲，寄傲古人中。長歸潔酒飄，鮮帶哦松風。

【注釋】

㈠該詩無詩題。

秋暑慨

天上謖謖秋風聲，地上尖尖愁旅行。無熱遜爾神仙能，瑶臺絳雪何時有，清凉且向青山青。

有感

飛蛾愛光明，擾擾燭花摇。偶爾被擊逐，微軀墮綺寮。悶絶回少甦，惜此華光遥。却顧飛飛侣，俄然成枯焦。啣丹燕昭宫，仙緣何可邀。從今得守黑，風月何翛翛。

霧雨

霧雨細成濕，深秋初解凉。古墻濃竹色，晚玉冽花香。過去心難覓，復其道未亾。却嫌濡滯跡，猶以泥行藏。

端居

端居忍自笑，貧窮得敷腴。濁涌如中聖，幽花徹侍姝。百城臨擁卷，獨樂笑逃竽。傾身齊一飽，役役定何娱。

聽雨

濃雲漠漠雨森森，旱暑餘炎蕩葛襟。雨意不隨人意切，留將清響滴疎林。

重九，飲橋頭竇氏山林

得得淮南老桂開，更逢晴日上樓臺。駑心桓景年時珍，放意陶潛此日杯。青山□□横雲斷，黄葉林深細雨來。不羡白衣能送酒，泥人小史巨觥催。

四十九自壽

大衍占年取用良，歸途萬里一行藏。微官未穩愚儒相，檑具猶宜壯士裝。高適談詩初憤悱，遽瑗有過正堤防。樵薪一笑朱翁子，富貴先渠五□當。

蒿老歲華兩槳掉

浮萍水落掩枯槎，摇蕩行人老歲華。兩槳掉頭山面轉，寒鴉落葉滿天涯。

趙母周孺人傳㈠

余與趙君梁貢交遊幾四十年，每值過從長談，孺人出杯觴，肴饌精潔，賓主相忘，若固然也。溯自孺人歸趙君後，逮事翁姑。翁鴻儀公，安貧樂道，子姓繁衍。夫弟所園以選拔宰安仁，旋罷官。趙君以弟之故往來吳、楚、閩、越，閑居者、行者食口嗷嗷，鞭長莫及。至竟垂白倚閭，滫瀡不匱，痡僕瘏馬，次第遄歸而已。壯者室，笄者嫁，皆趙君伯仲之所未遑將者，自非家有冢婦若周孺人之賢且才，且非常才也，以持於家，以禦於難，黽勉於有無，而竟何恃乎。

孺人爲郡庠周孔潜公長女，幼讀書如夙記者，詩詞繪畫、占卜醫藥無不通，尤精於女紅。趙君方童試，以詩古學，冠十四屬軍。耆儒楊公廷珍忻然作合。顧孔潜公家素裕，子仲和少坡尚幼，相倚持家政，弗克離也，乃館甥焉。既而趙君鋭進取，偕弟所園讀書五華書院。孺人念切翁姑，請於父母而歸。歸則以經書課幼稚，以女工課娣姪，以奇赢販負課僮僕。紉績刺繡井臼箕帚，無不躬親。以故趙君得於學，仲君得於官，季弟伊園得於商，二老人含飴弄孫，不復知有離別之苦，食貧之歎，則固孺人數十載經營之所致也。嗣夫弟謀開復，兩走京師，遘疾歸。時則親愈老，丁愈繁，家亦愈窘。所園夫婦相繼没，事故頻仍，趙君乃遊耿焉，遊中甸、南緬、北番數千里，或賈或幕，歸而授徒昆明，復幕鄧鶴，幕雲龍，並賈於銀銅諸廠。二親先後棄養，或奔歸而及，或歸而不及，凡醫藥服食、衣衾含斂，倉皇悉備，無一非孺人之所綢繆而拮据者也。悲哉！遊子非孺人之賢且才且異才也，能免於憾哉！

孺人性寬和，喜怒不形，以内典自娱，敝衣糲食以爲常。歷二十餘年，杜門不赴親族宴會。親族有疑事叩孺人，則數語而決。戚鄰有告乏者，無不應。值老屋傾頹，典葺廢屋遷居，長男懿亦外出，率三子課讀於中，宅有魅，竟寂然也。人以爲仁者之勇，且覘厚福焉。茲年六十有七，與趙君皤皤童顔，賓敬不衰。長君以億中才遠遊於外，不貽親憂，歸爲人醫，應手而起。第三子載彤，以丁卯鄉試中式副榜。孫男女五人，祗承慈訓，彬彬如也。嘉慶丙子夏，孺人以長君置藥肆浪穹，次女亦適浪穹劉甥，往視之，見其地以痘症殤者日滋甚。孺人出其術拯之，多所痊活。至閏六月十六日，偶覺不豫，謂長君懿曰：『吾去有日矣，急呼爾弟來。』其時載彤已赴鄉試，由三百里外馳回，戚甚。孺人笑曰：『若無死，須是無生。吾二十日申時方去，爾無怛化，何謂耶？』果如其所言之時日，端坐而逝。著有《繡餘吟詩稿》，藏於家。

外史氏曰：梁貢爲余言：孺人年十五時，母洪太孺人遘疾彌年，醫罔效，孺人割左臂和藥以進，疾果瘳，弗知也。逾年，洪太孺人詰其痂迹，始知之，涕泣祈勿復言。夫割股之孝，古人往往論難之。然此非其至性過人，精誠固結，有如此者，其克艱厥夫家力，保任於辛苦萬難中，而卒振興之有如此哉。

【注釋】

㊀雲南叢書處輯《滇文叢録》卷六十七，叢書集成續編本。

附録二　酬唱詩及其他

沙琛傳㊀

沙琛字獻如，號雪湖，太和人。乾隆庚子科舉人㊁，以知縣發安徽。初攝太和事，值渦流汛溢，楚、豫教匪出没鄰境。琛撫卹萏黎，訓練義勇，咸有法則，民賴以安。已而補授懷遠，值宿州之亂，宿與懷相距百餘里，懷城不可守，官民皆居郭，外勢匈匈不可終日。琛應機制變，民恃以爲扞蔽。大吏重其才，調署懷寧，懷寧亦治。前後十餘年，凡三易，所治皆號爲難理，又往往多故，琛壹以寧静廉平爲治，民大安樂之。其後署霍邱，以逆倫案落職，遂不復起。

初，縣人靳鄰民弑其父靳同萬，琛方緝凶，未獲，遽解職去。後任王馭超審出情實，皖撫以琛訊鞫草率，幾致梟獍漏網，疏請議處，奉旨：『沙琛著發往軍臺效力贖罪。』尚未起解，而初彭齡繼爲巡撫，琛父朝俊以已年老，不忍令壯子遠戍，願回籍變産，代子贖罪，彭齡不許，仍趣起解。於是，懷遠、懷寧、建德、霍邱四縣士民，各願醵金代故令贖罪，前後具詞陳乞，并投具認狀，繳銀六千兩，限兩月完繳。彭齡以聞，奉上諭：『沙琛平日居官既好，此次獲罪之由祇係承審不實，尚非私罪，竟可免其納鍰。所有士民等情願措繳銀兩，如尚未交納，即諭令停止。若已完繳，著即發還。參令沙琛加恩，免其發往軍臺，飭令回籍養親，以示朕孝治推恩之至意。』

事既白，彭齡下教各州縣，勖以沙令及左輔爲法，謂：『沙、左二令，固不過少勤厥職，而其民愛之敬之，又爲之呼號奔訴，民亦何負其長哉？藉曰要結其民，應之者當不過一二人，且夙昔有痛於民，勢既敗，而屈意干之增自辱耳，又何應焉？況欲朘削其衣食之資，置家事不復顧，奔走數百里爲之營謀耶？故好惡莫公於民，亦莫恕於民。攝官者聞之，可爲感悦而憫悼之，用泣下也。』其奬勸如此。皖人輯上諭奏摺及四縣上書與贖行啓事之文，刊爲一册，名曰《贖臺紀恩》。繇此，沙明府之名膾炙大江上下。

琛將歸，四邑之民復聚而請願，以餉還之金助明府清宿累，奉親歸里。琛歸，出槖中金分施親族，餘以奉老親。時與故舊賓客載酒具食，相羊湖山間。以疾卒於家。著有《點蒼山人詩鈔》，刻於皖中，桐城姚鼐、江左仲振履、懷寧潘瑛爲之序。民國乙卯，琛外曾孫王廷治復取以鋟版。琛孫藺亦舉人，杜文秀據大理，藺奉檄往説，不從，藺持之力，遂遇害。《贖臺紀恩·姚鼐詩序》。

贊曰：『自賽典赤父子相繼治滇，而滇中回族始大，琛豈其苗裔耶？何感人之深也！昔漢趙廣漢爲京兆尹，以罪就刑，父老守闕號泣者千萬人，或言：「臣生無益於縣官，願代趙京兆死，使得牧養小民。」今觀於琛，其功德豈出廣漢輩下哉！嗚呼，可以風矣。』

【注釋】

㊀（民國）龍雲、周鍾嶽纂修（民國）《新纂雲南通志》卷一百九十七，民國三十八年鉛印本。

㊁『庚子』，即乾隆四十五年（一七八〇年）。

《點蒼山人詩集》序㊀

太和沙獻如明府，余不識其人，而明府則早識余。去歲三月，萬載辛春岩自皖江來，鄭重告余曰：『有沙君者，宰懷寧循吏也，喜吟咏，近刻其詩一册，姚姬傳比部序而行之，尚欲乞先生論定。』余甚異焉。四海九州之大，工著作擅藻鑒者不知凡幾，如僕者所謂爝火之明耳，安敢操繩執墨，論斷當世之賢豪？即偶爲評泊，不過聊備商榷，慸取笑樂，又安足以爲文章之定價？春岩曰：『沙君滇産也，前睹先生寄袁蘇亭《論滇南詩畧》前後兩札，及與師荔扉數年來論詩各書，且悉錢南園詩集刊成始末，讀所序文，私心輙嚮往』。余感其意，欲報之以文，而其詩集則春岩倉卒來京留之滕縣旅舍，今春岩自山左來，乃獲見之，大抵能以奇氣騁其逸才，排奡似南園，疎宕似荔扉，而深摯之思又似谷西阿黄門，真得點蒼山之靈秀盤礴鬱結而成之者。吾奚測其所終極耶！西阿、荔扉詩以多勝，而獻如以少勝，要各能抒其性情，不務以塗澤見長，殆克自樹立者矣。荔扉曾相與樽酒論文，徘徊於月橋海寺之間，《金華山樵集》已三四刊矣，而獻如則未嘗謀面，其於爲官也，春岩盛爲余道其賢，今讀其詩，信言行之相符也，爰爲序其顛末，且以質之西阿、荔扉兩君。

【注釋】

㈠（清）法式善《存素堂文集》卷二，清嘉慶十二年程邦瑞揚州刻增修本。

題沙雪湖紀遊詩後㈠

杜老不到處，山川自珍惜。獨與混沌初，元氣共朝夕。萬丈松不燒，千尋雪常積。熊羆長厥妃，蛟蜃安其宅。蠻夷固紛紜，習見無創獲。番僧據西域，且勞語重譯。竊窺天地心，中外罔暌隔。已通金銀賈，何慳風騷客。九州復九州，宴遊雜履屐。詩才一賦與，渟峙并受厄。毛髮相爬梳，無路匿精魄。幸兹奇怪多，尚未遭刻畫。辟彼玉在山，爲璞弗爲璧。又如初生孩，肫然色正赤。何來沙雪湖，嘯歌太惡劇。時時傲杜老，秦州枉行役。不恤山川靈，嫌君相逼迫。

遂令衰年人，口吟手不釋。恨少黄麒麟，飛空振長策。卧遊自今始，封詩寄勒石。

【注釋】

㈠（清）劉大紳《寄庵詩文鈔》續九，民國刻雲南叢書初編本。

贈沙雪湖大令㈠

點蒼之山十九峰，十八溪浸青芙蓉。羅刹物妖據不得，神靈下應人中龍。中溪先生出前代，其骨昔朽名今在。同時繼起何無人，直到沙君有後輩。盛年氣吞西洱河，怪雲懾伏如么麼。浮沉淮南白頭早，把拍豪俊同悲歌。前歲歸來解行李，名篇佳句寫生紙。五華峰麓瞠雙眸，精光飛揚塞三市。人生既有如此才，豈合俯首蓬蒿埋。名山一揖行萬里，雲圍玉帶隨輿來。小停昆明又握手，舊詩新詩盡上口。鄉里小兒紈絝多，面譽背毁置可否。知君自有兩先生，芷灣太守今長城。風流可惜草堂遠，默齋大令騎神鯨。

【注釋】

㈠（清）劉大紳《寄庵詩文鈔》附卷三，民國刻雲南叢書初編本。

雪中游雪山玉柱碑所作，贈沙雪湖明府〔一〕馬之龍，邑人㊀。

江頭昨夜雪山裂，眾山分得雪山雪。點蒼詩人興不凡，擎杯仰看碑嶄巖。剛風拔木横山路，前後行人隔烟霧。高峰不動寒日沉，笑謂玉京我將住。

【校記】

〔一〕馬之龍《雪樓詩鈔》該詩題名作『沙雪湖明府雪中游雪山玉柱碑所作贈』。

【注釋】

㊀（清）陳宗海修，（清）李星瑞纂《〔光緒〕麗江府志》稿本。

點蒼歌贈趙紫笈、沙雪湖㊀

十九蒼峰十八溪，溪奔峰立誰敢擠。上有陰崖，晝夜白如月。下有龍關，首尾封以泥。玉龍山客尋山到，蕭蕭白髮共歌嘯。萬事莫如擎一杯，仰天不顧旁人笑。君不見富春渚嚴陵釣，又不見柴桑裏陶潛傲。

【注釋】

㊀馬之龍《雪樓詩鈔》卷一，道光十六年（一八三六年）刻本。

哭沙雪湖明府㊀

點蒼賞雪忽思我，遠遊欲共雪樓坐。時餘西去遊劍湖，歸來除夕燦燈火。見面未吐離別情，各談舊跡東南溟。四座如見水天景，深杯不覺皆酩酊。南海詩卷果奇絶，北林梅放笛聲裂。人生難得一百年，十年一會暫歡悦。來朝相送七河關，邀我明年蒼珥間。豈意伊人逝不返，含悲空望點蒼山。

【注釋】

㊀馬之龍《雪樓詩鈔》卷三，道光十六年（一八三六年）刻本。

附録三　研究論文

清代滇南文人沙琛著述考述[一]

楊學娟　郭婉瑩　撰

摘要：沙琛是乾嘉時期較有影響的滇南作家，生平擅長詩文創作，有《點蒼山人詩集》《點蒼山人詩鈔》《沙雪湖先生詩稿》等著述傳世。關於這些著述的版本及主要内容，學界少有研究。經考，《點蒼山人詩集》，二卷，收録沙琛自乾隆六十年（一七九五）至嘉慶八年（一八〇三）詩歌共計三百零三首，雲南省圖書館藏，嘉慶十一年刻，是爲沙琛詩文的首次彙編刊刻。《點蒼山人詩鈔》係增補《詩集》而成，收録沙琛自乾隆四十六年（一七八一）至道光二年（一八二二）的詩歌共計一千三百四十首，該本有六卷本與八卷本兩種：内蒙古圖書館藏六卷本，嘉慶二十三年刻；雲南省圖書館、國家圖書館等藏八卷本，嘉慶二十三年刻道光二年增修，王廷治於民國四年以道光二年增修本爲底本增修出版鉛印本，《雲南叢書》收録此書時匯合諸家，成爲後世通行本。《沙雪湖先生詩稿》爲沙琛手稿本，收録沙琛嘉慶十一至十二年（一八〇六至一八〇七）的詩歌共計一百二十一首，現藏雲南省圖書館，其中多首詩歌不見於刻本，具有重要的文獻價值。

關鍵字：沙琛；著述；版本

沙琛（一七五九至一八二二），字獻如，號雪湖，自號點蒼山人，雲南太和縣（今雲南大理）人。自幼聰穎，刻苦自勵，曾遠赴東安（今河北省廊坊市西）爲師四載。中進士後入朝爲官，歷任安徽建德、太和、懷遠、懷甯、霍邱等地知縣。任職期間勤政愛民，秉公執法，治理有方，頗受當地百姓愛戴。沙琛亦擅長詩文創作，與昆明錢南園、晉甯劉寄庵、趙州師荔扉、洱源王樂山等人并稱爲『滇中人才』。

二十世紀八十年代起，有學者開始撰文研究沙琛及其著作。張迎勝、白崇人、李群慶等學者主要介紹沙琛的生平、思想以及詩歌内容等情況，對其著述版本的專門研究較少。筆者不揣淺陋，對沙琛傳世著述的文獻著録、版本、主要内容予以考述，以求教于方家。

一、《點蒼山人詩集》

（一）《點蒼山人詩集》的著録

關於《點蒼山人詩集》，《清史稿藝文志拾遺》[一]《中國古籍善本書目》[二]中著録了篇名、卷數、作者與刊刻時間：《點蒼山人詩集》二卷，清沙琛撰，嘉慶十一年刻本。相較而言，《清人别集總目》[三]與《中國古籍總目》[四]則還著録了館藏地，如《清人别集總目》中著録雲南省圖書館（以下簡稱『滇圖』）有藏，《中國古籍總目》則著録了滇圖、中國科學院國家科學圖書館（以下簡稱『中科院』）有藏。從上述文獻著録可知，《點蒼山人詩集》的版本信息較爲明確，爲嘉慶十一年（一八〇六）刻本，二卷，在滇圖與中科院等地有藏。

[一] 王紹曾：《清史稿藝文志拾遺》，北京：中華書局二〇〇〇年版，第一八三七頁。
[二] 中國古籍善本書目編委會：《中國古籍善本書目》，上海：上海古籍出版社一九九六年版，第一二三二頁。
[三] 李靈年、楊忠：《清人别集總目》，合肥：安徽教育出版社二〇〇〇年版，第一〇五七頁。
[四] 中國古籍總目編纂委員會：《中國古籍總目·集部》，北京：中華書局，上海：上海古籍出版社二〇〇九年版，第一七一四頁。

（二）《點蒼山人詩集》的版本

《點蒼山人詩集》，二卷，清嘉慶十一年（一八〇六）刻本，現藏於滇圖。是書共計兩册，每卷爲一册。開本高三十二點五厘米，寬十八厘米，版高二十四厘米，版寬十四點七厘米，四周雙邊，黑口，半頁十行，行二十一字，單、黑魚尾。卷首有兩篇序文，版式與正文略有差异。第一篇序文爲嘉慶九年（一八〇四）三月桐城姚鼐的《序》（簡稱『姚序』）。姚鼐（一七三二至一八一五），字姬傳，一字夢谷，安徽桐城人。乾隆二十八年（一七六三）進士，官至刑部郎中，著有《惜抱軒文集》《惜抱軒詩集》等。該序文四周雙邊，黑口，每半頁六行，行十二字，無行綫，單、黑魚尾，共三頁。序文首頁鈐有『雲南省圖書館珍藏印』『李根源印』『昆華圖書館印』朱文方印、『安樂長生』朱白方印（『安樂』爲白文，『長生』爲朱文）。尾頁鐫刻『姚鼐之印』陰文方印與『姬傳』陽文方印，并鈐有『一肚皮不合時宜』『龔萬清印』白文方印、『低頭愧野人』『源遠』朱文方印與『懷佳人兮不能忘』朱文圓印。第二篇序文爲嘉慶丙寅（嘉慶十一年，一八〇六）潘瑛的《序》（簡稱『潘序』）。潘瑛，字蘭如，别號十四洞天山人，安徽懷寧縣人。著有《晉希堂詩集》，輯有《國朝詩萃》等。該序文除版心爲白口外，版式與正文一致，共兩頁。該序尾頁鐫刻有『潘瑛之印』陰文方印與『蘭如』陽文方印。

正文首行上題『點蒼山人詩集卷一』，次行下題『太和沙琛獻如』，下方鈐有『明月清風』

朱文方印。卷一共計三十三頁，卷一尾頁鈐有『平安書』『低頭愧野人』『源遠』朱文方印、『安樂長生』朱白方印、『懷佳人兮不能忘』朱文圓印、『一肚皮不合時宜』『龔萬清印』白文方印。卷二共計三十頁，其中，在第二十九頁上方鈐有『低頭愧野人』朱文方印與『一肚皮不合時宜』白文方印。卷尾鈐有『葛萬清印』白文方印、『懷佳人兮不能忘』朱文圓印、『安樂長生』朱白方印與兩枚『説古堂記』朱文方印。

滇圖藏《點蒼山人詩集》所鈐印記，除『安樂長生』『一肚皮不合時宜』『低頭愧野人』『源遠』『懷佳人兮不能忘』『明月清風』『平安書』等爲閑章外，其他多爲館藏印或著名藏書家的藏書印。『李根源印』爲李根源所有。李根源（一八七九至一九六五），字印泉，又字雪生、養溪，别署高黎貢山人，雲南騰冲人，其愛好金石之學，著有《景邃堂題跋》《吴郡西山訪古記》《曲石文録》《曲石詩録》等。『龔萬清印』所屬情况不詳。『昆華圖書館印』爲滇圖所有。昆華圖書館，爲滇圖前身。滇圖創建于清宣統元年（一九〇九），民國二十年（一九三一）改名爲雲南省立昆華圖書館，民國三十七年（一九四八）昆華圖書館和志舟圖書館合并稱爲雲南省立昆華圖書館，一九五三年定名爲雲南省圖書館。

據該本藏印可知，滇圖藏《點蒼山人詩集》先後由李根源、説古堂、昆華圖書館（滇圖前身）、滇圖等輾轉收藏。國家圖書館（以下簡稱『國圖』）藏本與滇圖藏本爲同一版本。此外，中科院亦藏有《點蒼山人詩集》，惜未能目驗。

（三）《點蒼山人詩集》的内容

《點蒼山人詩集》共兩卷，收沙琛自乾隆六十年（一七九五）至嘉慶八年（一八〇三）的作品，共計三百零三首。卷首收録姚序與潘序，姚序稱沙琛之詩『幽潔之思、雋妙之語峰起疊出』。〔一〕潘序則先概括沙琛之政績，并評價其詩『其間論古懷人、感時紀事諸作，崇論宏議，遠見卓識，纏綿悱惻之思，温柔敦厚之旨，使讀者肅然而起，悄然而悲』。〔二〕評價高明而恰切。

卷一收録沙琛自乾隆乙卯（乾隆六十年，一七九五）至嘉慶庚申（嘉慶五年，一八〇〇）年間的作品，共計一百六十九首詩，包括五言詩七十五首，七言詩九十四首。卷二收録沙琛自嘉慶庚申（嘉慶五年，一八〇〇）至嘉慶癸亥（嘉慶八年，一八〇三）年間的作品，共計一百三十四首詩，包括五言詩六十一首，六言詩四首，七言詩六十九首。《點蒼山人詩集》正文内容是按作品産生時間前後順序編排，并在每卷首標明本卷所收詩歌的創作時間。

〔一〕沙琛：《點蒼山人詩鈔》，《叢書集成續編（第一百七十九册）》，臺灣：新文豐出版公司一九八八年版，第四二六頁。

〔二〕沙琛：《點蒼山人詩鈔》，《叢書集成續編（第一百七十九册）》，臺灣：新文豐出版公司一九八八年版，第四二八頁。

二、《點蒼山人詩鈔》

（一）《點蒼山人詩鈔》的著録

關於《點蒼山人詩鈔》，《販書偶記》著録了篇名、卷數、作者與版本：《點蒼山人詩鈔》八卷，太和沙琛撰，嘉慶戊寅刊。[一]《雲南地方文獻概説》[二]與《明清滇人著述書目》[三]《中國叢書綜録》[四]著録了篇名、卷數與作者。《中國古籍總目》與《清人别集總目》則詳細著録了館藏地，如《中國古籍總目》載：『《點蒼山人詩鈔》八卷，清沙琛撰，清嘉慶二十三年刻本，國圖，中科院，首都。』[五]《清人别集總目》中著録：『《點蒼山人詩抄》八卷，嘉慶九年刻本（鄭州），嘉慶二十三年太和沙氏刻本（上圖、滇圖、山東師大），民國刻《雲南叢書》初編本集部

[一] 孫殿起：《販書偶記》，北京：中華書局一九五九年版，第四〇二頁。

[二] 李友仁：《雲南地方文獻概説》，昆明：雲南美術出版社二〇〇五年版，第三二一至三二二頁。

[三] 方樹梅：《明清滇人著述書目》，《西南研究叢書之四》，國立雲南大學西南文化研究室印行，一九四四年，第九〇至九一頁。

[四] 上海圖書館：《中國叢書綜録》，上海：上海古籍出版社一九八二年版，第一四七一頁。

[五] 中國古籍總目編纂委員會：《中國古籍總目·集部》，北京：中華書局，上海：上海古籍出版社二〇〇九年版，第一七一四頁。

（叢書綜録、南開）。』[二]《清史稿藝文志拾遺》[三]則在以上著録的基礎上還添加了『附録一卷』。

從上述文獻著録可知，《點蒼山人詩鈔》共八卷，沙琛撰，有兩種刻本，一爲嘉慶九年（一八〇四）刻本，鄭州圖書館（以下簡稱『鄭圖』）藏。一爲嘉慶二十三年（一八一八）刻本，滇圖、國圖、上海圖書館（以下簡稱『滬圖』）、山東師範大學圖書館、中科院、首都圖書館（以下簡稱『首圖』）等地有藏。

此外，内蒙古圖書館（以下簡稱『蒙圖本』）還藏有《點蒼山人詩鈔》六卷本，爲嘉慶二十三年（一八一八）刻本。

（二）《點蒼山人詩鈔》的版本

《點蒼山人詩鈔》世所傳本有六卷本、八卷本。各家或析爲二册，或析爲四册，亦有六册者。其中，《點蒼山人詩鈔》六卷本爲蒙圖藏嘉慶二十三年（一八一八）刻本，八卷本有清道光二年（一八二二）增修本、民國四年（一九一五）鉛印本與民國四年（一九一五）《雲南叢書》刊本。

[二] 李靈年、楊忠：《清人别集總目》，合肥：安徽教育出版社二〇〇〇年版，第一〇五七頁。

[三] 王紹曾：《清史稿藝文志拾遺》，北京：中華書局二〇〇〇年版，第一八三七頁。

第一，清嘉慶二十三年（一八一八）刻本，内蒙古圖書館藏。該本六卷四册，第一册爲卷一卷二，第二册爲卷三，第三册爲卷四卷五，第四册爲卷六。每册封面上貼有書簽，題有『點蒼山人詩鈔』。每册首頁右下角皆鈐有一枚『内蒙古圖書館藏書』朱文印（右漢字左蒙語），前三册首頁在館藏印下亦鈐有一枚『魏祁蔭印』白文印。『魏祁蔭印』所屬情況不詳。第二册封面上用毛筆題寫卷三前十四個詩題名[二]，可能是爲方便查找。是書板高十八厘米，板寬十二點五厘米。四周雙邊，黑口，半頁十行，行二十一字。單、黑魚尾。版心鎸有書名、卷數與頁碼，每卷分標頁碼。卷首有嘉慶二十三年（一八一八）六月沙琛自序，自序首頁題『點蒼山人集叙卷一』，版心鎸有『點蒼山人詩鈔卷一』。卷一首頁上題『點蒼山人詩鈔卷一』，後跟雙行小字『起乾隆辛丑迄乙卯』，次行下題『太和沙琛獻如』，卷一尾附姚序。將姚序置於卷一尾，可能是後人裝訂所致。卷二前有潘序，潘序版式與正文一致，版心鎸有『點蒼山人詩鈔卷二序』，共兩頁。潘瑛在序中談到：『懷遠許子叔翹以所刻先生《點蒼山人詩集》示余，命予序』，[三]據此可知，潘瑛是爲《詩集》作的序。《詩集》收録自乾隆六十年（一七九五）至嘉慶八年（一八

[三] 沙琛：《點蒼山人詩鈔》，《叢書集成續編（第一百七十九册）》，臺灣：新文豐出版公司一九八八年版，第四二八頁。

〇三）的作品。《點蒼山人詩鈔》卷二收録自乾隆六十年（一七九五）起始的作品，排版者可能根據詩文内容將潘序置於卷二首頁。卷二至卷六正文首頁上題『點蒼山人詩鈔』及卷次，次行下題『太和沙琛獻如』。卷五前有嘉慶二十三年（一八一八）正月劉大紳序（以下簡稱『劉序』）。劉序版式與正文一致，版心鎸有『點蒼山人詩鈔卷五序』，共兩頁。劉大紳（一七四七至一八二八），字寄庵，號潭西，雲南晉寧人。清乾隆三十七年（一七七二）進士，官至山東武定府（今山東惠民縣）同知。著有《赤霞山房詩草》《寄庵詩鈔》等。劉大紳在序中稱：『始吾甲戌歲秋讀獻如《荒山紀游》諸詩』，[二]據此可知，劉大紳是在嘉慶甲戌（嘉慶十九年，一八一四）開始讀沙琛的詩歌。《點蒼山人詩鈔》自卷五始收録嘉慶十九年（一八一四）的作品，排版者可能根據時間順序將劉序置於卷五首頁。蒙圖本天頭處共有批注九處[三]，爲他本所未見，批注人未知，其内容主要是對詩文中的詞語予以闡釋。

第二，清道光二年（一八二二）增修本，滇圖、鄭圖、滬圖、國圖藏。此本因裝訂形式與收録内容略有不同，故分爲兩種情況。

[二] 沙琛：《點蒼山人詩鈔》，《叢書集成續編（第一百七十九册）》，臺灣：新文豐出版公司一九八八年版，第四二九頁。

一是，清道光二年（一八二二）增修本，滇圖、鄭圖、滬圖藏。該本八卷四册，每兩卷一册。後另附一册《賸臺紀恩》。其中，滇圖藏本爲一九五一年十一月十日接收平彝晏視所供圖書（簡稱『滇圖甲本』）。是書卷一至卷六四周雙邊，黑口，半頁十行，行二十一字。單、黑魚尾。版心中鐫有書名、卷數與頁碼，每卷分標頁碼。卷首有三篇序文，其一爲姚序，姚序首頁標題下方有『公曆一九五一年十一月十日接收平彝晏視供圖書』藍色小字標注，卷三、卷五、卷七首頁亦藍色小字標注『接收平彝晏視供圖書』。其二爲沙琛自序，沙琛自序、姚序的版式與蒙圖本相同。其三爲嘉慶二十三年（一八一八）八月朔後二日仲振履序（簡稱『仲序』）。仲振履（一七五九至一八二二），字臨侯，號雲江，又號柘庵，別號群玉山農、木石老人。江蘇泰州人，清嘉慶十三年（一八〇八）進士，著有《咬得菜根堂詩文稿》《雙鴛祠》等。仲序版式略有不同，爲半頁十行，行十九至二十一字不等，共兩頁。卷一首行上題『點蒼山人詩鈔卷一』，後跟雙行小字『起乾隆辛丑迄乙卯』，次行下題『太和沙琛獻如著』。卷二卷首有潘序，卷二至卷六正文首行上題『點蒼山人詩鈔』及卷次，次行題『太和沙琛獻如著，男一翰，孫蘭、藻校對』。卷五卷首有劉序。卷七首頁首行上題『點蒼山人詩鈔卷七』，次行空。卷七的版式略有不同，第二十一至二十二頁與第二十九至三十五頁四周雙邊，黑口，半頁十行，行二十一字，雙、黑魚尾。卷八首頁首行上題『點蒼山人詩鈔卷八』，次行下題『太和沙琛獻如著』。

相較而言，滇圖甲本在嘉慶二十三年（一八一八）刻本的基礎上有所增補。其一，是將嘉慶二十三年（一八一八）刻本卷一尾姚序提到全書卷首，并在沙琛自序後增補一篇仲序。其二，是將嘉慶二十三年（一八一八）刻本卷一首頁次行增補爲『太和沙琛獻如著』，將卷二至卷六首頁次行增補爲『太和沙琛獻如著，男一翰，孫蘭、藻校對』。其三，增補卷七卷八兩卷。卷七卷八收録沙琛自嘉慶丁丑（一八一七）至道光二年（一八二二）的作品。故推測滇圖甲本爲清道光二年（一八二二）增修本。

此外，滇圖甲本在《點蒼山人詩鈔》後另單附一册《賸臺紀恩》。是書板高十七點一厘米，板寬十二點九厘米。四周雙邊，白口，半頁十行，行十九至二十一字不等，單、黑魚尾。版心中祇鐫有頁碼，共計二十頁。首頁有『原藏懷靖書』藍色標注，并鈐有『雲南省圖書館珍藏印』朱文印。

鄭圖、滬圖藏《點蒼山人詩鈔》八卷本的版式内容與滇圖甲本一致。其中，鄭圖本在姚序與每册首頁鈐蓋『鄭州市圖書館藏書』朱文印，并附一册《賸臺紀恩》。滬圖本在每册首頁鈐蓋『上海圖書館藏書』朱文印，并在卷一首頁鈐有『王培孫紀念物』朱文印。王培孫（一八七一至一九五二），名植善，江蘇南翔鎮人（今上海市嘉定區南翔）。滬圖本後未附《賸臺紀恩》。

二是，清道光二年（一八二二）增修本，滇圖、國圖藏。該本八卷六册，前四卷每卷一册，後四卷每兩卷一册。其中，滇圖藏本爲一九五二年八月十五日向方樹梅收購（簡稱『滇圖乙本』）。方樹梅（一八八一至一九六八），字臞仙，號雪禪，亦號梅居士，晉甯人。著有《學山樓文集》《學山樓詩集》等。滇圖乙本的版式與滇圖甲本一致，但所收内容有所差别。一是卷首少收録一篇沙琛自序，二是卷五後增加一篇嘉慶十九年（一八一四）劉大紳在五華山撰寫的《先生紀游詩題後》，三是卷六第十八至三十五頁内容殘缺。國圖藏本亦爲一九五二年八月十五日向方樹梅收購本，其版式、内容及標注與滇圖乙本一致。故滇圖乙本、國圖本亦爲清道光二年（一八二二）增修本。

此外，滇圖乙本、國圖本中亦有獨屬的印章。其中，滇圖乙本與國圖在姚序首頁標有『公曆一九五二年八月十五日向方樹梅收購』紫色字體，在卷三、五、七首頁右下角皆標注有『向方樹梅收購』藍色字體。卷二尾頁、卷四尾頁、卷六第十七頁、卷八尾頁蓋有『雲南文物委員會收購移交』紫色方印。

綜上，經目驗比對，鄭圖藏嘉慶九年（一八〇四）刻本《點蒼山人詩鈔》的版本内容與滇圖甲本一致，故《清人别集總目》中所著録『嘉慶九年刻本（鄭州）』疑誤。同時，通過分析《點蒼山人詩鈔》八卷本中卷七、卷八的内容，可發現滇圖甲本、鄭圖、滬圖、滇圖乙本、國圖等地所藏實爲道光二年（一八二二）增修本。

三是，民國四年（一九一五）鉛印本，滬圖藏。該本八卷二册，前五卷爲一册，後三卷與《贖臺紀恩》爲一册。是書板高二十六厘米，板寬十五點三厘米。四周雙邊，黑口，半頁十一行，行三十字，無行線。單、黑魚尾。版心標注書名、卷數與頁碼，每卷分標頁碼。卷首有姚序。卷一前依次有仲序、民國三年（一九一四）唐繼堯序（簡稱『唐序』）、民國四年（一九一五）任可澄序（簡稱『任序』）、沙琛自序。唐繼堯（一八八三至一九二七），字蓂賡，別號東大陸主人，雲南省東川（今會澤縣）人，著有《東大陸主人言志録》。任可澄（一八七八至一九四六），原名文鎔，字志清，號匏叟。貴州安順人。光緒二十九年（一九〇三）舉人，官至雲貴監察史。撰有《藏山堂詩文詞稿》《讀史脞録》《且同亭筆記》等。卷一首頁上題『點蒼山人詩鈔卷一』，後跟雙行小字『起乾隆辛丑迄乙卯』，次行上題『太和沙琛獻如著』，下題『外曾孫王廷治重刊』。卷二前有潘序，卷二至卷八上題『點蒼山人詩鈔』及卷次，次行題『太和沙琛獻如著，男一翰，孫蘭、藻校對，外曾孫王廷治重刊』。卷五前有劉序。卷八後附《贖臺紀恩》。卷尾有民國四年（一九一五）倪惟欽後跋（簡稱『倪跋』）與民國四年（一九一五）秋九月王廷治後序（簡稱『王「後序」』）。倪惟欽，字俞宣，生平不詳，參與編纂《昆明縣志》等。王廷治（一八八五至？），別號襄臣，雲南昆明人，沙琛外曾孫，官至雲南都督府顧問，并被授予陸軍少將。

滬圖藏民國四年（一九一五）鉛印本，系王廷治重刊，以道光二年（一八二二）增修本爲底本，增加了唐序、任序、倪跋與王『後序』。

四是，民國四年（一九一五）《雲南叢書》刊本，滇圖、滬圖、國圖等藏。其内容包括《點蒼山人詩鈔》八卷與附録《贖臺紀恩》。是書封面題『雲南叢書集部之三十五』『點蒼山人詩鈔』『共八卷』，扉頁鐫刻雙行大字『雲南圖書館藏板』，其中『板』字下方鐫刻『甲寅年刊』陽文方印。是書四周雙邊，黑口，半頁十行，行二十一字。單、黑魚尾。版心魚尾上方鐫刻『點蒼山人詩鈔』，魚尾下方鐫刻卷數與頁碼，每卷分標頁碼。正文前有序七篇，跋一篇，附録一册。其内容依次爲唐序、任序、姚序、仲序、潘序、沙琛自序、劉序、倪跋與附録《贖臺紀恩》。

正文卷一、四、五、六、七首頁上題『點蒼山人詩鈔』及卷數，下題『雲南叢書集部之三十五』，次行題『太和沙琛獻如著』。卷二、卷三首頁上題『點蒼山人詩集』及卷數，下題『雲南叢書集部之三十五』，次行題『太和沙琛獻如著』。卷八首頁上題『點蒼山人詩鈔卷八』，次行題『太和沙琛獻如著』。正文尾附一篇王『後序』。該本扉頁雖標注『甲寅年（民國三年，一九一四）刊』，但并非於民國三年（一九一四）年刊刻完成。因該本還有民國四年（一九一五）任序、民國四年（一九一五）王『後序』，故該本最早可能於民國四年（一九一五）刊刻完成。

民國四年（一九一五）《雲南叢書》刊本，它的内容綜合了清嘉慶十一年（一八〇六）刻本《點蒼山人詩集》、道光二年（一八二二）增修本《點蒼山人詩鈔》以及民國四年（一九一五）鉛印本的内容。同時，它還將民國四年（一九一五）鉛印本中的序（王『後序』除外）、跋與附録《贖臺紀恩》調至卷首，使全書體例一致。《雲南叢書初編》，《叢書集成續編》第一百七十九册，《回族典藏全書》第一百九十四至一百九十五册，《續修四庫全書》第一千四百八十三册等皆影印此本。

從《點蒼山人詩鈔》現存版本情況看，後世傳本以嘉慶二十三年（一八一八）刻本爲祖本，清道光二年（一八二二）增修本與民國四年（一九一五）鉛印本則皆是在前者的基礎上有所增修。民國四年（一九一五）《雲南叢書》刊本則彙合諸家，爲後世通行本。其中，嘉慶二十三年（一八一八）刻本與道光二年（一八二二）增修本皆是在作者在世時所刻，最接近作者原稿原貌，但其詩文内容收録不全。民國四年（一九一五）《雲南叢書》刊本内容收録最爲完整，同時也是現今最爲通行的本子，但該本也存在『點蒼山人詩集』與『點蒼山人詩鈔』混用、卷首序文未按先後順序排列等問題，使用者也需稍加注意。

（三）《點蒼山人詩鈔》的内容

《點蒼山人詩鈔》，共八卷，民國四年（一九一五）《雲南叢書》刊本共計收録作者一千三百四十首詩，其中，卷一收録沙琛自乾隆辛丑（乾隆四十六年，一七八一）至乾隆乙卯（乾隆六十年，一七九五）年間的作品，共計一百三十四首，包括五言詩五十四首，七言詩七十一首，歌謡九首。卷二收録沙琛自乾隆乙卯（乾隆六十年，一七九五）至嘉慶庚申（嘉慶五年，一八〇〇）年間的作品，共計一百七十二首，包括五言詩七十六首，七言詩九十六首。卷三收録沙琛自嘉慶庚申（嘉慶五年，一八〇〇）至嘉慶丙寅（嘉慶十一年，一八〇六）年間的作品，共計二百三十三首，包括五言詩一百零九首，六言詩四首，七言詩一百一十六首，樂府詩三首，歌謡一首。卷四收録沙琛自嘉慶丙寅（嘉慶十一年，一八〇六）至嘉慶庚午（嘉慶十五年，一八一〇）年間的作品，共計一百二十三首，包括五言詩六十一首，六言詩三首，七言詩五十九首。卷五收録沙琛自嘉慶庚午（嘉慶十五年，一八一〇）至嘉慶甲戌（嘉慶十九年，一八一四）年間的作品，共計一百五十二首，包括五言詩五十七首，七言詩九十五首。卷六收録沙琛自嘉慶甲戌（嘉慶十九年，一八一四）至嘉慶丁丑（嘉慶二十二年，一八一七）年間的作品，共計二百二十七首，包括五言詩六十七首，六言詩六首，七言詩一百五十三首，樂府詩一首。卷七無編年時間，但其收録有《青海鋪大雪》《七夕》《即園看梅花贈李占亭》《己卯生日自感》等詩，己卯爲嘉慶二十四年（一八一九），依據該本按照時間順序編寫詩歌的體例，可推測《青海鋪大雪》可能爲嘉慶丁丑（嘉慶二十二年，一八一七）年的冬天，故此可推測卷七爲沙琛在嘉慶丁丑（嘉慶二十二年，一八一七）至嘉慶己卯（嘉慶二十四年，一八一九）年間的作品。該卷共計一百八十首詩，其中包括五言詩七十二首，七言詩一百零八首。卷八無編年時間，但其收録有《人日漫興》《元夕黄山寺訪妙明上人》《七夕》《庚辰除夕》《人日》《立夏日》《元夕步月》《城野迫仰小熟雨勢已届黄梅》等詩，『人日』爲每年的農曆初七。庚辰爲嘉慶二十五年（一八二〇），在《庚辰除夕》後有《人日》《立夏日》等詩，按照時間順序，可推測《人日》《立夏日》等詩作于道光元年（一八二一），故其後《元夕步月》中的『元夕』應爲道光二年（一八二二）。沙琛在罷官後，四處遊歷，先後去過貴州、貴陽、廣州等地。而卷八最後一首《城野迫仰小熟雨勢已届黄梅》中『時節諳梅雨，人心注麥秋』，〔二〕可見沙琛在感慨梅雨時節農民的收成問題，而『梅雨時節』一般爲每年的六、七月。故此可推測卷八爲沙琛自嘉慶庚辰（嘉慶二十五年，一八二〇）正月至道光二年（一八二二）七月間的作品。該卷共計一百一十九首詩，包括五言詩四十八首，七言詩七十一首。

其中，卷一内容是沙琛根據《皖江集》所補。沙琛在自序中談到：『予自乾隆辛丑歲計偕

〔二〕沙琛：《點蒼山人詩鈔》，《叢書集成續編（第一百七十九册）》，臺灣：新文豐出版公司一九八八年版，第五六九頁。

迄乙卯，僕僕十五年中勞苦呻吟，不斷於爲詩，而詩帙積矣。鄉前輩錢南園侍御爲汰存百餘篇，甲寅秋自京師出遊，失之運河舟中……嘉慶己巳免官歸，故友袁蘇亭廣文見所刻《皖江集》四卷，亟手出所摘録于南園先生處爲汰存之百餘篇。』[二]《皖江集》現未傳於世。錢南園（一七四〇至一七九五），字東注，號南園，雲南昆明人。清乾隆三十六年（一七七一）進士，官至御史。著有《南園先生遺集》。袁文揆（一七五〇至一八一五），字時亮，一字蘇亭，雲南保山人。著有《時畲堂詩稿》《時畲堂文稿》《滇南詩略》《滇南文略》等，與沙琛爲好友。

道光二年（一八二二）增修本共收録一千三百首詩，其中卷一、卷四至卷八收詩數量與民國四年（一九一五）《雲南叢書》刊本相同，其數量差異主要在卷二與卷三之間。道光二年（一八二二）增修本卷二收詩一百四十五首，卷三收二百二十首。《雲南叢書》刊本卷二收詩一百七十二首，卷三收二百三十三首。其差异原因是《雲南叢書》刊本《點蒼山人詩鈔》編纂時將嘉慶十一年（一八〇六）刻本《點蒼山人詩集》卷一及卷二前三首詩《喜雨庚申》《聽雪》《花朝雨》等一百七十二首詩編入卷二，將《點蒼山人詩集》卷二中自第四首《上巳日潁州雨

[二] 沙琛：《點蒼山人詩鈔》，《叢書集成續編（第一百七十九册）》，臺灣：新文豐出版公司一九八八年版，第四二九頁。

中》至《除日西鄉夜歸》等一百三十一首詩編入卷三。

沙琛詩歌『高韻逸氣，幽潔之思，雋妙之語峰起疊出』，〔一〕其中，『五言古詩，冲淡高遠，得淵明飲酒之遺意；七言淋漓頓挫，公孫大娘舞劍器渾脱當如是爾；近體律細思深，或爽如蒼鷹脱臂，或清如銀瓶瀉水，其雄渾則天風海山，其秀削則遠春流水，其沉鬱幽折之氣，激昂慷慨之音，有觸則鳴，發於楮表，殆所謂窮而後工者耶』。〔二〕沙琛的詩歌多爲田園山水詩與感懷詩。其中山水田園詩語言清新自然，生活氣息濃厚，詩中描繪之景往往引人入勝。沙琛的感懷詩多作於罷官賦閑時期，語言抑鬱頓挫，多表現一種壯志未酬之意。

《點蒼山人詩鈔》後附録的《牘臺紀恩》，其共收録文十二篇，包括上諭一篇，奏摺一篇，請願文五篇與書信五篇。其文大多是由懷寧、建德、懷遠、霍邱等地鄉紳所寫。沙琛任霍邱縣知縣期間，『因縣民靳鄰民聽從史三將伊父靳同萬殺死……並不虚忠研鞫，率行詳報緝凶』，〔三〕此

〔一〕　沙琛：《點蒼山人詩鈔》，《叢書集成續編（第一百七十九册）》，臺灣：新文豐出版公司一九八八年版，第四二六頁。

〔二〕　沙琛：《點蒼山人詩鈔》，《叢書集成續編（第一百七十九册）》，臺灣：新文豐出版公司一九八八年版，第四二七頁。

〔三〕　沙琛：《點蒼山人詩鈔》，《叢書集成續編（第一百七十九册）》，臺灣：新文豐出版公司一九八八年版，第四三一至四三二頁。

事被接任知縣王馭超審出實情并上奏後，沙琛被降罪，要被發配軍臺效力三年。鄉紳爲減免知縣沙琛的罪行，自發作文請願，多次提及沙琛在任期間的功績。如在任懷寧縣期間，沙琛戢豪强、急服役、發奸糾邪、有案件隨訊隨銷、築『永慶之圩』等。〔二〕在任建德縣期間，沙琛『清廉律己，慈惠加民。廣培植于士林，積月有觀風之課；定章程於保甲，經年無滋蔓之虞』。同時，還時常鋤强扶弱，穩定民心，適逢大案時，『寬貸株連』，『遇疑獄』時則『平反誣陷』等；〔三〕在任霍邱縣期間，沙琛『精勤效職，慈愛居心，蒞任而安善良，下車而清利弊』。遇水旱災害時『途奔壑轉』，逢『宿人猖獗，逼近安豐』時，『霍境戒嚴，保障淮岸』，使『閭閻樂業』等。〔三〕在任懷遠縣期間，沙琛安置『無告之民』、招募勇兵平『宿匪』、鄉置儒師化此地『剽勁』

〔二〕沙琛：《點蒼山人詩鈔》，《叢書集成續編（第一百七十九册）》，臺灣：新文豐出版公司一九八八年版，第四三三至四三四頁。

〔三〕沙琛：《點蒼山人詩鈔》，《叢書集成續編（第一百七十九册）》，臺灣：新文豐出版公司一九八八年版，第四三四頁。

〔三〕沙琛：《點蒼山人詩鈔》，《叢書集成續編（第一百七十九册）》，臺灣：新文豐出版公司一九八八年版，第四三五頁。

之民風、敦崇儒術廣培士風等。〔一〕之後，有司經過調查，確如鄉紳們所言，故據實上奏。朝廷瞭解詳情後，特『令沙琛着加恩免其發往軍臺效力，伊雙親俱已年老，著該撫即飭令回籍侍養，以示朕孝治推恩之至意』。〔二〕

《贖臺紀恩》所收録文章，不僅可以進一步瞭解沙琛歷任期間的功績，還能進一步加深對其生平的瞭解，對之後研究其生平履歷提供史料。此外，文章内容中還反映出當時懷寧、建德、霍邱、懷遠等縣的民風民俗等社會現狀，這也爲研究安徽地方史提供史料依據。

〔一〕沙琛：《點蒼山人詩鈔》，《叢書集成續編（第一百七十九册）》，臺灣：新文豐出版公司一九八八年版，第四三五頁。

〔二〕沙琛：《點蒼山人詩鈔》，《叢書集成續編（第一百七十九册）》，臺灣：新文豐出版公司一九八八年版，第四三一頁。

三、《沙雪湖先生詩稿》及沙琛散見作品

（一）《沙雪湖先生詩稿》的著録

《清史稿藝文志拾遺》[一]《中國古籍善本書目》[二]著録了篇名、作者與版本：沙雪湖先生詩稿不分卷，沙琛撰，稿本。《清人别集總目》[三]與《中國古籍總目》[四]《雲南地方文獻概説》[五]中著録了《沙雪湖先生詩稿》的館藏地爲滇圖。《雲南古代漢文學文獻》則强調了《沙雪湖先生詩稿》的内容有殘缺，其中詩多爲《點蒼山人詩鈔》《點蒼山人詩集》所未收。[六]

[一] 王紹曾：《清史稿藝文志拾遺》，北京：中華書局二〇〇〇年版，第一八三七頁。

[二] 中國古籍善本書目編委會：《中國古籍善本書目》，上海：上海古籍出版社一九九六年版，第一二三一頁。

[三] 李靈年、楊忠：《清人别集總目》，合肥：安徽教育出版社二〇〇〇年版，第一〇七五頁。

[四] 中國古籍總目編纂委員會：《中國古籍總目集部》，北京：中華書局，上海：上海古籍出版社二〇〇九年版，第一七一四頁。

[五] 李友仁：《雲南地方文獻概説》，昆明：雲南美術出版社二〇〇五年版，第三二一至三二二頁。

[六] 方樹梅：《明清滇人著述書目》，《西南研究叢書之四》，國立雲南大學西南文化研究室印行一九四四年版，第一六五頁。

（二）《沙雪湖先生詩稿》的版本

滇圖藏《沙雪湖先生詩稿》爲手稿本，一册。是書開本高三十二點六厘米，寬十八點八厘米。封面上左上角題『雪湖詩抄』，中間部分題『沙雪湖先生手書詩稿殘本收于葉榆，石禪老人存，俟另爲裝潢』，右下方印有『公曆一九五三年十一月卅日，昆明市農會移交圖書』紫色字樣。趙藩（一八五一至一九二七），字越村，一字蝯仙，號介庵，晚號石禪老人，雲南劍川縣向湖村人，白族。著有《向湖存舍詩文集》《小鷗波館詞鈔》等。卷首右下角鈐有『雲南省圖書館珍藏印』朱字方印。

是書半頁行數與字數不等，無行綫，無頁碼。正文是手稿本，其中詩歌有多處增删，可見詩人在完成詩作後再次進行修改潤色。如『《對州署題壁》』原作『《對六茗題壁》』，『《誦繫江防丞署》』原作『《誦繫江防署》』等。[一]除詩題之外，詩文内容亦有多處修改。如《雁北向》中『不似渠伊是故鄉』中的『不似』原作『奈何』。《紫藤》中『濃豔復繽紛』原作『鬱鬱復紛紛』等。[二]卷尾爲一九五四年孟春月葉榆周泳先所題的批注，其内容爲：『右鄉先輩沙雪湖先

[一] 沙琛：《沙雪湖先生詩稿》，雲南：雲南省圖書館藏稿本。
[二] 沙琛：《沙雪湖先生詩稿》，雲南：雲南省圖書館藏稿本。

生手書詩稿，以校刻本編在卷四，并嘉慶十一、十二兩年之作，知即是時原稿。稿本中多刻本未收再删之處，尤見作者匠心。卷末《四十九自壽》一首刻本未收，可巧知先生嘉慶丁卯四十九歲也。』周泳先，雲南大理人，曾從龍榆生治詞學，輯有《唐宋金元詞鈎沉》等。筆者將《沙雪湖先生詩稿》與《點蒼山人詩鈔》的内容進行比對，發現《沙雪湖先生詩稿》中所收録的七十五首詩歌亦收録於《點蒼山人詩鈔》卷四中，另有四十六首則未收録於《點蒼山人詩鈔》中，周泳先所題是。

據稿本内容與典藏印可知，《沙雪湖先生詩稿》手稿本在沙琛完成後，先後被趙藩、周泳先、昆明市農會等輾轉收藏。在一九五三年十一月三十日，昆明市農會將《沙雪湖先生詩稿》移交至滇圖收藏。

該本爲沙琛的手稿本，其中有多處增删修改。閲讀此本，不僅可以一窺原詩面貌，還可以看出作者的創作歷程。此外，還能一觀作者的書法。同時，該本所收詩歌，還可與刻本内容相互校勘，未收入刻本的，還可對刻本内容進行補充完善。

（三）《沙雪湖先生詩稿》的内容

《沙雪湖先生詩稿》正文收録沙琛嘉慶十一至十二年（一八〇六至一八〇七）所作作品，包括五言詩七十五首，七言詩四十六首，共計一百二十一首詩。其中，有七十五首詩收録於

《點蒼山人詩鈔》卷四中，另有四十六首則未收録[四]。這些未收録的詩，其内容大多爲咏物詩與咏懷詩。咏物詩中所描述的多爲生活中常見的景物，如有『鼓翼赴强敵，堅持亦巧攻』的蟋蟀（《蟋蟀》），有『啁啁啾啾花白翎，似撥琵琶聲不停』的白翎雀（《白翎雀》），[二]還有『百舌語花叢，落花共淒斷』的百舌（《百舌》）等。[三]咏懷詩則是沙琛的有感而發，如《秋暑嘅》『天上謖謖秋風聲，地上尖尖愁旅行』中，[三]借秋暑的炎熱，感慨遊子旅途之艱辛。《有感》『飛蛾愛光明，擾擾燭花摇……卻顧飛飛侶，俄然成枯焦』，[四]則是感慨飛蛾爲了追求光明而奔赴死亡。通過欣賞這些詩，不僅可以看出沙琛的旅居生活，還能進一步探索這一時間段沙琛的思想變化，爲學界進一步研究沙琛的生平提供資料。

（四）沙琛其他散見作品

除上述著作外，沙琛還有一些散見於其他著述中的詩文作品。

其一，《滇南草堂詩話》卷八收録沙琛七首詩，分别爲《風箏曲》《燕歌行》《易水歌》

〔一〕沙琛：《沙雪湖先生詩稿》，雲南：雲南省圖書館藏稿本。
〔二〕沙琛：《沙雪湖先生詩稿》，雲南：雲南省圖書館藏稿本。
〔三〕沙琛：《沙雪湖先生詩稿》，雲南：雲南省圖書館藏稿本。
〔四〕沙琛：《沙雪湖先生詩稿》，雲南：雲南省圖書館藏稿本。

《五公山》《南皮九河懷古》《馬家橋》《送孫華字謫戍伊犂》。[一]沙琛在《點蒼山人詩鈔》自序中曾談到：『庚子以前所爲詩，經檀默齋先生采入《滇南詩話》若干首，亦失之。』由此可知，《滇南草堂詩話》卷八中所收録此七首詩，是沙琛在庚子（乾隆四十五年，一七八〇）之前所作。此七首詩在《點蒼山人詩鈔》中未收録。

其二，《滇文叢録》收録兩篇，分别爲卷三十《點蒼山人詩鈔自序》，[二]卷六十七《趙母周孺人傳》。[三]其中，《點蒼山人詩鈔自序》即『沙琛自序』，内容與《點蒼山人詩鈔》所收録『沙琛自序』一致，但《趙母周孺人傳》一文在沙琛别集中未見。《趙母周孺人傳》系作者爲趙梁貢的母親周孺人所作的傳記，其内容闡述了周氏的生平。趙梁貢，生平不詳，爲沙琛摯友，兩人相交四十餘年。

其三，明末清初通荷《擔當遺詩》卷八收録沙琛一首《太和沙雪湖琛題擔當像》。[四]該詩在

[一] 檀萃：《滇南草堂詩話》，雲南：雲南圖書館藏清嘉慶年間本。

[二] 雲南叢書處輯：《滇文叢録》，《叢書集成續編（第一百五十三册）》，上海：上海書店二〇一四年版，第三四五頁。

[三] 雲南叢書處輯：《滇文叢録》，《叢書集成續編（第一百五十三册）》，上海：上海書店二〇一四年版，第七四三頁。

[四] 通荷：《擔當遺詩》，民國三至五年雲南叢書處刻雲南叢書本。

《點蒼山人詩鈔》中亦未收録。普荷（一五九三至一六八三），一作通荷，號擔當。原名唐泰，字大來，明末清初畫家，雲南普寧人。《太和沙雪湖琛題擔當像》是沙琛在遊歷時見到擔當和尚像時所題。

沙琛自幼聰穎，刻苦自勵，以報效國家爲己任。爲官期間，清廉律己，勤政愛民，秉公執法，爲當地百姓營造安寧的生活環境，當地百姓皆對其贊不絶口。沙琛不僅是一位爲百姓謀福祉的父母官，還是一名擅長詩文創作的作家。沙琛之詩，言近旨遠，或即景興懷，或托物言志，五言詩沖淡高遠，七言詩抑鬱頓挫，字裏行間隱寓太和翔洽之氣。沙琛一生著述頗豐，有《點蒼山人詩集》《點蒼山人詩鈔》《沙雪湖先生詩稿》等著述流傳於世。滇圖藏嘉慶十一年（一八〇六）刻本《點蒼山人詩集》，二卷，收録沙琛自乾隆六十年（一七九五）至嘉慶八年（一八〇三）詩歌共計三百零三首。《點蒼山人詩鈔》增補《詩集》而成，收録沙琛自乾隆四十六年（一七八一）至道光二年（一八二二）的詩歌共計一千三百四十首，該本有六卷本與八卷本兩種：六卷本爲蒙圖藏嘉慶二十三年（一八一八）刻本；八卷本有滇圖、國圖等地藏道光二年（一八二二）增修本，民國四年（一九一五）鉛印本與《雲南叢書》刊本。《雲南叢書》收録此書時彙合諸家，成爲後世通行本。滇圖藏《沙雪湖先生詩稿》爲沙琛手稿本，收録沙琛嘉慶十一至十二年（一八〇六至一八〇七）的詩歌共計一百二十一首，其中有四十六首未見於刻本，可補刻本之不足。此外，《滇南草堂詩話》《滇文叢録》《擔當遺詩》等著述中亦收録一些沙琛的詩文作品，這些詩文作品對《點蒼山人詩鈔》具有校勘、輯佚等文獻價值。是故現今學者研究沙琛的作品時，可根據需求選擇相應的版本。

【注釋】

㈠該文發表於《北方民族大學學報》二〇二三年第二期。

㈡十四個詩題名依次爲：《上巳日潁順雨中》《喜晴》《夜行》《苦雨》《擬上堵吟時得軍營探報》《擬戰》《擬隴》《雜感》《驅車》《望蒙城懷古》《獨酌》《喜雨》《曉行》《挽孫朴園》。

㈢蒙圖本九處批註依次爲：卷二第一頁《金陵懷古十二首》天頭有三處批註，其一：『《六朝事迹》邀笛步，舊名蕭家渡，在城東南青溪橋之右。《輿地紀勝》邀笛步，在上元縣乃王征之遇桓伊吹笛之意。』其二：『《金陵地記》吴嘉禾元年，于桂林落星山起三層樓，名曰落星樓。左思《吴都賦》數軍實乎桂林之苑，饗戎旅乎落星之樓。』其三：『《晉書》謝安能爲洛下書生詠，有鼻疾，故至音濁。名流愛之，不能及，或以手握鼻以效之。唐彦謙詩：天涯已有銷魂别，樓上寧無擁鼻吟。』卷三共有四處批註，分别爲第八頁《感寓八首》天頭批註：『范冉以狷急不能從俗，常佩韋以自緩。』第十七頁《初霽早行》天頭批註：『得得，溪貌。蘇軾詩：會作堂堂去，何妨得得來。又特地也。貫休詩：千水千山得得來。』第二十九頁《江濱行》天頭批註：『恰恰，鶯聲。杜甫詩：自在嬌鶯恰恰啼。』第三十五頁《廬陽懷古》天頭批註：『周穆王南征三軍之衆，一朝盡化，君子爲猿爲鶴，小人爲蟲爲沙。見《抱朴子》。一説周穆王也，韓愈詩：蟲沙猿鶴伏似飛。』卷四有一處，爲第四頁《誦系江防丞署》天頭批註：『莊子：

迷陽迷陽，吾行卻曲。王先謙注：迷陽，棘也。生於山野，踐之傷足，至今楚之輿夫遇之猶呼迷陽踢也。迷，音讀爲麻。』卷六有一處，爲第三十五頁《閑中仿李義山得六首》天頭批註：『《陳書·徐陵傳》：每一文出手，好事者已傳抄成誦。謂此撰之文，甫出於手也。』

㊃其未收四十六首詩題分别爲：《送馮艾圃謝病歸潤州寄懷王柳村》《龍桂》《明星詞》《對州署題壁》《蜣螂》《蟋蟀》《白翎雀》《石門嶺》《百舌》《榆莢》《紫藤》《聽歌調不飲者》《四月八日清水坤池上飲》《梅雨》《送别傅嘯山謫邊》《野色》《客舍》《滿雨》《無題》《秋暑嘅》《有感》《霧雨》《端居》《聽雨》《重九飲橋頭竇氏山林》《開順山中遊歷兼旬得詩二十首》（八卷本卷四祇收録其中十八首）《四十九自壽》《蒿老歲華兩欒掉》。